Infinite Dendrogram
인피니트 덴드로그램
7.기적의 방패

카이도 사콘 지음
타이키 일러스트
천선필 옮김

그러기는커녕 좀 전부터 더욱 거세게 날아드는……
우리에게만 집중된 열선을 완전히 피하지도 못하고 있었다.
현재 고도 1만 5천 미터……
우리는 그곳에서 더 위쪽으로 올라갈 수단이 없었다.

『KYAHAHAHAHAHA♪』

하늘을 달리던 실버의 속도가 느려졌다.
이미 달려가는 것에 맞춰 압축공기의
발판을 만들 수도 없게 되었다.

『레이! 한계다!
더 이상 나아갈 수가 없다!!』

한없이 닿으려는
기원의 이름.

(페이백 오버 스타)
《응보는 별의 저편으로》.

그리고 별은 날아간다.

레이가 휘두른 자루에서
비상하는 날개 다섯 달린
별이 하늘로 솟구쳤다.
유성이자, 바람의 별.

인피니트 덴드로그램

7.〈기적의 방패〉

카이도 사콘 지음 타이키 일러스트

천선필 옮김

커버 그림, 본문 일러스트 | **타이키**

Contents

P 08 | **접속화** 별의 이야기

P 10 | **제1화** 검은 원형 방패

P 39 | **제2화** 시지마 이치로

P 57 | **막간** 눈을 뜨는 것

P 59 | **제3화** Shijima Ichiro

P 85 | **제4화** [흑천공망 모노크롬]

P 108 | **막간** 가족

P 115 | **제5화** B·B·B

P 181 | **제6화** 기적의 방패

P 202 | **제7화** 하늘을 나는 유성

P 240 | **에필로그**

P 260 | **중기**

P 261 | **외전** 정체불명 살인사건 사건편

P 301 | **외전** 정체불명 살인사건 해결편

P 333 | **외전** 에필로그 아웃 로

P 357 | **후기**

□■ 수백 년 전

예전에 〈Infinite Dendrogram〉의 밤하늘에는 '별과 비슷하게 생긴 것'이 떠 있었다.

그것은 우주와 이 별 사이에 떠 있는 새까만 바윗덩어리.

낮에 햇빛을 받고 밤에는 지나치게 많이 축적된 빛을 조금씩 방출한다.

그것은 밤하늘의 별빛에 숨어 존재했고, 천문학자들은 그것이 별자리와 무관하게 움직이기 때문에 '헤매는 별'이라고 부른 적도 있었다.

하지만 그것은 별이 아니라 몬스터의 일종이었다.

〈UBM〉도 아닌 단순한 엘레멘탈 몬스터. 그것은 자신과 같은 종류의 몬스터를 본 적이 없었지만, 이 하늘 어딘가에 떠 있을지도 모른다.

하지만 같은 종류의 몬스터에 대한 생각에 잠기지도 않고 식물처럼 아무런 생각도 없이 그저 하늘에 떠 있으면서 빛을 받아 밤하늘을 비추기만 할 뿐.

기쁨도 슬픔도 없이, 동료도 적도 없이, 그저 홀로 존재하는 것.

하지만 어느 때, 그것에게 계기가 생겨났다.

그것은 빛.

자신에게 빛을 가져다주는 하늘이 아니라 지상에서 생겨난 빛이 그것의 눈에 들어왔다.

지상에서 비추는 빛이라고 하기에는 너무 강한 빛이 그것의 시각에 머물렀다.

그리고 그것은 지상에서 빛을 뿜어내고 있는 곳을 보고……그 전까지와는 다른 것이 되었다.

그것이 무엇을 보고 변했는지는 그것 말고는 아무도 모른다.

하지만 그것은 그저 빛나기만 하는 존재를 그만두어버렸다.

그것은 광물도 아니고, 식물도 아니고, 동물조차도 아닌, 무시무시한 존재가 되어버렸다.

사람들은 그것을 흑천님이라 부르며 두려워하기 시작했다.

□[성기사(팔라딘)] 레이 스탈링

네메시스가 말한 제3형태.

굳이 말할 필요도 없이 네메시스 자신의 진화라는 뜻이다. [갈드랜더]와 전투를 벌였을 때 흑기부창(핼버드)으로 진화하고 난 뒤 한 달이라는 기간을 거쳐 드디어 해냈다는 말이다.

그건 그렇고…… 자고 일어나 보니 진화했다라고 하니, 참 뭐라 말하기 껄끄러운 전개다.

하지만 제2형태처럼 너무 극적이고 아슬아슬한 타이밍에서 진화하는 것도 좀 그렇다. 그래도 루크의 바비가 그랬던 것처럼 전투가 끝난 뒤에 진화하는 게 더 낫지 않았을까.

그런데 선배에게 물어보니 자고 있던 동안 진화하는 것은 그리 드문 일이 아닌 모양이었다. 〈엠브리오〉 쪽에서 진화하기 위한 처리를 하는데 시간이 걸리게 되고, 〈마스터〉가 잠든 사이 그 처리가 끝나면 자연스럽게 그렇게 되는 모양이다.

제2형태로 진화할 때는 단숨에 끝났지만, 그렇지 않은 진화도 있다는 거겠지.

그리고 이런 진화는 '경험이나 성장 에너지가 충분히 모였지만 다음 진화 스타일을 정하지 못했을 때 발생하는 경우가 많은 것 같아요'라고 한다.

그렇구나. 루크와는 두 형태 차이가 난다. 진화하기 위한 경험과 에너지가 모이긴 했겠지.

그리고 진화한 걸 보니…… 정하지 못하고 있던 스타일이라는 것도 정해진 것일 테고.

자, 두 번째 진화는…… 과연 어떻게 되려나. ……착각이긴 하겠지만 오른손에 차고 있던 [장염수갑]이 '나랑 겹치는 건 안 돼'라고 말한 것 같다.

아침 식사를 마친 뒤, 우리는 제3형태를 시험해보기로 했다.

맑은 날씨. 시원한 바람도 불어서 시험하기 딱 좋은 날이다.

참고로 장소는 시지마 씨네 집의 넓은 부지 안이다. 같이 아침 식사를 하면서 파리카 씨에게 물어보니 흔쾌히 부지를 사용해도 좋다고 허가해주었기 때문이다. '잔디를 파헤치지는 마세요'라고 했으니 그 부분은 조심하자.

시지마 씨가 사라진 뒤에도 시지마 씨와 탈 짐승인 그링검이 언제 돌아와도 괜찮게끔 손봐두는 모양이었다.

"준비 됐어?"

『음.』

지금 네메시스는 제1형태인 대검이다. 이 상태에서 제3형태로 변형시킨다.

그리고 주위에는 선배와 흥미가 있는지 견학하고 있는 류이가 있다. 파리카 씨는 일이 있어서 집안에 있는 모양이다.

"네메시스, 제3형태."

『Form Shift—— [ ].』

"응?"

형태명을 말한 것 같은데 왠지 모르겠지만 목소리에 노이즈가
낀 것처럼 알아들을 수가 없었다.

"네메시스, 방금 뭐라고…… 으어!"

네메시스의 목소리에 한 순간 정신을 팔린 직후에 변형이 완
료되었고, 나는 약간 균형을 잃었다.

"이건…….''

내 손에는 제3형태로 변한 네메시스가 있었다.

그 모습은 지금까지의 두 형태, 대검과 부창과는 다른 느낌이
었다.

그것은…… 나 자신을 다 가릴 수 있을 정도로 거대한 **원**.

——대형 **원형 방패**였다.

"……잠든 사이에 진화했던 것도 그렇고, 꽤나 뜻밖의 진화
구나."

『그건 나 자신도 동감이다만. 검은 원형 방패라 해야 하나.』

대검, 부창에 이어 방패인가.

방패 뒤쪽에 있는 손잡이(뒤쪽은 Ⓗ 모양이다)를 잡고 움직여
보았다.

응, 역시 지금까지 봤던 무기와는 다르다. 대검이나 부창처럼
자루가 있는 무기와는 전혀 다루는 방법이 다르다.

방금 전에 선배가 한 말에 따르면 취침 중에 한 진화는 '다음 진화의 스타일을 정하지 못했을 때 발생하는 경우가 많다'고 했는데.

혹시 어제 선배가 싸우는 것에 영향을 받고 방패가 된 건지도 모르겠다.

아니면 지금까지 벌인 전투로 인해 《카운터 앱숍션》의 횟수 식 방어가 아닌 지속적인 방어력이 필요하다'라고 판단한 걸까.

"……뭐, 나는 **손을 쓸 방법이 없는** 원거리 대책이 필요했는데."

『나도 동감이긴 하다만.』

나는 얼마 전에 했던 훈련을 떠올렸다.

한가한 사람이 있으면 모의전이라도 해볼까, 그렇게 생각하고 있던 날 아침, 마리가 '좀 특이한 훈련이라도 해볼까요?'라는 제안을 했다.

"어떤 건데?"

"모의전으로는 얻을 수 없는 경험. 사정거리가 긴 상대와 전투를 벌이는 특훈이죠."

그 말을 듣고 나는 '그렇구나'라고 생각했다.

그전까지 모의전을 통해 쌓은 경험은 상대방의 공격에 반응하여 날리는 카운터──나중에 로자가 접촉즉응반격이라 이름붙인 것——기술을 비롯하여 나의 힘으로 몸에 배어 있다.

하지만 그것은 당연히 마주 보고 서서 시작된 전투에 불과하다. 모의전을 벌이기 위해 결계를 기동시키고 싸우는 것이니 당연하다고 할 수밖에 없다.

그렇게만 싸우면 경험이 치우칠 수밖에 없다, 마리는 그렇게 말했다.

그래서 마리는 내게 결계 밖에서 '마리가 보이지도 않는 거리에서 일방적으로 죽지 않을 정도로 공격한다'는 훈련을 시켰다.

'물론 반격해도 상관없어요'라고 했기에 나도 기합을 넣고 임했는데.

결과를 말하자면 아무것도 하지 못했다.

요격이나 방어는 가능했지만, 반격은 전혀 하지 못했다.

내 손이 닿지 않는 장거리에서 공격할 수 있고, 속도도 실버를 탄 나보다 더 빠른 마리에게 나는 일격도 맞아칠 수 없었다.

투기장에서 모의전을 벌였을 때는 전적이 그나마 좀 나았기에 충격이었다.

결과적으로, 나와 네메시스는 원거리 공격이 치명적인 약점이라는 것이 드러나게 되었다.

더 정확하게 말하자면…… 나는 '계속 내 손이 닿지 않는 위치에 있는 상대'를 쓰러뜨릴 수단을 지니고 있지 않았다. 마리는 그 사실을 알고 있었기에 직접 확인시켜주려고 그 훈련을 시켰을 것이다.

그래서 그 사실을 알게 되었을 때는 나도 그렇고 네메시스도 이렇게 생각하게 되었다.

다음 진화 때는 원거리 공격이 생겼으면 좋겠다고.

◇

그래서 실제로 진화해보니 정반대라 할 수 있는 방패였던 것이다.

나도 그렇고 네메시스도 약간 아쉬움을 느끼고 있었다.

하지만 그런 생각도 사치일 것이다. 처음 진화의 대가였던 진화 지연도 사라졌고, 오랜만에 진화할 수 있었다는 것만 해도 다행이다.

"그런데 네메시스, 이 형태의 스킬은 어떤 거야?"

『《카운터 앱솝션》은 쓸 수 있군.』

흐음, 방패니까 그렇겠지. 좀 전에 추측했던 것에서는 좀 엇나가지만.

"이번 진화로 스킬 사용횟수는 늘어났어?"

『그렇지는 않다. 느낌으로 따지면 지금까지보다 더 튼튼해진 것 같긴 하구나. 1.5배 정도라고나 할까.』

그렇구나, 단순 계산으로 대미지를 30만까지는 막을 수 있다. 그렇다면 꽤 괜찮은데.

형의 주먹을 막아도 깨지지 않을 테니까.

……발차기를 막으면 깨질 것 같지만.

"그런데 다른 스킬은?《카운터 앱솝션》만 강해진 건 아니지?"

『모르겠다.』

…………모르겠다?

"모르겠다니, 무슨 소리야?"

『모르겠다는 말이다. 생기긴 했다. 하지만 모르겠다.』

네메시스가 무슨 말을 하는 건지 알 수가 없었기에 나는 메뉴를 띄우고 〈엠브리오〉 항목을 확인해보았다. 그러자 그곳에는.

[■■■■■]

『보유 스킬』

·《카운터 앱솝션》 Lv3

·《■■■■■■■■》 : (현재 해석 중)

"……이게 뭐야."

형태명도 그렇고 고유 스킬명도 글자가 깨져 있었다.

그리고 효과는 해석 중이라고 떴다.

"저기, 네메시스. 아까 말했던 나쁜 소식이란 게."

『진화를 해서 힘도 얻었지만, 그것을 나 자신도 **아직 이해하지 못하고 있다.**』

"……그런 패턴이 있을 수도 있는 건가?"

왜 이렇게 되어버린 걸까…… 뭐, 짐작 가는 게 있긴 하다.

아마 제2형태로 진화했을 때 실행된 그 시스템 때문일 것이다.

그 시스템의 영향으로 인해 진화가 늦춰진 것뿐만이 아니라 다음 진화인 이 방패에도 어떤 영향을 미쳤을 것이다.

잘 살펴보니 제3형태는 지금까지의 형태와 모습 말고도 다른 점이 많았다.

우선 그 까만 오라가 보이지 않았다. 대검 때는 내 팔을 휘감았고, 부창 때는 깃발처럼 뿜어져 나오던 오라가 전혀 보이지 않았다. 지금은 그냥 방패다.

그리고 색이 검은색 단색이 아니었다. 방패 표면 부분에 검은색이 아닌 은색 문양이 일정한 간격으로 다섯 개, 곡선으로 그려져 있다. 지금까지 보았던 형태 중 이런 것은 없었다.

"이거 해석 중이라고 적혀 있는데, 언제 끝나?"

『오늘 안에 끝나면 좋겠다…… 싶은 정도다. 이 해석을 그대의 감각으로 따지자면 본 적도 없고 들은 적도 없는 언어 문서를 한 장 주고 '사전이 있으니까 번역해서 읽을 것. 사전 자체도 일본어가 아니라 영어로 적혀 있지만'이라는 느낌이다만.』

……무슨 숙제냐고.

그래도 뭐, 그 정도라면 늦어도 며칠 안으로는 알아낼 수 있겠지.

그렇다면 어떻게든 되려나…… 그렇게 생각하고 있자니.

"해석이 끝나지 않더라도 제대로 쓰면 알아낼 수 있을지도 모르잖아요?"

비 쓰리 선배가 그렇게 말한 것을 들었다.

"그게 무슨 소리죠?"

"아는 사람 중에 그런 식으로 진화한 뒤에 생긴 스킬이 해석 중이라고 뜬 사람이 있었는데요, 이것저것 시험하다 보니 해석이 빠르게 진행되었어요. 해석이 다 끝난 뒤에 살펴보니 해석된 스킬이 그렇게 시험해보던 것들 중에 들어맞는 것이 있었다네요."

"스킬의 움직임과 비슷한 동작을 하면 해석이 빠르게 진행될지도 모른다는 건가요?"

네메시스가 예를 든 것으로 따지면 들어맞는 행동은 '일본어로 번역한 예문' 같은 건가?

아무튼 그렇다면.

『이보게, 레이. 그대 무슨 짓을 할셈이으아아아아아아아악?!』

나는 원형 방패 형태인 네메시스를── 있는 힘껏 **투척**했다.

"이 바보 같은 것! 바보 같은 거엇!"

"미안, 역시 그건 내가 잘못했어…….."

내가 투척한 네메시스는…… 마침 날아간 곳에 있던 논두렁에 파묻혀 버렸다.

그리고 진흙투성이가 된 채 사람 형태로 돌아온 네메시스가 내게 드롭킥을 날린 다음 잔소리를 퍼붓고 있었다.

"왜 던진 게냐?! 왜 갑자기 아메리카의 캡틴에 눈뜬 게야?!"

"선배의 방패에서 영향을 받은 거라면 던지는 것하고 관계가 있지 않을까 해서."

선배도 방패를 던져서 〈K&R〉 멤버를 몇 명 쓰러뜨렸으니까. 그리고 방어 계열은 《카운터 앱솝션》이 있으니 주요 스킬이 아닌 것 같고.

원거리 공격도 있었으면 좋겠다.

그러니 역시 던질 수밖에…….

"너무 단순하잖느냐아!! 적어도 한 마디 정도는 하고 안전한 쪽으로 던졌어야지?!"

"미안, 그건 정말 반성하니까……."

사람이 없는 쪽으로 던졌는데 그쪽에 논두렁이 있었던 거야…….

"아, 일단 닦을까."

지금은 사람 형태지만 진흙투성이니까.

……무기 형태에서 닦으면 깔끔해지려나?

『정성껏 닦거라!』

바로 검은 원형 방패 형태로 변한 네메시스를 왼쪽 의수로 고정시키고 아이템 박스에서 손질도구를 꺼내 닦기 시작했다.

"능숙하네요."

"언데드 같은 상대와 싸운 다음에는 항상 닦아달라고 하거든요."

그래서 이미 익숙하다.

"좀 부럽네요. 제 〈엠브리오〉는 테리터리 계열이라 만질 수가 없으니까요."

"아, 그러고 보니 선배의 〈엠브리오〉는 테리터리 같은 느낌이었죠."

흐음, 그렇다면 〈CID〉 멤버의 〈엠브리오〉는 모두 테리터리 계열인 건가?

『손이 멈췄다.』

"그래, 그래."

그렇게 나는 20분 정도에 걸쳐 네메시스를 정성껏 닦아주었다.

◇

제3형태를 시험하는 것은 우선 보류하게 되었다.

글자가 깨진 스킬에 대해 네메시스가 '내가 자력으로 해석할 터이니 더 이상 쓸데없는 짓을 하지 말도록!'라고 엄포를 놓았다. 어쩔 수 없으니 네메시스에게 맡기도록 하자.

그럼 일어나자마자 생겼던 네메시스의 진화 문제를 보류하게 되었으니, 이 토르네 마을에 온 원래 목적을 달성하기로 했다.

원래 목적이란 물론 시지마 씨를 현실에서 찾아내기 위해 파리카 씨에게 이야기를 듣거나 그가 남긴 물건으로부터 정보를 수집하는 것이다.

그래서 파리카 씨에게 이야기를 들으려 했는데…….

"죄송합니다……, 사실 낮까지 이 수선을 마쳐야만 해서요."

오늘까지 마쳐야 하는 [재봉사]의 일이 아직 끝나지 않은 모양이었다.

원래 어제 끝낼 예정이었지만 류이 때문에 늦어진 모양이었다.

그렇다면 어쩔 수 없지.

"낮쯤에는 작업이 끝날 테니…… 이야기는 그 이후에 해드려도 될까요?"

"아, 네. 저희는 언제든 상관없어요."

낮이 되려면 이쪽 시간으로 서너 시간 정도.

현실에서 사람을 찾는 걸 감안하면 이 정도는 문제없다.

"그때까지 풍성제를 즐기고 오세요. 주요 행사는 밤에 불꽃놀이부터 시작되는 이벤트지만 노점이나 무대 공연은 이미 시작되었으니까요."

"호오."

아, 우리 대식가(네메시스)가 노점이라는 말을 듣고 눈을 반짝이고 있다.

어제 저녁 식사를 하지 않았던 게 원인이겠지만…… 식비 때문에 돈이 또 날아가겠구나.

……그건 그렇고 네메시스는 너무 폭식하는 것 같다.

"네메시스, 칠대 죄악이라는 거 알아?"

"으음. 나와는 인연이 없는 것이지."

"Really? (정말?)"

"어째서 영어로 되묻는 게냐?!"

그런 이야기를 주고받으며 우리는 노점이 늘어서 있는 마을 큰길로 향했다.

축제의 노점이라고 하면 고향에 있던 신사의 축제와 봄에 꽃구경을 하러 가서 본 것이 떠오른다.

실제로 이 토르네 마을의 축제도 비슷했다.

집이 400채 정도, 인구도 2000명 정도에 불과한 마을치고는 노점이 묘하게 많이 늘어서 있었다.

네메시스가 먹을 크레이프를 사면서 가게 주인에게 물어보니 이 축제 기간에는 왕도에서 오는 사람도 있다고 했다.

분명 돈을 벌 기회이긴 하겠지만, 몬스터도 있는 길을 지나오는 걸 보니 참 대단한 것 같다.

그런데 이야기를 들어보니 노점을 내는 가게 주인들끼리 뭉쳐서 돈을 모아 실력 있는 호위를 고용한 다음 아침에 온 모양이었다.

마을 주변에는 초보용 지역보다 조금 강한 정도의 몬스터밖에 없다. 매우 드물게 류이네 가족이 마주친 것 같은 무리가 발생하긴 하지만, 몇 년에 한 번 있을까 말까 한 정도라고 한다.

호위도 편도로 한나절 정도만 맡으면 되니 〈마스터〉도 가능하고 무리가 발생해도 실력 있는 〈마스터〉라면 문제가 없다.

이 시기에는 노점 주인뿐만이 아니라 관광객까지 호위를 맡기곤 하고, 지금 생각해보니 길드에서 본 카탈로그에도 호위 의뢰가 많이 있었던 것 같다.

보아하니 호위를 맡은 겸 관광을 하고 있는 〈마스터〉도 많았다.

그렇게 축제를 즐기며 걸어가는 사람들은 다들 어떤 것을 들고 있었다.

그것은 어제 토르네 마을로 이어지는 길에 장식되어 있던 그 풍성이라 불리는 날개가 다섯 개 달린 풍차였다.

길을 가는 사람들은 풍성을 들거나 옷에 꽂고 있었다.

네메시스도 어제 류이에게 받은 풍성이 매우 마음에 들었는지

가슴에 꽂고 있었다.

참고로 두 손에는 풍선이 아니라 크레이프를 하나씩 들고 있었다.

"음~♪ 진화한 뒤에 하는 식사는 각별한 맛이로구나."

"그렇군요."

"다음에는 뭘 먹을까. 아직 배에는 여유가 있으니 한참 더 먹을 수 있다."

평소보다 먹는 속도가 빠르고 용량도 더 커진 네메시스를 보고 좀 우울한 기분이 들었다. ……진화해서 먹는 양이 늘었다는 건 아니겠지?

"이 기세로 노점을 제패해버릴까."

"…………."

"농담이다만?"

전혀 농담으로 들리지 않았다. 진짜로 그럴 기세였다고…….

"음, 항상 저쪽에 아이스크림 가게가 있었고, 건너편에는 와플이 있었어. 그리고 저쪽에서는 작은 무대에서 풍성제의 기원에 대한 연극을 하루에 여러 번 공연하고."

"그래? 그건 좀 보고 싶은데."

"응, 안내해줄게. 아…………."

류이는 노점을 돌아다니던 우리를 안내해주다가도 가끔 풍경을 보고 그렇게 입을 다물 때가 있었다. 표정을 보니 좀 쓸쓸한 기색이었다. 아마 양아버지와 함께 지냈던 작년까지의 축제를 떠올리고 있을 것이다.

"음, 렘 열매를 팔고 있군."

네메시스의 말을 듣고 그 노점을 보니 얼음으로 차갑게 만든 렘 열매를 팔고 있었다. 냉동 귤이나 과일 셔벗 같은 건가?

나는 사람 수에 맞게 렘 열매를 사서 나누어 주었다.

"고마워, 레이 형. 렘 열매…… 그링검도 좋아했는데."

"음? 그링검은 사자 몬스터 아니었는가?"

"응, 고기를 좋아해. 그런데 과일도 먹거든. 특히 렘 열매를 정말 좋아했지. 하지만 그링검은 껍질을 까서 잘라주지 않으면 안 먹었어."

[아리에스 레오]는 사자지만, 잡식 몬스터이고 왠지 우아한 몬스터였던 것 같다.

"아, 그런데 양아버지도 그랬어. 껍질째로 먹을 수 있는데도 일부러 껍질을 벗기고 먹기도 했고, 귤은 하얀 줄기를 전부 떼어내고 먹고, 씨도 빼고 먹고."

아무래도 시지마 씨의 사육 방침이 그링검에게도 영향을 미친 것 같다.

……신경질적인 사람인가?

"'이쪽에서는 괜찮다는 걸 알고 있지만, 역시 무서우니까'라고 자주 말하곤 했어."

"무섭다고?"

과일을 먹는 게 왜 무섭다는 거지?

알러지, 그렇다면 애초에 과일을 먹지 못할 테고…….

"그리고 유노는 '아앙~'해주지 않으면 안 먹었어. 메이든의 식성이라던데."

"이해가 잘 안 되는 식성이로구나."

……네메시스의 위장 용량도 이해가 잘 안 되는 점에서는 밀리지 않을 텐데.

"아. 저기 돌로 만든 무대가 있지? 저기서 매년 흑천님의 옛날 이야기 연극을 해."

내가 시지마 씨에 대해 고찰하고 있자니, 류이가 길 앞을 손가락으로 가리켰다. 그곳에는 작은 무대 주위에 사람들이 몰려 있었고, 그 가운데에서는 류이가 말한 연극을 하고 있었다.

나와 선배는 볼 수 있지만, 키가 작은 류이와 네메시스는 볼 수가 없을 것이다.

"좋다. 레이여, 목말이다. 목말을 원한다."

"뭐, 딱히 상관은 없는데. 류이도 이리 와."

"어? 그래도 두 사람인데……."

"아니, 괜찮아."

나는 두 사람을 동시에 안아 들고 오른쪽 어깨에 류이, 왼쪽 어깨에 네메시스를 올렸다. 떨어지지 않게끔 허벅지를 손으로 잡았다.

지금 내 STR은 네메시스와 [장염수갑], 뽑기에서 뽑은 STR을 2할 늘려주는 액세서리 등, 여러 가지 보정으로 인해 1000을 넘기는 상태였다.

농담이 아니라 진짜로 천하장사 같은 느낌이라 어린애 두 명을 어깨 위에 올리는 정도는 아무렇지도 않다.

"그런데 레이, 나는 어린이가 아니라 레이디."

"상연 중에는 조용히 해야지."

"끄으."

자, 그렇게 두 사람을 목말(?) 태운 상태로 연극을 보게 되었다.

다행히 이번 공연은 이제 시작하려는 참인 것 같았다.

□옛날이야기

옛날 옛적에, 이 토르네 마을은 지금보다 더 작고 평화로운 농촌이었습니다.

기분 좋은 바람이 부는 마을이었고 항상 빙글빙글, 빙글빙글, 농업용 풍차가 돌아가곤 했습니다.

하지만 그렇게 평화롭고 느긋한 토르네 마을에 갑자기 '새까만 것'이 왔습니다.

그것은 동쪽 하늘에서 날아온 괴물이었습니다.

괴물은 해님의 빛, 별님의 빛까지 밝은 것을 전부 집어삼키고 그 주위를 '새까만 것'으로 바꾸어버렸습니다. '새까만 것'으로 변해버린 하늘을 보고 사람들은 '흑천이다', '흑천님이다'라고 두려워했습니다.

흑천님은 밝은 것들을 집어삼키면서 하늘 높은 곳에서 지상을 내려다보고 웃으면서 멋대로 날뛰었습니다.

흑천님에게 들키면 사람이든 짐승이든 '횃불'이 되어 잡아먹히게 되어버립니다.

그렇게 모두가 겁을 먹고 창문과 대문을 걸어 잠근 뒤 어두운 집 안에 틀어박히게 되었습니다.

가끔 '나야말로'라고 하면서 흑천님을 토벌하려는 기사나 사냥꾼도 있었습니다.

하지만 기사의 검은 흑천님에게 닿지 않았고, 사냥꾼의 화살도 역부족이었습니다.

가끔 하늘을 나는 용을 타고 도전하려는 사람도 있었지만, 용의 날개도 닿지는 못했습니다.

그렇게 기사, 사냥꾼, 용조차도 '횃불'이 되어 잡아먹혀 버렸습니다.

그렇습니다, 용도 흑천님을 당해내지 못했던 것입니다.

모두가 패배하고 모두가 겁을 먹은 채 살아가는 흑천님의 천하입니다.

도망치려 해도 금방 들켜서 '횃불'이 되어버립니다.

사람들은 굶주린 채 집 안에서 숨어 살고 있었습니다.

이 마을에 불어오던 바람소리도 멎었고, 하늘까지 죽어버린 것 같았습니다.

들리는 소리는 하늘 위에서 흑천님이 웃는 소리뿐이었습니다.

아, 이대로 모든 것이 끝나버리는 걸까요?

토르네 마을 사람들이 그렇게 한탄했을 때였습니다.

사람들을 가엾게 여긴 하늘이 눈물을 한 방울 떨어뜨렸습니다.

그러자 그 눈물은 꼬리를 길게 끄는 유성이 되어 하늘을 갈랐고…… 흑천님을 때려눕혔습니다.

유성에게 얻어맞은 흑천님은 산으로 추락하여 그대로 깊은 땅속에 가라앉아버렸습니다.

차가운 바위산 땅속에는 흑천님이 좋아하는 밝은 것이 아무것도 없습니다.

먹을 것이 없어진 흑천님은 힘을 잃고 땅속에서 나올 수 없게 되었습니다.

그렇게 사람들은 하늘이 떨어뜨린 눈물의 유성으로 인해 구원받게 되었고, 흑천님은 지금도 어둡고 추운 땅속에 갇혀 있다고 합니다.

그것을 축복하는 것처럼 유성이 떨어진 뒤에 마을에 다시 바람이 불어왔습니다.

하늘도 밝아졌고 흑천님의 공포가 사라지게 되었습니다.

그 이후로 사람들은 자신들을 구해준 하늘에게 감사하며 1년에 한 번, 흑천님이 봉인된 날에 풍성이라는 별을 본떠 만든 작은 풍차와 하늘을 장식하는 빛의 불꽃놀이를 하며 축제를 벌이게 되었습니다.

그리고 모두 행복하게 살았답니다.

◇ ◇ ◇

[성기사] 레이 스탈링

"그렇구나."

이해하기 쉬운 연극 덕분에 축제의 유래를 잘 알 수 있게 되었다.

아니, 이거…….

"선배, 그러니까 방금 그 이야기는…… '엄청 강한 몬스터가 있었는데, 우연히 떨어진 운석에 직격당해서 죽었습니다'라는 거죠?"

"그렇겠죠. 아마도 〈UBM〉이었을 텐데…… 천문학적으로 운이 나쁜 개체가 있었던 모양이네요."

'이 부근에 자리 잡고 있었기 때문에 운석에 맞았다고도 할 수 있으니 자업자득이지만요', 선배는 그렇게 말을 이어나갔다.

"아니면 죽지 않고 옛날이야기에 나오는 것처럼 갇히기만 한 건지도 모르겠지만…… 이야기를 들어보니 생물인 것 같으니 먹거나 마시지 못하는 상태로 수백 년이나 지난 지금은 죽었을 거예요."

뭐, 그렇겠지.

여담이지만, 연극이 끝난 뒤에 근처 산으로 달려가는 〈마스터〉들이 몇 명 보였다.

류이의 말에 따르면 매년 이 이야기를 듣고 나서 산을 파러 가는 〈마스터〉가 몇 명은 있다고 한다.

'죽어가는 〈UBM〉을 찾아내서 쓰러뜨리면 특전을 얻을 수 있을지도 몰라!'라는 생각인 것 같다.

그리고 당연하지만 지금까지 발견되지 않았으니…… 역시 수백 년이 흐르면서 소멸되었을 것이다. 먹거나 마시지 못하는 상태로 수백 년이 지났는데 살아 있는 녀석은 분명 골치 아플 테니 그러는 편이 낫다.

연극을 다 보고 난 뒤에는 다시 노점을 산책하기 시작했다.

참고로 지금 류이는 함께 있지 않다.

왜냐하면 연극을 보러 왔던 마을 친구들과 우연히 만나 같이 다니자는 말을 들었기 때문이다.

우리를 신경 쓰는 것 같길래 '괜찮으니까 다녀와. 돌아가는 길 정도는 알고 있으니까'라고 하면서 보냈다.

류이는 이 축제를 보고 시지마 씨를 떠올리며 좀 풀죽은 기색이었다. 그렇다면 친구들과 놀면서 기분을 들뜨게 만드는 편이 낫겠지.

그런 이유로 지금은 나와 네메시스, 선배, 이렇게 셋이서 움직이고 있는데…….

"레이 군, 목마르지 않나요?"

"아, 그러고 보니 조금요."

연극을 보다 보니 음료수를 마시고 싶어지긴 했는데, 보던 도중에 사러 갈 수는 없었으니까.

"그럼 제가 마실 것을 사오죠. 저쪽에서 팔고 있었으니까요."

"그럼 저도 뭔가 사올게요. 선배, 먹고 싶은 거 있으신가요?"

"그럼 팝콘으로 부탁드릴게요."

"알겠습니다."

선배는 온 길로 돌아갔고, 우리는 근처에 있던 팝콘 노점에 줄을 섰다.

팝콘이라고 하니 로그인하기 전에 형이 만든 팝콘이 MMO저널 플랜터 뉴스에 떴었지.

나도 시험 제작품을 먹어 봤는데 맛있다. 맛있긴 한데……
옥수수 말고 다른 재료로 뭘 썼는지 가르쳐주지 않아서 좀 무섭다.

그리고 레이레이 씨와 합작했다는 CM송도 이해가 안 된다.
미각도 디스트로이라니, 그게 무슨 소리야? 쓸데없이 퀄리티가 좋은 멜로디가 가사 때문에 묻혀버렸잖아.

"……응?"

내가 형의 이해가 안 되는 노래를 생각하며 팝콘을 사고 있자니 오가던 사람 중 일부가 시끌벅적하게 떠들기 시작했다.

무슨 일인가 싶어서 돌아보니.

"뭐어?! 붙어볼래?"

"부딪힌 건 그쪽이잖아! 으응?! 〈모히칸 리그〉는 시비를 걸면 안 봐준다고, 이 자식아!"

왠지 틀에 박힌 듯한 불량배들끼리 충돌을 벌이고 있었다.

한쪽은 모두가 붉은색과 검은색 동그라미를 겹친 마크를 옷에 달고 있는 집단, 다른 한쪽은 이유는 모르겠지만 모두가 모히칸 스타일인 집단이었다.

양쪽 다 질이 안 좋아 보였기에 건달들끼리 충돌을 일으킨 것 같았다. 모두가 왼쪽 손등에 문장을 지니고 있었기에 모두다 〈마스터〉인 모양이었다.

무슨 일이 생기면 곤란하겠다고 생각하며 싸움을 지켜보고 있자니.

『어, 왜 그러냐, 너희들.』

일촉즉발의 상황인 건달들 뒤에서 어떤 사람이 모습을 드러냈다.

거대한 갑주를 걸치고 키가 3미터가 넘는 사람이었다.

풀 플레이트 갑주와 풀 페이스 헬멧 때문에 얼굴을 살펴볼 수는 없었지만, 저렇게 큰 갑주는 어지간히 체격이 크지 않으면 입을 수 없을 것이다.

그렇게 관찰하다가 눈치챘다.

그 갑주를 입은 사람은 내가 선배와 만나기로 한 곳에서 본 사람이라는 것을.

"서브 오너!"

"뭐, 뭐야! 넌!"

동그라미 마크를 단 집단은 갑주를 환영했고, 모히칸 집단은 주눅이 들었다.

갑주는 주눅 든 쪽 사람들의 말을 듣고 이렇게 대답했다.

『이 갑주를 보고도 이 몸이 누군지 모르냐?』

……모른다고.

"너, 너는 설마…… 그!"

"감정으로도 진짜……."

그런데 보아하니 모히칸들은 알아본 모양이었다.

……나도 《간파》나 《감정안》을 익힐까.

『눈치챈 모양이로군. 그럼 뭘 해야 할지도 알겠지? 우리 〈솔 크라이시스〉에게 말이야!』

"야! PK당하고 싶지 않으면 한 명당 금화 하나씩 두고 가라고!"

갈취?

"제, 젠장……!"

"큭, 데스 페널티 때문에 축제를 즐기지 못하게 되면 큰 손해니까! 축제가 끝난 뒤에 청소도 해야 하니 지금은 물러나 주마!"

모히칸 집단은 갑주를 입은 사람이 노려보자 이상한 말을 하면서 돈을 던진 다음 힘없이 도망쳤다.

"서브 오너, 방금 그거 보셨습니까!"

『크하하, 꼴좋군. 가자, 이놈들아! ……응?』

갑주와 동그라미 마크를 단 집단──〈솔 크라이시스〉는 당당하게 그 자리를 떠나려 했다.

그런데 그 갑주가 내가 있는 쪽을 힐끔 보았다.

하지만 갑주는 아무런 말도 하지 않고 곧바로 떠나갔다. ……뭐지?

"분수에 있었을 때도 그렇고, 왜 나를 본 거지?"

"……그야 당연히 눈에 띌 만도 하겠지."

"지금은 팻말도 안 들고 있는데?"

"…………"

네메시스는 왠지 모르겠지만 지친 듯한 눈초리로 팝콘을 냠냠 먹고 있었다.

"무슨 일 있었나요?"

그때, 접시——대신 방패——위에 음료수를 세 개 담아온 선배가 돌아왔다.

"아뇨, 방금 전까지 저기서 클랜들끼리 시비가 붙어서요. 〈솔 크라이시스〉하고 〈모히칸 리그〉라고…….."

"아, 〈솔 크라이시스〉는 신흥 PK 클랜이에요. 직접 마주친 적은 없지만 이름은 들어봤네요. 그리고 〈모히칸 리그〉는 자원봉사 클랜이죠."

"……죄송해요, 모히칸이 뭐라고요?"

모히칸이라는 단어와 엄청나게 인연이 없을 것 같은 단어가 세트로 나온 것 같은데…….

"〈모히칸 리그〉는 인터넷에서 생겨난 자원봉사 클랜이에요. '엄청 악당 같은 모히칸이 자원봉사를 마구 하고 다니면 재미있지 않을까!'라는 생각에서 시작된 클랜이고 각 나라에 지부가 있죠. 시비만 걸지 않으면 보기보다는 해를 끼치지 않아요."

"모히칸이라니……"

"……뭐, 모히칸=〈모히칸 리그〉인 건 아니니까 모히칸만으로 판단하면 안 되겠지만요. 제 PK 클랜에도 모히칸 스타일인 사람이 있었고요."

……결국 헤어 스타일에 불과하니까 여러 종류의 사람이 있는 건 당연한 건가?

"그러고 보니 그 소동이 일어났을 때 좀 신경 쓰이는 부분이 있었는데요."

"뭐죠?"

"〈솔 크라이스〉의 멤버 중에 커다란 갑주가 있었거든요."

"갑주?"

"네, 3미터가 넘는 갑주요. 그런 것도 입을 수 있는 건가요?"

"입을 수 있어요."

선배는 우리에게 음료수를 건네면서 갑주에 대한 설명을 하기 시작했다.

"우선 가장 간단한 방법은 거인 아바타로 게임을 시작하는 거죠."

아, 그러고 보니 평범한 인간 말고도 만들 수 있던가? 로자도 늑대 수인이었고.

"뭐, 아바타가 거인이더라도 스테이터스는 똑같으니 겉멋만 든 것으로 보일 수도 있겠네요. 그리고 피격 판정도 크고 장비도 특대 사이즈라서 지출이 커요."

······메리트에 비해서 디메리트가 너무 크다.

"그리고 상급 직업인 [갑주거인(아머 자이언트)]이라면 STR에 따라서는 사이즈가 맞지 않는 갑주도 입을 수 있어요."

"선배의 [방패거인(실드 자이언트)]의 갑주 버전 같은 직업도 있군요. 그런데 아무리 STR이 높더라도 갑주니까 사이즈가 맞지 않으면 빈 공간이 많아서 움직이기 힘들 것 같은데."

"[갑주거인]의 스킬 중에 《아머 어저스터》라는 게 있어요. 그것을 사용하면 갑주의 빈 공간에 끈적거리는 공기 같은 역장을 채워서 사이즈에 상관없이 움직일 수 있죠. SF 영화에 나오는 파워드 슈트 같은 느낌인 거예요."

"호오."

편리한 스킬이 있구나. 그리고 선배는 [갑주거인]에 대해 잘 알고 있는 모양이다. 지금은 [방패거인]이지만, 예전에는 [갑주 거인]이었던 건가?

뭐, 데이터에 빠삭한 선배라면 다른 직업에 대해서도 잘 알고 있는 건지도 모르겠지만.

"커다란 갑주는 참 좋죠. 뛰어난 위압효과를 기대할 수도 있고, 만에 하나 갑주가 관통되었을 때도 부피 중 태반을 차지하고 있는 빈 공간 때문에 상대방의 공격이 빗나가는 경우도 있어요."

아, 왠지 직접 체험한 것 같은 느낌이네. 역시 예전에는 [갑주 거인]이었는지도 모르겠다.

"……하지만 정수리부터 두 동강나게 되면 어떻게 해볼 수가 없지만요."

선배가 한숨을 쉬면서 약간 먼 곳을 보고 있었다.

뭔가 기분 나쁜 일이라도 있었던 건가?

◆ ◆ ◆

■???

"언제쯤 칠 거야?"

『축제가 끝난 뒤에도 상관은 없겠지. 지금은 방해받을 것 같군.』

"오는 길에 〈K&R〉 녀석들만 없었다면 거기서 끝냈겠지만요."

"하지만 오히려 잘된 부분도 있지. 〈초급〉뿐만이 아니라 그 〈K&R〉도 해치우지 못했으니까."

『크하하. 사냥감의 가치가 더욱 올라갔다는 거로군.』

"그래. 방금 말했듯이 축제가 끝난 뒤에 친다. 이 마을을 떠나 돌아가는 길이 가장 좋겠지. 하지만……."

『그래, 여기 있는 동안 좋은 기회가 생기면 그때 말이지.』

□[성기사] 레이 스탈링

태양이 남쪽 하늘에 떠올랐을 무렵, 풍성제의 구경거리를 대충 둘러 본 우리는 시지마 씨네 집으로 돌아와 있었다. 사소한 거긴 하지만 정오에 태양이 남쪽 하늘에 있는 것을 보니 이 대륙은 일단 북반구에 해당되는 모양이다.

뭐, 육지는 이 대륙밖에 없는 것 같으니 큰 의미는 없지만.

"어서 오세요. 저기, 류이는……?"

시지마 씨네 집에서는 파리카 씨가 일을 다 마쳤는지 우리를 기다리고 있었다.

"친구들하고 만나서 중간부터는 따로 행동하게 되었어요."

"그런가요……."

파리카 씨는 왠지 안심이 되었다는 듯이 그렇게 말했다. 이제 시지마 씨에 대한 이야기를 들을 텐데, 류이가 있으면 문제가 되기라도 하는 건가?

"죄송합니다. 아직 수선이 끝나지 않아서요. 두 벌 정도 끝내고 나면 시간이 나니까……."

"아, 신경 쓰지 마시고 일을 먼저 해주세요."

좀 일찍 와버린 모양이라 나와 선배는 조금 더 기다리게 되었다.

39

그리고 네메시스는 제3형태의 스킬 해석에 진전이 있을 것 같아서 그쪽에 집중하고 싶다고 했기에 지금은 문장 안에 있다.

나는 선배와 이야기라도 하려고 했는데, 선배는 아이템 박스에서 금속 통 같은 것을 꺼내 쥐고 있었다.

보아하니 뭔가 커다란…… 탄피처럼 보였다.

"선배, 그건 뭐예요?"

"제 장비의 부속품이에요. 사용하기 전에 미리 MP를 충전해 둘 필요가 있는데요, 충전하는 걸 깜빡한 게 하나 있어서 지금 해두려고요."

장비의 부속품…… 음, 로자와 싸울 때는 그런 탄피를 쓰지 않았던 것 같았는데.

뭐, 그때 쓰지 못했던 장비인 건가? 선배는 방패를 여러 개 가지고 있으니까 용도에 따라 나눠서 사용하고 있는 거겠지.

그 뒤로는 파리카 씨의 일이 끝날 때까지 선배와 잡담을 하며 시간을 때웠다.

20분 정도 지나자 파리카 씨의 일이 끝났고, 우리는 이 집으로 온 원래 목적을 달성하기로 했다.

거실에 있는 탁자에 나와 선배 둘이서 파리카 씨 맞은편에 앉아 있었다.

"그럼 질문을 하겠습니다."

선배가 바로 이야기를 꺼냈다.

"여쭙고 싶은 것은 두 가지. 시지마 씨가 '저쪽'의 생활에 대해 무슨 이야기를 하지 않았는지. 그리고 행방불명되기 전에 어떤 행동을 하지 않았는지입니다."

"저기…… 그 전에, 제가 한 마디 해도 될까요?"

"네."

"저는…… 남편을 찾아주실 필요가 없다고 생각해요."

"네?"

그게 무슨 뜻이지?

파리카 씨의 남편인 시지마 씨가 반년 동안이나 행방불명되었는데 찾지 않아도 된다니.

"하지만 류이가 남편을 찾는 것을 원한다면, 저도 두 분께 말씀드리겠습니다."

"……부탁드립니다."

내가 다시 부탁하자, 파리카 씨는 고개를 끄덕였고…… 천천히 시지마 씨에 대해 이야기하기 시작했다.

□시지마 씨에 대해

파리카가 보기에 시지마의 첫인상은 '너무 많이 주는 사람'이었다.

〈파들 산길〉에서 몬스터에게 습격당했을 때, 극적이라고도 할 수 있는 만남.

그때, 파리카가 본 그는 마치 구세주 같았다.

그는 수많은 몬스터를 물리치고 파리카와 류이의 목숨을 구해주었으니까.

하지만 그가 파리카와 류이 모자에게 '해준 것'은 그것뿐만이 아니었다.

가지고 있던 회복 아이템을 아낌없이 써서 파리카에게 응급처치를 해주었다.

토르네 마을로 오는 도중 호위를 해주었다.

다쳐서 다리가 불편한 파리카 대신 이사를 도와주었다.

그리고 아는 사이라는 까만 머리카락의 [사교]까지 데리고 와서 파리카의 다리를 치료해주었다.

치료한 뒤에도 2주일에 한 번은 토르네 마을을 찾아와 선물로 파리카와 류이가 좋아하는 기호품을 가져다주었다.

그는 정말 이래도 되나 싶을 정도로 파리카와 류이를 잘 돌봐주었다.

류이는 순수하게 기뻐하기만 했지만, 파리카가 보기에는 신기했고…… 나쁘게 말하자면 꺼림칙하기까지 했다.

파리카와 류이는 시지마에게 **도움을 받기만** 했기 때문이다.

이렇게까지 돌봐줄 이유는 전혀 없었고, 그렇다고 해서 그가 누구에게나 그렇게 친절한 사람이지는 않았다.

그렇기 때문에 '시지마 씨가 우리에게 무슨 꿍꿍이를 품고 있는 것이 아닐까', 파리카가 그렇게 생각할 만도 했다.

그래서 다음에 시지마가 찾아오면 그 이유에 대해 물어보려고 했다.

그로 인해 지금 같은 시지마에게 '받기만 하는' 관계가 끝난다 하더라도…….

그날도 그는 그링검을 타고 왔다. 선물이라고 하면서 고급 과일인 렘 열매를 잔뜩 가지고 왔다.

류이는 마찬가지로 매우 기뻐했고, 그런 아들을 보고 파리카의 마음속에 약간의 망설임이 생겼다.

하지만 그래도 계속 이럴 수는 없다 생각하고 시지마에게 '단둘이서 하고 싶은 이야기가 있어요'라고 말을 꺼냈다.

시지마는 조금 의아해하는 것 같았지만 탈 짐승인 그링검과 자신의 〈엠브리오〉인 유노에게 류이를 맡기고 파리카와 이야기를 하기로 했다.

그렇게 단둘이 남게 되자, 파리카는 시지마에게 물었다.

'무슨 목적으로 저희를 돌봐주는 거죠?'라고.

그렇게 말하고 나서…… 파리카는 '다르게 말할 수는 없었나?'라고 생각하며 자책했다. 그 말은 파리카의 의문 그 자체이긴 했지만, 너무 직설적이었다.

하지만 직설적이었기 때문에 시지마는 그 의문의 의미, 그리고 왜 그런 질문을 했는지까지 바로 이해할 수 있었다.

그리고 질문을 받고 시지마가 보인 표정은 매우…… **미안해하는 것** 같은 표정이었다.

"죄송합니다, 파리카 씨. 당신을 불안하게 만들 생각은 없었습니다."

시지마의 대답은 사과였다.

파리카는 그가 왜 사과를 했는지 알 수가 없었다.

"그래요, 그렇겠죠. 제가 좀 지나쳤습니다. 죄송합니다. 어느 정도가 적당한지 경험이 없어서 몰랐거든요."

다시 사과했다.

그 말은 마치…… 시지마가 잘못했다고 하는 것처럼 들렸다.

"뭘 모르셨다는 건가요?"

"누군가에게 감사하는 마음을 전달할 때 어느 정도가 딱 좋은지 몰랐던 겁니다."

"감사?"

누가 누구에게 감사한다는 걸까.

파리카와 류이는 시지마에게 도움을 받았을 뿐인데.

파리가가 그렇게 생각하고 있자니 시지마는 파리카가 상상하지 못했던 말을 했다.

"**살아나 준** 당신들에게 감사하는 마음을 전하고 싶었던 것뿐입니다."

살아나 준 것에 감사하고 싶었다.

시지마는 그렇게 말했다.

시지마는 그 뒤로도 조용히 말을 이어나갔다.

'죽기만을 기다리고 있던 당신의 목숨을 구해낸 것이 무엇보다 기뻤다'고.

'왜냐하면 그건 '저쪽'의 자신에게는 매우 큰 의미가 있기 때문에'라고.

그때 파리카는 그 말에 담겨진 마음을 전부 이해할 수가 없었다.

하지만…… 알게 된 것도 있다.

그날, 그때, 파리카는 시지마에게 구원받았다.

하지만 시지마도 그로 인해 마음을 구원받은 것이다.

그 사실을 이해하자 지금까지 한 행동이 그의 솔직한 마음으로 인한 것이라는 사실도 알게 되었다.

그런 다음 눈앞에 있던 시지마의 울음을 터뜨릴 것 같은 얼굴을 보았을 때…… 파리카의 마음속에는 시지마에 대한 의심이 조금도 남아 있지 않았다.

"죄송합니다, 파리카 씨. 앞으로는 당신이 불안해하지 않게끔 여기에……."

자신의 실수를 깨달은 시지마는 그렇게 말하고 모자 앞에서 떠나려 했다.

하지만 파리카가 그 말을 가로막았다.

"저녁 식사, 하고 가실래요?"

"네?"

시지마는 무슨 말을 들은 건지 이해하지 못하고 멍해졌다.

"지금까지 몇 번 권해드렸는데 한 번도 드시고 가시지 않으셨잖아요?"

"하, 하지만……."

"시지마 씨께는 너무 많이 받았으니까…… 조금이나마 돌려드리게 해주세요. 괜찮으시다면 앞으로도."

"파리카 씨……."

"감사의 마음을 전해주셨으니, 이번에는 저희의 감사도 받아주세요."

파리카는 그렇게 말하고 미소를 지었다.

시지마도 어느새 미소를 짓고 있었다.

"조금만 기다려주세요. 그렇지, 류이에게도 도와달라고 해야겠네."

"저기! 저도 돕게 해주십시오!"

"네, 부탁드릴게요."

그런 다음 류이와 그를 봐주고 있던 유노가 집으로 돌아왔다.

그들이 본 것은 요리에 익숙하지 않아서 악전고투하고 있던 시지마, 그리고 그와 함께 웃으며 요리를 하고 있던 파리카였다.

류이는 '신기하네~'라고 생각하긴 했지만, 두 사람이 즐거워 보였기에 기뻐졌다.

유노는 말없이, 하지만 마치 아이의 성장을 기뻐하는 어머니 같은 표정으로 '후후~', 기쁜 듯한 표정을 짓고 있었다.

그 뒤로 얼마 지나지 않아 시지마는 파리카와 류이의 집에 살게 되었고…… 다음 해에는 파리카와 혼인하게 되었다.

스물일곱 번째, 〈마스터〉와 티안의 혼인이었다.

시지마와 파리카, 류이, 세 사람의 생활은 평화로웠고, 행복하게 이어지고 있었다.

시지마는 파리카의 두 번째 남편이자 류이의 양아버지였지만, 그들을 가로막는 벽은 전혀 없었다. 세 사람은 자연스러운 가족이었다.

그런 가족의 생활에 어떤 변화가 찾아온 것은 반년 전.

파리카가 임신했다는 것이 밝혀진 것이다.

처음에는 파리카도 눈치채지 못했다. 몸무게가 좀 늘었고, 몸매가 좀 무너졌나? 그런 정도였다.

〈마스터〉와 티안 사이에는 아이를 가질 수 없다고 생각했기에 그럴 만도 하다.

하지만 날이 갈수록 배가 불러왔고, 입덧도 하기 시작했다. 예전에 류이를 임신했을 때의 경험을 통해 파리카는 자신이 임신했다는 것을 눈치챘다.

[의사]의 진찰을 받아본 결과, 분명히 임신했다는 것을 알게 되었다.

파리카는 기뻤다. 시지마를 사랑했고, 가족으로서 함께 지내면서도 더 이상 가족을 늘릴 수는 없을 것이라 생각하고 있었으니까.

세 사람, 그리고 유노와 그링검이 있으면 충분히 행복하다.

하지만 그 상태에서 아이를 한 명 더 낳으면…… 지금보다 더 행복해질 것이라 생각하고 있었다.

무엇보다 시지마가 기뻐하는 모습을 보고 싶었던 것이다.

집으로 돌아와 저녁 식사를 하면서 임신했다는 것을 말하자, 류이는 매우 기뻐했다.

유노도 말없이 그저 박수를 치며 축복해주었다.

그리고 시지마는—— 울고 있었다.

커다란 환희의 눈물인 것과 동시에…… 무언가를 **아쉬워하는 것** 같다. 2년 이상 부부로 지냈던 파리카는 그렇게 느꼈다.

그날 밤, 침실에서 시지마는 파리카에게 이야기했다.

그의 아이를 가져준 것에 대한 깊은 감사와…… 그의 결의를 입에 담은 것이다.

"파리카. 저는…… '저쪽'에서 해야만 하는 일이 있습니다."

"그건 이 애와 상관있는 일인가요?"

아이가 있는 배를 파리카가 쓰다듬으며 시지마에게 묻자, 그는 고개를 크게 끄덕였다.

"저는 그 아이를 만나기 위해서 어떤 **시련**을 받아야만 합니다. 그 결과에 따라서는…… 목숨을 잃을지도 모르고……."

"그럴 수가……!"

"할 수만 있다면 이대로 마지막까지…… 평화롭게 당신들과 살고 싶었습니다. 하지만 저는 그 아이를 만나고 싶어요…… 그 아이를 포함한 가족 모두와…… 함께 살고 싶습니다."

그렇기에 '저쪽'에서 시련을 받아야만 한다, 시지마는 그렇게 말했다.

파리카는 시지마가 굳게 결의했고, 그 시련이 피할 수 없는 것이라는 사실을 짐작했다.

"그 시련에서 살아남으면 언제쯤 돌아오실 수 있죠?"

"……빠르더라도 한 달…… 아니, 이쪽 시간으로 세 달은 걸리겠죠. 반년 이상 걸릴 지도 모르고."

"그렇게나 오래……."

"하지만 전 어떤 형태로든 반드시 돌아올 겁니다…… 그것만큼은 믿어줬으면 해요."

'저쪽'에 가더라도 반드시 가족 곁으로 돌아오겠다, 시지마는 그렇게 말했다.

파리카는 그 말을 듣고…… 고개를 끄덕였다.

"기다릴게요. 저하고 류이…… 이 아이 셋에서, 당신이 돌아오는 걸…… 언제까지나 기다릴게요."

"……고마워요……."

그렇게 두 사람은 배 속에 있는 아이를 응원하며 서로를 부드럽게 끌어안았다.

다음 날 아침, 파리카가 깨어나 보니 시지마는 어디에도 보이지 않았다.

파리카가 류이에게 물어보니 류이에게 작별인사를 하고…… 어디론가 가버렸다고 했다.

파리카는 그 말을 듣고 '저쪽'에 시련을 받으러 갔다는 것을 깨달았다.

파리카는 류이에게 시지마가 '저쪽'에서 목숨을 잃을지도 모른다는 것을 알려주지 않았다. 알려줘도 불안해지기만 할 거라 생각했기 때문이다.

그리고 그녀는 믿고 있었다.

시지마는 언젠가 반드시, 가족의 곁으로 돌아올 것이라고.

□[성기사] 레이 스탈링

"그 사람은 반드시 돌아와 줄 거예요. 그러니까…… 찾을 필요는 없다, 저는 그렇게 생각해요."

우리에게 시지마 씨와의 추억 이야기를 해준 파리카 씨는 그렇게 말하며 이야기를 마무리 지었다.

"…………"

나도 그렇고 선배도 대답하거나 추가로 질문을 하지 못한 채 입을 다물고 있었다.

방금 파리카 씨가 한 이야기를 듣기만 해도 알 수 있었기 때문이다. 시지마 씨는 강한 결의를 품고 '가족'의 곁을 떠나 '저쪽'…… 현실에서 무언가를 하고 있다.

그리고 지금까지 얻은 정보에 따르면…… 우리는 시지마 씨가 처한 상황도 어느 정도 **짐작**하고 있었다.

"죄송합니다. 잠깐 저하고 이 사람 둘이서만 이야기를 하고 와도 될까요?"

"네."

"가요, 레이 군."

내가 아무런 말도 하지 못하고 있자니 선배가 그렇게 말하고 나를 집 바깥으로 데리고 나왔다.

"이번 건은 달성하는 게 불가능할 가능성이 크네요."

집 밖, 마차 안에서 선배는 내게 그런 말을 꺼냈다.

"……그 말은."

"레이 군도 이미 예상하고 있죠?"

선배가 한 말대로 나도 이미 해답으로 보이는 것을 짐작하고 있다.

〈마스터〉와 티안 사이에 아이가 생겼다는 사실…… 생리현상을 고려하면 불가능할 정도의 장시간 연속 로그인.

파리카 씨와 류이에 대한 시지마 씨의 마음.

'저쪽'에서 받아야만 하는 '시련'.

그리고 시지마 씨가 한 말.

——할 수만 있다면 이대로 **마지막**까지…… 평화롭게 당신들과 살고 싶었습니다.

우리들이 생각한 '해답'에 이르기 위한 재료가 너무 많이 모인 상태였다.

"시지마 씨는, 음……?"

내가 그 '해답'에 대해 말하려 했을 때—— 갑자기 마차가 흔들렸다.

무슨 일인가 싶어서 보니 간헐적으로 지면이 흔들리고 있었다.

"지진?"

그렇게까지 세게 흔들리지는 않았다. 진도로 따지면 4~5정도일 것이다.

사람이 피해를 입을 정도는 아니고, 중세풍으로 따져도 건축을 할 때 마법을 사용해서 강도가 올라간 왕국의 가정집이 무너질 염려도 없다. 축제 쪽도 문제없이 계속 진행할 수 있는 정도다.

하지만 이 지진 때문에 식기가 떨어지거나 해서 파리카 씨가 다쳤을 가능성도 있었기 때문에 우리는 집안으로 돌아왔다.

"선배, 파리카 씨가 걱정되니까 집안으로 돌아가죠."

"알겠습니다."

집으로 들어와보니 식기 선반 안에 있던 것들 중 몇 개가 떨어져서 도자기 그릇 같은 것이 깨져 있었다.

하지만 다행히도 파리카 씨는 다치지 않은 것 같았다.

"괜찮으신가요?"

"네, 떨어져서 맞지는 않았으니까요."

"정리하는 걸 도와드릴게요."

"하지만."

"홀몸이 아니니까 무리하지 마세요. 레이 군, 청소도구 가지고 있나요?"

"있어요."

파리카 씨가 사양하려는 것 같았지만, 나와 선배는 빗자루와 쓰레받기 등을 꺼내 깨진 식기를 정리하기 시작했다.

그리고 이 빗자루와 쓰레받기…… [청소 세트 4]도 뽑기에서 나온 것이다.

……꽝이라고 생각했던 아이템도 쓸데가 있구나.

깨진 식기를 빗자루로 쓸고 쓰레받기에 담아 적당한 빈 봉투에 넣었다.

"……어라?"

그렇게 청소를 하고 있자니 도자기 파편에 어떤 것이 섞여 있었다.

선반에서 떨어진 것이 이리저리 흩어져 있었기에 그릇 말고도 깨진 것이 있었던 모양이었다.

그런데 그것은 왠지 특이한 느낌이었다.

그것은 자그마한 은세공품이었다. 《조금(彫金)》 스킬로 만든 것 같은 그 은세공품은 이 집의 분위기와는 맞지 않게 약간 기분 나쁜 느낌이 들었다.

나는 그 디자인을 보고 왠지 낯익은 것 같은 느낌이 들었고.

"…………아."

그것이, 그 은세공품이 무엇을 **본떠 만든 것**인지 알게 되었다.

"파리카 씨, 이 은세공품 본 적 있으신가요?"

"아, 그건 남편이 결혼하기 전부터 차고 다니던 거예요. 결혼하고 난 뒤에는 차지 않아서 선반 위에 올려두었는데……."

"그렇군요."

파리카 씨는 이 은세공품에 대해…… 이것이 어떤 '집단'을 의미하는지 아무것도 모르는 모양이었다. 4년 전에 왕도에서 이쪽으로 이사 왔으니 모를 수도 있긴 하다.

좀 전에 보아하니 이 마을에는 '시설'이 없는 것 같았으니까.

"……그런, 건가요."

내 손을 들여다본 선배가 은세공품을 보고 그렇게 중얼거렸다.

선배도 은세공품의 모티브에 대해서는 물론 알고 있다.

"죄송합니다, 잠시 떠나야겠어요. 아, 돌아오면 바로 정리할 테니 파리카 씨는 그대로 계세요."

"어, 네……."

선배는 그렇게 말한 다음 내 손을 잡고 집에서 나왔다.

"레이 군, 휴대단말기에 그룹 통화 어플 있나요?"

"있어요."

"그럼 로그아웃한 다음에 이 그룹 ID에 접속해주세요. **그 사람**도 바로 올 테니까요."

선배는 그렇게 말한 다음 어플의 통화 그룹 ID를 내게 알려주었다.

두 번 듣고 ID를 외운 뒤, 나는 곧바로 로그아웃했다.

나는 로그아웃한 다음 바로 스피커 모드로 전환한 휴대폰의 어플을 켰다. 잠시 후 휴대폰에서 선배 목소리가 들렸다.

『무사히 연결되었군요. 연락은 이미 했으니 금방 올 거예요.』

선배가 그렇게 말하고 나서 잠시 후.

『오래 기다리셨습니다. 하실 이야기가 있으시다고요.』

전화기에서 들린 목소리가 누구 목소리인지, 굳이 물어볼 필요도 없었다.

〈월세회〉의 넘버 투이자, 내 대학교 선배…… [암살왕] 츠키카게 에이시로다.

『츠쿠요 님께서는 지금 좀 바쁘셔서 제가 말씀을 듣도록 하겠습니다.』

『네, 부회장이 더 낫겠죠.』

선배가 한 말에 나도 동감이었다.

"츠키카게 선배, 당신은 처음부터 시지마 씨에 대해 **전부 알고 계셨죠?**"

『네, 그렇습니다.』

내가 묻자, 츠키카게 선배는 아무렇지도 않다는 듯이 대답했다.

『그 해답에 이르신 걸 보니 부인의 이야기…… 아뇨, 뭔가 물적 증거를 찾아내신 거겠군요.』

"은세공품을 찾아냈어요. ──'초승달과 감은 눈'을 본떠 만든 거요."

나는 그 심볼을 지닌 단체를 하나밖에 모른다.

"시지마 씨는…… **〈월세회〉의 신자였던 거죠?**"

『그렇습니다.』

그렇기 때문에 길드에서 만났을 때 자기들이 찾겠다고 한 것이다.

아, 그야 확실하게 찾아낼 수 있겠지. 이미 해답을 지니고 있었으니까.

지금 생각해보니 그때 해준 조언도 모든 것을 알고 있었기에 할 수 있었던 것이라는 사실을 알 수가 있었다.

"알고 있으면서도 비밀이라고 한 이유는 뭐죠?"

『개인정보는 보호해야 하는 법 아닙니까?』

진심으로 그렇게 말하는 건지, 그냥 말을 돌리는 건지, 나는 알 수가 없다.

"……그럼 그건 됐습니다. 하지만 꼭 들어야만 하는 게 있는데요."

『네, 무엇이든 물어보십시오.』

"시지마 씨는…… 지금 어떤 상황이죠?"

『그것도 개인정보……라고는 해도 일이 이렇게 된 이상 숨길 이유도 없겠죠…….』

츠키카게 선배는 그렇게 말한 다음 잠시 뜸을 들인 뒤 『알겠습니다』라고 말했다.

『그럼 순서에 따라 설명해드리도록 하죠. 저희와 그의 관계, 그리고 그의 배경을…….』

■토르네 마을 근교 · 지하 [■■■■ ■■■■]

그것은 땅속에서 눈을 떴다.

좀 전에 있었던 지진 때문……은 아니다.

대지가 떨리는 것 정도는 그것에게 아무것도 아니었다.

하지만 좀 전에 있었던 지진이 전혀 상관없는 것도 아니었다.

좀 전에 있었던 지진이 멎은 뒤, 그것의 머리 위—— 두꺼운 암반으로 인해 가로막혀 있던 천장의 균열로부터 매우 희미한 빛이 스며들어 오고 있었다.

지진으로 인해 암반이 부서져서 지상 쪽으로 바늘만한 틈새가 생겨났기 때문이다.

매우 희미해서 글씨도 읽을 수 없을 정도의 광량. 마치 별도 보이지 않는 밤 같은 어둠.

하지만 그것에게는 커다란 차이였다.

빛이 없는 암흑과 밤, 그 두 가지는 그것에게 완전히 다른 것이었다.

0과 1, 그 두 가지는 완전히 다른 것이다.

『KYAHAHA——.』

그것이 한 번 울자, 땅속은 다시 암흑으로 돌아왔다.

아니, 아니다. 빛은 지상에서 희미하게 스며들고 있지만——

그 모든 것을 그것이 집어삼키고 있다.

『KYAHAHAHA――.』

빛을 집어삼키고 에너지를 충전시키며 그것은 울음소리를……
웃음소리를 냈다.

그것은 기다리고 있었던 것이다.

300년. 아무 희미한 빛도 없는 땅속에서 먹지도 마시지도 않
은 채, 운석에 직격당한 대미지도 치유하지 않은 채, 언젠가 빛
이 스며드는 것을 계속 기다리고 있었다.

마치 겨울잠처럼, 잔해처럼, 그 누구에게도 들키지 않은 채
땅속에서 그때를 계속 기다렸다.

그것―― **고대전설급**이라 불렸던 괴물은 오랜만에 빛을 맛보
고 있었다.

코앞으로 다가온 **축제**의 전채로서.

□어떤 남자 이야기

좀 전에도 말씀드렸습니다만, 시지마 이치로 씨는 〈월세회〉 신자 중 한 명입니다.

그리고 류이 소년은 기억하지 못했던 모양입니다만, 저와 카쿠야 님은 그의 가족과도 만난 적이 있습니다. 결혼하기 전까지 시지마 씨께서는 〈월세회〉 전투부대의 우두머리였으니까요.

그가 파리카 부인과 결혼해서 정착한 뒤, 저와 카쿠야 님도 축하하러 간 적이 있습니다.

그리고 시지마 씨가 지금 어디에 있는지, 저희도 당연히 알고 있습니다.

하지만 그걸 말씀드리려면 다른 것들도 순서에 따라 말씀드릴 필요도 있습니다.

우선 〈월세회〉가 어떻게 생겨나게 되었는지부터 말씀드리죠.

아뇨, 아뇨, 급하게 굴지 마시고. 화내지 마시고.

정말 상관이 있는 이야기입니다. 그의 지금 상황을 말하기 위해서는 반드시 필요한 내용입니다.

후지바야시 양은 이미 알고 계실 겁니다만, 〈월세회〉는 2045년 으로부터 한 세기 전 정도인 전후 일본에서 생겨났습니다.

당시, 〈월세회〉의 초대 교주가 된 인물…… 츠쿠요 님의 선조, 후소 게츠세이 님께서는 의사셨죠.

하지만 당시는 전후의 암흑기. 부흥 작업에 착수하려 해도 물자가 부족했고, 사람들에게는 항상 죽음이 따라다녔습니다. 전쟁으로 인해 입은 상처가 날마다 악화되는 사람, 영양실조로 인해 병을 앓게 된 사람, 마음의 상처로 인해 자신의 몸에 상처를 입히고 죽음에 다가가는 사람. 지옥 같은 광경이었다고 합니다.

게츠세이 님께서는 뜻을 품은 의사셨고, 돈에 상관없이 계속 환자를 진료하셨다고 합니다.

하지만 그렇게 사람이 모이면, 죽음이 모이는 거나 마찬가지겠죠. 많은 환자분들이 돌아가셨습니다. 대비가 완벽하게 되어 있었다면 구할 수 있었던 환자도 약과 식량이 부족했기 때문에 돌아가셨죠.

그리고 그분께서는 보신 겁니다.

많은 사람들이 이 세상에 절망한 눈초리를.

병은 마음에서 온다고도 합니다만, 그렇게 따지면 그들은 불치병에 걸린 상태였다고 할 수 있겠죠. 마음이 죽은 상태였으니까요.

게츠세이 님께서는 사람을 구하는 의사로서 매우 고민하셨습니다.

그분께서는 환자들이 적어도 뭔가 희망을 품었으면 하셨던 거죠.

하지만 온갖 물자가 부족했던 그 시대에는 그들이 절망한 원인인 병과 기아를 없앨 수단이 없었습니다. 일본이 부흥하기까지 시간이 어느 정도 필요했던 시대입니다.

그때 그분께서는 어떤 계획을 생각하였습니다.

이곳에 희망이 없다면, 있는 세계를 상상하면 된다고요.

물자가 없더라도 우선 마음을 구해야만 한다고요.

"족쇄에 얽매인 육체에서 벗어나 진정한 혼의 세계로 간다."

"자유로운 세계에서 자신의 혼이 가는대로 자유를 누려라."

아시겠지만, 저희의 교의입니다.

이 교의야말로 〈월세회〉의 시작입니다.

몸이 불편하더라도 혼은 자유이니 자신이 원하는 자유를 상상하라.

현실을 도피하자는 말입니다. 상상하자는 말, 망상하자는 말이기도 하겠죠.

하지만 자신의 혼으로 생각하는 것을…… 마음을 살리는 것을 포기하지 말자는 말입니다.

네, 그렇습니다. '즐거운 생각을 하면서 기분을 좋게 만들자', 원래 교의의 의미는 그것뿐입니다. 사이비 사상이라고도 합니다만, 근본은 그게 전부입니다.

요즘 유행하는 세미나나 정신건강 수준이죠.

하지만 100년 동안 일본의 경제가 발전되고 물자가 풍족해지자, 변질되어 지금 같은 형태로 변했기에 사이비라고 해도 부정하긴 힘들지만요.

희망을 잃은 환자뿐만이 아니라 장래를 비관한 젊은이들도 들어오게 되었고요. 현재 교주이신 츠쿠요 님께서는 게츠세이 님께서 제창하신 근본적인 생각, 그리고 100년 동안 변질된 지금의 형태에도 뭔가 고민이 있으신 모양입니다.

네? '종교조직의 방식에 고민하는 사람이 왜 남을 유괴하는 거냐'고요?

그건 어쩔 수 없습니다. 츠쿠요 님의 고민과 성격, 그리고 성벽은 다른 문제니까요.

그리고 '적어도 마음에 든 사람을 곁에 두고 싶다'라는 생각을 하신 건지도…….

하하하, 말씀하신 대로 어찌 됐든 무쿠도리 군에게는 폐가 되겠군요.

자, 다시 이야기를 되돌리도록 하죠. 그러한 사정으로 인해 후소 가문에서 〈월세회〉를 탄생시키게 되었습니다만, 그 뒤로도 병원 경영을 계속해왔습니다. 표면상으로는 〈월세회〉와 무관하지만요.

그리고 전문도 보통 병원과는 다릅니다.

그렇죠…… 이른바 말기 의료(터미널 케어)라고 하는 겁니다.

난치병을 앓아 죽게 된 사람이 편안하게 마지막 때를 맞이하게끔 해주기 위한 병원입니다.

물론 가능하다면 수명을 연장하거나 병을 치료하는 것에 주력합니다만.

시지마 이치로 씨는 그 병원의 환자셨습니다.

착각하지 말아주셨으면 하는 게 있습니다만, 죽게 된 환자에게 신자가 되라고 권하는 게 아니라 신자도 입원시켰다는 거죠.

네, 그렇게까지 더티하지는 않습니다. 〈월세회〉는 잡혀갈 만한 짓을 하지 않습니다. 정말입니다. '여러 번 말하는 게 수상한데'라는 말은 하지 말아주십시오.

자, 다시 시지마 씨 이야기를 하죠.

시지마 씨는 어떤 난치병을 앓고 계셨습니다. 남은 수명이 정해져 있는 병입니다.

어렸을 때부터 치료하기 위해 온갖 수단을 동원했지만, 그럼에도 불구하고 치료법을 찾아내지는 못했습니다.

그러다 이쪽 시간으로 4년 전, 그분께서 〈월세회〉에 들어오셨습니다. 다가오는 죽음으로부터 눈을 돌리기에 괜찮을 거라 생각하셨던 거겠죠.

'가족은 반대하지 않았나?'라고요? 그분의 자세한 삶은 개인정보이기에 말씀드리기 힘듭니다만, 들어오셨을 때 그분의 가족은 없었다고만 말씀드리죠.

아무튼 그분께서는 들어오셔서 저희 신자가 되셨습니다.

저희는 기분을 좋게 만드는데 한 세기를 투자한 종교니까 남은 수명이 4년이라는 선고를 받은 그분께서도 조금이나마 그 공포를 누그러뜨리셨을 거라 생각하고 싶습니다.

네, 그렇습니다.

그분의 남은 수명은 4년 전에 들어오셨을 때 4년 남으셨던 겁니다.

선고받은 기한이 마침 지금쯤이네요.

아, 하지만 지금으로부터 2년 전쯤에 그분의 병을 치료할 수 있는 방법이 발견되었습니다.

하지만 성공할 확률은 1할 정도. 몸이 그 치료법으로 인해 거절반응을 일으키면 바로 죽게 되는 치료법이지만요.

네, **그때 그분**은 그 치료법을 선택하지 않으셨습니다.

다가오는 죽음으로부터 눈을 돌리며 살아가던 그분께 어떤 계기가 찾아오게 됩니다.

바로 〈Infinite Dendrogram〉이 발매된 겁니다.

그런데 두 분께서는 VR의 진가란 어떤 거라고 생각하시죠?

아뇨, 아뇨, 이번에도 말을 돌린 게 아닙니다. 필요한 이야기를 먼저 꺼낸 겁니다.

그런데, 어떻게 생각하시죠?

물론 지금 말씀드리는 VR은 다이브 형태이고 〈NEXT WORLD〉로 대표되는 실패작이 아니라 〈Infinite Dendrogram〉처럼…… 과거에 꿈의 게임이라 불리던 완성도를 지닌 VR입니다만.

네. 그렇습니다. '현실에서 오감을 옮겨올 수 있다'는 점이죠.

요컨대, 그 정도 수준인 VR이라면 현실에서 뇌세포를 제외하고는 전혀 기능을 못하는 사람이라 해도 다이브하면 몸을 마음껏 움직일 수 있습니다.

그렇기에 〈월세회〉는 21세기 초반부터 VR기기에 손을 댔고, 투자하게 되었습니다. 그것은 많은 환자…… 신자들에게 희망이기도 했으니까요.

하지만 최종적으로 그런 것들의 완성형으로 나타난 것이 투자한 여러 종류의 VR이 아니라 사전에 정보조차 전혀 알아내지 못했던 〈Infinite Dendrogram〉이었던 겁니다만. ……아, 이건 상관없는 이야기네요.

여기까지 말씀드렸으니 시지마 씨께서 얼마나 그것을 원하셨는지 이제 아시겠죠.

필사적으로 눈을 돌린다 해도 시시각각 다가오는 목숨의 기한.

그분께서 얼마나 고통스러워하시면서 살고 싶다, **움직이고 싶다**라고 생각하셨을까요.

그 마음은 저나 츠쿠요님께서도 짐작할 수가 없습니다.

그리고 〈Infinite Dendrogram〉 발매 당일, 저희는 VR관련 제품을 전부 체크하고 있었기에 〈Infinite Dendrogram〉도 바로 초기 수량을 어느 정도 확보하고 입수한 것들 중 하나를 시지마 씨께 제공하였습니다.

그리고 그분께서는 〈Infinite Dendrogram〉에 로그인하셔서 시지마 이치로가 되셨습니다.

남은 현실 수명에서 도피하여 〈Infinite Dendrogram〉(진정한 혼의 세계)에서 자유로운 삶을 살기 위해서.

그분께서는 해방되셨습니다.

죽음을 향해 나아가는 고통으로부터, 숨이 끊어지는 아픔으로부터, 자신의 희망조차 존재하지 않는 세계로부터.

힘차게 움직이는 몸, 특별한 힘, 현실 세계와 비교할 수도 없는 충실감을 느끼며 그분께서는 제2의 삶을 누리셨습니다. 분명 당시에 그분께서는 우리들 중 그 누구보다도 만족스러워하셨겠죠.

지금까지 얻지 못했던 모든 것이 그곳에 있었으니까요.

그렇게 현실에 닥쳐오는 죽음을 잊으며 살아가던 그분께서는…… 어느 날 어떤 모자와 만나셨습니다.

다가오는 절망(몬스터)에게서 도망치지 못한 채 그저 죽기만을 기다리던 모자.

현실의 그분과 겹쳐 보이는 모습이었겠죠.

아니면 예전에 돌아가신 가족과 겹쳐보였는지도 모릅니다.

하지만 〈마스터(시지마 이치로)〉가 된 그분께서는 모자를 구해내셨습니다.

죽기만을 기다릴 뿐이었던 그분께서 죽기만을 기다리던 모자의 목숨을 구해내신 거죠.

우연한 만남. 하지만 그것은 그분께 운명이었을 겁니다.

그 뒤로도 그분께서는 모자와 계속 교류하셨고, 어느 날을 계기로 진짜 가족이 되셨습니다.

가족과 함께 지내던 나날에서 지금까지 느껴본 적이 없는 따스함을 받으셨다고 합니다.

네, 이건…… 그분께 들은 이야기입니다.

가족을 얻으신 그분께서는 나중에 아이도 가지게 되셨습니다.

이쪽에서는 불가능하겠죠.

그 기쁨은 그분께 무엇과도 바꿀 수 없는 것이었고…… 그와 동시에 방아쇠가 되었습니다.

그분께서는 떠올린 겁니다…… **이쪽**의 자신을.

지금도 호흡기와 링겔을 단 채 생명유지장치 안에서 반쯤 죽은 사람이라는 사실을.

이미 수명이 두 달 정도밖에 남지 않았다는 사실을.

저쪽 시간으로도 반년 정도, 그분께는 이제 시간이 없습니다.

부인과 함께 늙는 것도, 양아들이 성장하는 모습을 보는 것도, ……그리고 태어날 아이의 얼굴을 보지도 못하고 죽게 됩니다.

그 사실이 그분께 절망을 떠올리게 했겠죠.

얼마나 아쉬워하셨을까요.

하지만── 그분께서는 꺾이지 않으셨습니다.

새로운 희망을 찾아내셨습니다.

그분께서는 예전에 도망쳤던 그 치료법을 받기로 결심하셨던 겁니다.

물론 예전보다 병이 진행된 상황입니다. 성공할 확률이 내려가서 좋게 봐도 3퍼센트 정도에 불과합니다. 성공한다면 기적이라 할 수 있겠죠.

하지만 그럼에도 불구하고…… 그분께서는 수술하기로 결심하셨습니다.

저도, 츠쿠요 님께서도 물어보았습니다. '어째서?'라고요.

그분께서는 대답하셨습니다. '가족과 함께 살아갈 미래를 위해서'라고요.

그리고 그분께서는 이쪽으로 돌아오셔서…… 치료를 받으셨습니다.

그분의 이야기는 이제 끝입니다.

'그 뒤로…… 어떻게 되었어?'라고요?

무쿠도리 군.

기적이라는 것은 그리 쉽게 일어나지 않으니까…… 기적이라는 겁니다.

□토르네 마을

류이는 친구들과 헤어진 다음 혼자서 집으로 오고 있었다.

슬슬 마을 광장에서 시작될 풍성제의 명물, 풍성춤에 어머니를 데리고 가기 위해였다.

풍성춤은 가족과 연인 등 남녀가 짝을 이루어 춤을 추는 행사다. '저쪽'으로 따지면 포크 댄스 같은 거라 할 수 있다.

작년까지는 파리카와 시지마가 춤을 추었고, 류이는 유노와 춤을 추었다. 그링검은 아쉽게도 짝을 이룰 생물이 없었기(춤을 출 사이즈도 아니다) 때문에 견학했다.

춤을 출 때면 그링검이 왠지 풀죽은 듯한 표정을 지었던 것을 떠올리고 류이는 웃음이 터져버렸다.

그리고 파리카에게 에스코트를 받으며 서투르게나마 열심히 춤을 추던 시지마와 마이페이스로 이상한 동작을 보이며 춤을 추던 유노를 생각하니 류이의 가슴 속 어딘가가 따스해졌다.

하지만 올해는 시지마가 없다. 시지마의 〈엠브리오〉인 유노도, 시지마의 탈 짐승이었던 그링검도 없다. 파리카도 홀몸이 아니기에 올해는 가족끼리 춤을 출 수가 없다.

하지만 풍성춤이…… 풍성제가 가족의 즐거운 추억이라는 사실은 변함이 없다.

그렇기에 류이는 적어도 어머니인 파리카와 함께 춤을 보고 싶어서 집으로 가고 있었다.

올해는 춤을 추지 못하지만 내년에는 다시 가족들끼리 춤을 추고 싶다, 류이는 그렇게 생각하고 있었다.

다시 파리카, 시지마, 유노, 그링검, ……그리고 태어날 류이의 남동생이나 여동생과 함께.

"……어라?"

서둘러 집으로 가던 류이는 문득 시야 구석에서 이상한 것을 보았다.

그것은 토르네 마을 근처의 산. 그 한구석이 한순간, 반짝 빛난 것이다.

그런 다음, 빛난 곳에서 어떤 까만 것이 하늘로 스윽 올라갔다.

『――KYAHAHAHAHAHAHAHA!!』

그렇게 듣는 사람의 정신을 뒤흔들 정도로 이상한 소리를 울리면서.

□[성기사] 레이 스탈링

츠키카게 선배와 통화를 마친 다음, 우리는 다시 로그인했다.

저쪽에서 이야기를 나눈 시간은 30분 정도, 이쪽에서는 한 시간 반이 지난 상황이었다.

해가 지려면 아직 멀었으니 축제는 지금부터일 것이다.

하지만 나도 그렇고 선배도 이미 축제를 즐길 기분이 아니었다.

"…………."

나와 선배는 말이 없었다. 츠키카게 선배에게 들은 답에는 너무나도 희망이 없었기 때문이다.

류이는 양아버지를 찾아다녔고, 파리카 씨는 남편이 돌아오기를 기다리고 있다.

하지만 그들이 시지마 씨를 다시 만날 날은…… 두 번 다시 오지 않을 것이다.

그것이 답이었다.

"……뒷맛이 씁쓸하네."

"생각해보니…… 파리카 씨가 찾지 않아도 된다고 한 건 이런 결과를 약간이나마 예상했기 때문인지도 모르겠네요. 파리카 씨는 시지마 씨가 '저쪽'에서 목숨을 걸고 뭔가 할 거라는 사실을 알고 있었어요. 그런 상황에서 돌아오지 않는 걸 보고…… 짐작했겠죠."

"……그렇겠죠."

〈마스터〉는 이 〈Infinite Dendrogram〉에서 불사신인 존재.

하지만 '저쪽'에서는…… 현실에서는 평범한 사람이다. 이유가 생기면 죽게 된다.

당연한…… 이야기다.

"이미 죽었을지도 모르겠다는 예감이 든다 해도…… 답을 들이대지만 않는다면 '어딘가에 살아 있을지도 모른다'라고 계속 생각할 수가 있으니까요. 그런 이유 때문에라도 파리카 씨는 그저 기다리는 것을 선택했을 거예요."

그래서 류이의 의뢰를 받고 시지마 씨를 찾기로 한 우리를 보고 망설인 것이다.

아니면 파리카 씨의 생각은 재해나 사고로 인해 행방불명된 사람을 생각하는 마음과 비슷한 건지도 모른다.

유해가 발견되지 않으면 '어딘가에 살아 있을지도 모른다'라고 희망을 품을 수 있다.

나도 그런 적이 있다. 누나가 타고 가던 여객선이 태평양에서 침몰했을 때였다. 그때는 누나의 행방불명…… 거의 확실하게 죽었을 거라는 소식을 듣고 울고 불며 난리를 쳤다.

……뭐, 그때는 한참 슬퍼한 다음에 누나가 '다녀왔어~'라고 아무렇지도 않게 돌아왔지만.

'침몰한 여객선의 벽을 부수고 나와서 다른 배가 보일 때까지 계속 태평양을 헤엄쳤지'라니, 그 사람은 진짜 영문을 알 수가 없다니까…….

아무튼.

누나 생각을 하니 기분이 좀 가라앉았지만, 그와 동시에 좀 가벼워지기도 했다.

"그래서 어떻게 하실 건가요? 레이 군."

"말할 건지, 말하지 않을 건지…… 말이죠."

시지마 씨의 결말에 대해 말한다 해도, 말하지 않는다 해도, 어느 쪽을 선택한다 해도 뒷맛이 씁쓸하다.

절망을 전하는 것도, 진실을 감추는 것도 둘 다 씁쓸하지만…….

"말하겠어요."

"괜찮으시겠어요?"

"……네. 우리가 말하지 않으면 두 사람은 그 사실을 영원히 알 수가 없겠죠. 그러면 앞으로…… 두 사람의 모든 인생에서 시지마 씨의 최후가 보이지 않는 어둠으로 변해버리게 되잖아요."

말하지 않으면 시지마 씨와 이별하는 것조차 불가능하다.

영원히 알지 못한 채 그의 행방에 사로잡히게 되어버린다.

"뒷맛이 씁쓸하고, 잔혹하고, 원망받을지도 모르겠지만요…….

그렇지만 해야만 하는 일이에요."

하지만 두 사람에게 시지마 씨의 죽음을 알린다고 생각하니…… 몸이 떨렸다.

무섭다고 생각했다. 두 사람에게 절망을 전해버리게 되는 것이 무섭다고.

"……레이 군이 그렇게 선택했다면 그렇게 해야 한다고 생각해요."

"선배……?"

"선택해야 할 사람은 레이 군이에요. 저는 레이 군만큼 NPC에게…… 티안에게 마음을 주지 않으니까요."

선배는 멀리 보이는 축제 풍경을 보며 그렇게 말했다.

그곳에서는 많은 티안들과 〈마스터〉들이 축제를 즐기고 있었다.

선배는 그 풍경을 보면서 말을 자아냈다.

"저는 속된 말로 유희파예요. 여기는 어디까지나 게임이다, 그렇게 생각하죠."

"…………."

"티안도 마찬가지……. 어디까지나 불가역적인 고도의 AI라 생각해요. 저 혼자 행동했다면 이번 의뢰를 받지 않았겠죠. 이번 진실에 대해 알게 되었더라도 그대로 모자 앞에서 자취를 감추고 대충 끝냈을 지도 모르고요. 하지만……."

선배는 내 눈을 똑바로 바라보았다.

"지금 제 눈앞에는…… 제가 지금까지 만났던 어떤 플레이어보다 티안을 생명이라 생각하는 사람이 있어요. 그들을 생각하고, 한탄하고, 슬퍼하고, 위로하는 당신이 있죠."

그리고 선배는 내게 다가와서…… 떨리는 내 손을 살며시 잡아주었다.

"그러니까 자신의 선택에 겁을 먹지 말아주세요. 당신만큼 그들을 생각하는 〈마스터〉는 없으니까요."

등을 밀어주는 듯한 그 말을 듣고…… 어느새 내 몸이 떨리던 것이 멎은 상태였다.

"선배……감사합니다."

"선배니까요."

선배는 웃으며 그렇게 말했다.

좋아, 선배 덕분에 각오가 되었다.

말하자.

두 사람에게 진실을──.

『──KYAHAHAHAHAHAHAHAHA!!』

내가 결심한 직후에 누군가가 미친 듯이 웃어대는 소리가 울려 퍼졌다.

그것은 유리끼리 스치는 이상한 소리 같으면서도 웃음소리라는 것을 드러내고 있었다.

"뭐야?!"

그 웃음소리를 듣고 눈을 돌렸다.

그것은 토르네 마을 근처에 있는 산 상공.

그곳에는——.

◆ ◆ ◆

■토르네 마을 근교

시간을 약간 거슬러 올라간다.

"정말, 〈솔 크라〉 때문에 쓸데없는 지출이 생겼어! 뭐라도 찾아내야지……!"

그때, 토르네 마을 근교 산속에는 〈마스터〉 열 몇 명이 있었다.

특히 눈에 띄는 것은 모히칸 집단…… 축제에서 〈솔 크라이시스〉와 충돌을 벌였던 〈모히칸 리그〉 멤버들이었다. 열심히 곡괭이를 휘두르고 있던 모히칸에게 후배 모히칸이 한숨을 쉬며 말을 걸었다.

"에휴. 그런데 〈UBM〉 같은 건 못 찾을 것 아니에요? 벌써 몇백 년이나 지난 이야기고, 작년하고 제작년에도 아무것도 못 찾았다던데요?"

'애초에 찾아도 못 이기잖아요', 모히칸이 한숨을 쉬며 그렇게 말했다.

하지만 열심히 작업을 하던 모히칸은 시원스러운 미소를 지었다.

"후후후, 그런 대박을 노리는 게 아니라고. 내가 노리는 건 운석이야!"

"운석?"

"몰라? 만화나 라이트노벨에서는 운석에 함유되어 있는 광
물…… 운철이라는 게 엄청 강한 무기 재료로 쓰인다고. 분명
덴드로에서도 마찬가지일 거야."

"아, 그렇군요. 〈UBM〉은 예전에 사라졌더라도 〈UBM〉을 강
타한 운석이 남아 있을 거라는 거군요."

"그래! 파내자고!"

"네, 네."

그렇게 그들은 다시 채굴 작업을 시작했다.

하지만 커다란 운석이 떨어졌다면 애초에 이 근처에 있던 마
을이 남아 있을 리가 없기에, 만약 운석이 있다면 작은 것에 불
과할 것이라는 사실까지는 생각하지 못했다.

그대로 계속 파봤자 아무것도 찾아내지 못하고…… 해가 질
무렵에는 축제 현장으로 돌아가 아쉬워하는 자리를 마련하게
될 것이다.

하지만 그렇게 되지는 않는다.

그들이 한 말은 틀렸으니까.

그들이 사라졌다고 했던 것은…… 아직 **있었으니까.**

매우 희미한 빛으로 인해 깨어난 지하의 그것은 눈치채고 있
었다.

위쪽에 '횃불'이 있다는 것을.

그것뿐만이 아니라 지상에 잔뜩…… 300년 전에 꽤 많이 줄어들어버렸던 '횃불'이 그때와는 비교할 수 없을 정도로 많이 있다는 것을.

하지만 이제 막 깨어난 그것에게는 지상으로 나올 힘이 없었다.

깨어난 뒤로 몇 시간 동안, 빛을 조금씩 먹으며 기다릴 뿐이었다.

──하지만 기다리던 시간은 끝났다.

빛을 축적하여 조금이나마 힘을 되찾은 그것에게는 지상으로 나올 힘이 돌아와 있었다.

『KYAHA♪』

그것은 위쪽── 빛이 희미하게 새어들어 오고 있던 균열 쪽으로 수정처럼 생긴 돌기가 달린 촉수를 뻗었다.

그것은 몇 시간 동안 축적시킨 빛을 자신의 MP로 변환하여── 촉수 끝머리로부터 수천 도에 달아하는 열선을 방출시켰다.

열선은 균열을 정확하게 노렸고, 단숨에 지상까지 이어지는 암반을 **융해**시켰다.

열선이 솟구치자, 암반 균열 위── 빛의 궤적 위에서 한숨을 쉬던 모히칸 〈마스터〉의 몸이 사타구니부터 정수리까지 증발되어 데스 페널티를 받게 되었다.

본인은 아무것도 눈치채지 못했을 것이다.

동료들도 너무 갑작스러워서 눈치채지 못했다.

그들이 본 것은 사라진 동료와 융해된 암반.

그리고── 암반에 뚫린 구멍에서 그것이 튀어나왔다.

그것은, 직경 3미터 크기에 빛을 반사시키지 않으며 금이 간 수정 구슬이었다.

그것은, 일정한 형태가 아닌 어둠을 날개로 삼고 있었다.

그것은, 수정 돌기가 달린 투명한 촉수를 두 쌍, 네 개 달고 있었다.

그것은, 감정을 나타내는 기관이 전혀 없는 그것은…… 그럼에도 불구하고 웃고 있었다.

얼굴이 없는 몸으로, 입이 없는 몸으로, 그런데도 수정으로 이루어진 몸을 삐걱이며 웃었다.

『KYAHAHAHAHAHAHAHAHAHAHAHAHAKYAKYA♪』

그것은 어둠 빛 날개를 펼치고 빛을 있는 대로 흡수하여 순식간에 자신의 MP를 **완전히 회복**시켰다.

그것은 만족하고…… 만족한 채 매우 기뻐하고 있었다.

『아, '횃불'이 이렇게, 이렇게 많이 있네』라고.

그것은 생일 잔칫상을 앞에 둔 천진난만한 아이처럼.

케이크의 촛불을 불어서 끈 아이처럼── 순수하게 기뻐하고 있었다.

"……요격억!!"

그것이 무엇인지, 목격한 〈마스터〉들은 확신할 수가 없었다.

하지만 위험한 적이라는 것을 짐작하고 자신의 스킬로,〈엠브리오〉로 공격하려 했다.

『——KYAHAHAHAHAHAHAHAHA!!』
하지만 그들보다 빠르게—— 그것이 날았다.

위쪽으로. 그저 위쪽으로.
아래쪽으로는 눈길도 주지 않고 수천 미터…… 아니, 그 이상의 거리를 위쪽으로 계속 날아갔다.
이윽고 그것은 대류권을 넘어 성층권에 도달했다.
이미 지상에서는 그것이 검은 점으로만 보일 정도로.
"도망친…… 건가?"
〈마스터〉 중 한 사람이 그렇게 중얼거리자 주위에 있던〈마스터〉들도 맞장구를 쳤다.
저런 곳에서는 이쪽이든 저쪽이든 손을 댈 수가 없다.
포위당했던 몬스터가 위쪽으로 도망친 것이다. 그들은 그렇게 추측했다.

하지만 그것은…… 큰 착각이었다.
"어?"
상공에서 빛이 반짝이고 나서 몇 초 뒤…… 지상에 있던〈마스터〉의 온몸이 불타올랐다.
머리카락이, 피부의 지방이, 걸치고 있던 옷이, 초고온으로 인해 불타올랐다.

불을 끄려고 지면을 뒹굴었지만 장비와 살이 타오르고 있었기에 그 정도로는 꺼지지 않았고, 곧바로 데스 페널티를 받게 되었다.

주위에 있던 〈마스터〉들은 그 광경을 보고 소름이 돋는 것을 느끼며 하늘을 올려다보았다.

"이봐, 설마…… 저기에서?!"

그것은 연극에서도 나온 내용.

──하지만 기사의 검은 흑천님에게 닿지 않았고, 사냥꾼의 화살도 역부족이었습니다.

──가끔 하늘을 나는 용을 타고 도전하려는 사람도 있었지만, 용의 날개도 닿지는 못했습니다.

채굴에 참가했던 그들은 물론 그 연극을 알고 있었다.

연극을 보고 이 산에서 채굴하기로 했으니까.

하지만 그들은 그것의…… 흑천님의 '고도'를 너무 낮게 예상하고 있었다.

애초에 제대로 예상하라는 것이 억지다. **1만 메틸**에 달하는 사정거리를 지닌 공격수단으로 상공에서 일방적으로 계속 공격해대는 〈UBM〉이 있다니…….

『KYAHAHAHAHAHAHAHAHAH♪』

그것은 가로막는 것이 없는 높은 하늘에서 어둠의 날개를 더

욱 크게 펼쳐 지상으로 내리쬐는 햇빛을 집어삼키고── 낮이
었던 세계를 밤으로 바꾸어버렸다.

충분히 태양빛을 집어삼키면서 지상이 잘 보이는 그 시각을
통해── 아래쪽에 있던 '햇불'에 **점화했다.**

열량으로 인해 공기를 일그러뜨리며 지표면에 도달한 열선이
다시 〈마스터〉 중 한 사람을 태웠다.

그것은 매우 기뻐하고 있었다.

그렇다, 그럴 것이다. 기뻐할 만도 하다.

왜냐하면 그것은…… '햇불'이 타오르는 **광경**을 정말 좋아하
니까.

그렇다, 굳이 연극과의 차이를 들자면 그 한 가지.

그것은 딱히 '햇불'의 빛을 먹지는 않는다.

그것의 에너지원은 햇빛이나 별빛으로도 충분하고도 남을 정
도다.

빛을 주식으로 삼는 그것은 살아가며 다른 생물을 해칠 필요
가 전혀 없다.

그럼에도 불구하고 그것은 '햇불'을 타오르게 하는 것을 즐
긴다.

왜냐하면 '햇불'이 타오르며 신음하고 숨이 끊어지는 광경을
하늘 위에서 보는 것을 정말 좋아하기 때문에.

그것의 유일한 **취미**였기 때문이다.

『KYAHA?』

그런데 그것은 의문을 품었다.

그것의 생각을 사람의 말로 바꾸면 이런 말이 될 것이다.

——아까부터 계속 태우고 있는데.
——왠지 내가 좋아하는 '횃불'하고는 타오르는 방식이 다르네.
——신음과 절망이 부족해.
——응? 어째서? 어째서?

〈마스터〉는 통각을 차단하고 있기에 온몸이 타오르는 고통을 느끼지 않는다.
죽는 것도 아니니까 크게 절망하지도 않는다.
그것은 그 사실에 매우 마음에 들지 않았다.
그래서 그것은 이렇게 생각했다.

——저렇게 왼손에 '문양'이 있는 '횃불'은 재미없어.
——'문양'이 없는 '횃불'부터 태워야지.

그리고 그것은 아래쪽을 둘러보다 바로 찾아냈다.
축제로 인해 떠들썩한 토르네 마을과 그곳에 있던 많은 티안을.

◆

예전에 토르네 마을을 덮쳤던 재앙이 300년의 세월에 걸쳐 되

살아나 다시 토르네 마을에 눈독을 들였다.

　그 재앙의 이름은―― [흑천공망 모노크롬].

　고대전설급 〈UBM〉이자―― **불가침영역**에 자리 잡은 존재.

□[성기사] 레이 스탈링

산속에서 이상한 웃음소리를 내며 튀어나온 까만 무언가는 곧 바로 빠르게 상승했다.

마치 로켓처럼 하늘로 올라간 그것은 하늘의 어떤 지점…… 구름보다 높은 곳에서 멈췄다.

그리고 지상에서는 작고 까만 점으로만 보이는 그것을 중심으로 급격히 하늘이 어두워졌다.

아직 저녁이 되려면 이른 시간인데도 불구하고 마치 해가 진 것만 같은 광경.

갑작스러운 '밤'은 그 여자 괴물을 떠올리게 하지만…… 아마 그것과는 정반대일 것이다.

여자 괴물의 〈초급 엠브리오〉는 '밤'을 만들어냈지만, 저 점은 분명 '낮'을…… 빛을 빼앗았다.

"…………."

선배는 쌍안경 형태의 매직 아이템을 꺼내 상공에 있는 까만 점을 보았다.

그리고 씁쓸한 표정을 지었다.

"선배…… 저건 뭔가요?"

"……〈UBM〉이에요."

선배는 그렇게 말한 다음 쌍안경을 내게 건넸다. 그것을 통해 보니 까만 점으로 보이던 그것이 금이 간 수정 구슬과 어둠빛 날개로 구성된 괴물이라는 것을 알 수 있었다.

그리고 머리 위에 뜬 [흑천공망 모노크롬]이라는 이름도 알아 볼 수 있었다.

"흑천……. 그렇다면, 저건……!"

그 연극에서 이야기하던 풍성제의 기원이 된 괴물…… 300년 전에 나타났던 〈UBM〉.

운석에 직격당한 뒤 300년 동안…… 땅속에서 먹고 마시지도 못한 채 살아 있었다는 건가?

"……빛을 먹는 에너지 생명체(엘레멘탈). 그게 사실이라면 살 아남았다 해도 이상하지는 않겠죠. 아뇨, 지금은 저게 대체 무 슨 짓을 할 셈인가가 문제인데, ……윽!"

선배가 말을 다 하기도 전에 그 일이 벌어졌다.

토르네 마을 상공에 있던 [모노크롬]이── 그곳에서 지상을 향해 빛을 뿜어냈다.

우선 자신이 튀어나왔던 산속으로.

그 다음에는 사람들이 모여 있던 풍성제 한복판에.

불기둥이 치솟았다.

시선 끝에서 노점이, 집이, 그리고 사람이 불타올랐다.

그 참사를 일으킨 열선은 한 번이 아니라 몇 번이나, 몇 번이나 집요하게 하늘에서 계속 날아들었다.

『KYAHAHAHAHAHAHAA♪』

하늘 위에 있을 텐데…… 왠지 모르겠지만 그 녀석의 웃음소리는 여기까지 들렸다.

마치 희생자들에게 '나는 매우 즐기고 있어'라는 뜻을 전하려는 듯이 웃고 있었다.

타오르는 풍경을. 공황상태에 빠진 사람들을. 부모를 부르며 울음을 터뜨린 아이를.

수많은 공포와 비극을 보면서…… 그 녀석은 **웃고 있었다**.

"――까불지 마."

예전에 메이즈가 벌인 지독한 짓에 대해 알게 되었을 때처럼.

예전에 [고즈메이즈]와 대결했을 때처럼.

예전에 프랭클린에게 도전했을 때처럼.

결코 용납해서는 안 된다고── 마음이 울부짖었다.

"실버어어어어어!"

내가 외친 목소리에 실버가 호응하며 아이템 박스에서 나타났다.

나는 실버의 등에 올라타고 왼쪽 의수로 고삐를 고정시켰다.

그와 동시에 [자원주갑]에 저장된 MP를 소비해서 《바람발굽》을 발동.

"레이 군!"

"선배는 파리카 씨하고 티안들을 대피시켜주세요! 저는 저걸 해치우겠어요!"

그렇게 말한 것과 동시에 고삐를 휘둘러 실버를 하늘로 향해 달리게 했다.

그 직후, 이번에는 내 팔뚝에 있던 문장이 빛을 뿜어냈다.

『레이!』

네메시스는 문장에서 튀어나와 곧바로 대검으로 변한 뒤 내 오른팔이 휘감겼다.

"상황은 알고 있어?"

『그렇다! 하늘 위에 있는 망할 수정을 깨부수러 가는 것 아니냐!』

"그걸 알고 있다면 충분하지!"

실버는 거의 수직이라 할 수 있는 각도로 하늘을 향해 내달렸다.

나는 왼쪽 의수에 마력을, 밟고 있던 등자에 힘을 주고 중력을 거슬렀다.

"윽, 뭐지?"

평소와는 90도 가까이 달라진 시야로 주위를 보니 우리 말고도 하늘을 향하던 것들이 네 개 보였다.

그리폰, 히포그리프, 와이번, 그리고 천룡종 순룡으로 보이는 거대한 개체였다.

각 몬스터의 등에는 〈마스터〉가 타고 있었다.

아마도 그들은 풍성제를 보러 왔던 〈마스터〉들.

나와 마찬가지로 위에 있는 [모노크롬]을 해치우기 위해 날아 오른 것이다.

"이봐~!"

그때 그중 한 명이 이쪽으로 다가왔다.

"여! 혹시 그쪽, '언브레이커블(불굴)' 레이 스탈링 씨 맞나?"

다가온 사람, 히포그리프에 타고 있던 남자가 그렇게 말을 걸 었다.

"그래! 당신은?"

"나는 딱히 별명이 없고, 그냥 랑그라는 [질풍기병(게일 라이더)] 야! 우리 클랜 선배…… 라이저 씨에게 당신 이야기를 들었어!"

"라이저 씨의 아는 사람이구나!"

"우리 둘 다 축제를 보러 와서 말도 안 되는 사고에 맞닥뜨렸 지만, 힘을 합쳐서——."

그 순간, 자신을 랑그라고 소개한 그 사람의 머리가 사라졌다.

"윽?!"

눈 깜짝할 새에 일어난 일. 소리 없이 날아든 열선으로 인해 머리가 증발된 것이다. 남아 있던 몸도 빛의 입자로 변했고, 타 고 있던 히포그리프도 자동적으로 [주얼]에 수납되어 사라졌다.

"저 녀석이 요격하기 시작했다!!"

순룡을 타고 있던 중장갑주 차림의 〈마스터〉가 소리를 지르 며 경고했다.

하늘 위를 보니 그 녀석이 촉수 네 개를 꿈틀대며 그 끄트머리로 이쪽을 노리고 있었다.

"핫! 마치 슈팅 게임 같은데! 다가가는 것만 해도 고생 좀 하겠어!"

"햣하~! 어떻게 해서라도 다가가주지! 데스 페널티를 받은 멤버하고 티안 녀석들의 원수! 시비를 걸었으니 갚아주겠다고오!!"

그리폰을 타고 있던 경장비 차림의 〈마스터〉와 와이번을 타고 있던 모히칸 〈마스터〉는 그렇게 말하며 탈 짐승을 가속시켰다.

"저 녀석의 열선은 직선이야! 촉수가 빛을 내뿜는 순간을 보고 있으면 회피하는 게 그리 어렵지는 않아!"

순룡을 타고 있던 〈마스터〉 말대로 녀석의 공격은 직선적이었다.

그렇다면 회피할 수는 있다.

사정거리가 길긴 하지만 이대로 회피하며 다가가면 녀석을 쓰러뜨릴 수 있다.

"어이쿠! 조심하라고오! 저 녀석의 열선은 거리가 가까워지면 위력이 올라가니까!"

상승하던 도중, 와이번을 타고 있던 모히칸이 큰 목소리로——아마도 이쪽도 들을 수 있게 확성 아이템 너머로——그렇게 말했다.

"나는 저 녀석이 나온 곳에 있었어! 그때는 우리 멤버가 암반과 함께 통째로 한 방에 녹아버렸는데, 하늘 위에서 지상을 쏘

앉을 때는 사람이 불타올랐어! 열선의 위력은 거리에 반비례한 다는 거지!"

"사정거리가 1만 미터에 달하더라도 위력을 유지할 수 있는 유효거리는 그렇게까지 길지 않다는 건가!"

모히칸이 한 말을 듣고 순룡을 타고 있던 〈마스터〉가 그렇게 대답했다.

그렇구나. 정말 위험한 건 거리가 가까워졌을 때. 지금은 위력이 줄어든 상태니까 좀 전에 랑그가 즉사한 원인은 머리에 직격당했기 때문이고…… 운이 나쁜 사람이었구나.

"……?"

갑자기 뒤쪽…… 아래쪽에서 어떤 소리가 들렸다.

살짝 뒤를 돌아보니 우리와 지상의 중간 지점에서 폭발이 생겨나 있었다. 마치 미사일 같은 것이 저곳에서 폭발한 것처럼…….

『바로 그거다. 지상에서 하늘을 향해 미사일을── 아마도 어떤 〈엠브리오〉의 스킬로 보이는 것을 날렸다. 하지만 열선에 요격당해서 저렇게 된 게야.』

네메시스는 무기 형태가 되면 시야가 넓어지기 때문에 아래쪽에서 벌어진 일도 처음부터 끝까지 다 보고 있었던 모양이다.

하늘로 올라온 것은 우리뿐이지만 지상에서 하늘을 공격할 수 있는 〈엠브리오〉도 있구나.

『그리고 좀 전부터 미사일 말고 다른 공격도 이루어지고 있다. 하지만 그것들은 전부 열선으로 인해 사라졌다.』

"전부, 말이지…….”

우리는 다섯 명 중 네 명이 건재한 채 상승하고 있다.

이 차이는 우리가 회피할 수 있다는 점 때문이겠지만…… 왠지 위화감이 든다.

마치 접근하는 우리보다 지상에서 날린 공격을 우선적으로 대처하는 것 같은데.

──마치 우리 쪽에 대한 대처는 필요도 없다는 것처럼.

"이봐…… 아직, 멀었어?"

그리폰을 타고 있던 〈마스터〉가 그렇게 말한 이유는 나도 알 수 있었다.

하늘 위, 구름 위에 있던 [모노크롬].

최초에 그것이 있던 고도는 지상 1만 미터 정도였고, 우리가 지금 있는 고도도 비슷하다.

하지만 양쪽 사이의 거리는 전혀 줄어들지 않았다.

──저 녀석은 **여전히 상승하고 있다.**

"크엑! 저 수정 구슬, 사정거리가 얼마나 긴 거야……!"

와이번을 타고 있던 모히칸이 그렇게 말하긴 했지만…… 아니다.

『사정거리는 저 거리가 한계인 모양이다. 좀 전부터 지표면에 열선이 닿지 않고 있다.』

그렇다, 녀석의 열선이 지상에 닿을 수 있는 거리는 좀 전에 있었던 고도…… 1만 미터가 한계인 것 같다.

하지만 **고도**를 높이는 것만 따지면 또 다르다.

녀석의 최대 고도는 지상 1만 미터가 아닌 모양이었다.

녀석은 우리를 요격하기 위해서 더 위쪽으로 올라갈 수 있다는 뜻이다.

혹시나 그것에도 한계가 있을지도 모른다.

아무리 그래도 우주까지 나갈 수는 없을 거라 생각하고 싶지만…….

"……! 이, 런!"

그리폰을 타고 있던 〈마스터〉가 한 말이 왠지 작게 들렸다.

당연하다. 이곳은 이미 고도 1만 2천 미터가 넘는 곳이다.

공기는 지상과는 비교할 수 없을 정도로 옅다.

"이봐, 큰일이라고! 내, 파트너도, 더 이상……."

──이미 생명을 유지할 수 있는 세계가 아니라 할 수 있을 정도로 공기가 희박하다.

보통 현실의 점보제트기도 고도를 1만 미터 정도까지만 높일 수 있다.

왜냐하면 그 이상 올라가게 되면 공기가 옅어서 장시간 비행을 유지할 수 없기 때문이다.

초저온과 초저압. 이곳은 생물이 생존할 수 있는 환경이 아니다.

그렇다, 아무리 그리폰이나 와이번처럼 비행능력을 지니고 있는 몬스터라 해도 이 고도는 그들의 세계가 아니다.

〈마스터〉라 해도 높은 스테이터스에 의한 신체능력이 없다면 실신하거나 동사할 정도의 고도.

그럼에도 불구하고 [모노크롬]은 우리가 있는 고도에서 1만 미터 위에…… 있다.

[모노크롬]은 여전히 계속 상승하고 있다.

녀석의 상승능력에도 한계가 있을지 모른다.

우주로 나갈 수는 없을지도 모른다.

──하지만 생물의 한계점은 그것보다 훨씬 아래쪽에 있다.

그것이 녀석이 지상에서 날아든 공격을 우선적으로 대처한 이유.

녀석은 생물이 절대로 자신이 있는 곳에 **도달하지 못한다는 것**을 알고 있었던 것이다.

"큭……! 미안하다, 이탈, 한다……!"

"빌어먹을……!"

먼저 그리폰을 타고 있던 〈마스터〉가 탈락했고, 그 뒤를 이어 와이번을 타고 있던 모히칸이 탈락했다.

순룡은 아직 버티고 있었지만, 움직임이 둔해져 녀석이 날린 열선의 집중포화를 맞기 시작했다.

순룡은 괴로워하며 소리를 질렀다.

이윽고 열선이 날개까지 꿰뚫었고, 순룡이 떨어지기 시작했다.

"큭! 《송환(리 콜)!》"

순룡을 타고 있던 〈마스터〉는 날 수 없어질 정도로 중상을 입은 순룡의 생존을 우선시 했는지 순룡을 자신의 주얼로 돌려보냈다.

그리고 그는 곧바로 지면을 향해 떨어졌다.

당연히 그대로 떨어지면 데스 페널티를 입겠지만, 그걸 알면서도 돌려보냈을 것이다.

떨어지던 그의 시선이 '뒷일은 부탁한다'라고 말하고 있었으니까.

『남은 건 우리뿐, 인가.』

"……그래."

황옥마인 실버는 생물이 아니기 때문에 그들의 탈 짐승보다 더 높은 곳까지 갈 수 있다.

그리고 나 자신도 《바람발굽》으로 전개한 미약한 압축공기의 막으로 냉기와 저산소, 인체에 유해한 기체로부터 몸을 지키고 있다.

하지만 나도 알고 있다. 우리도 이미…… 한계고도에 이르렀다는 것을.

"윽!"

그 순간, 실버가 발을 헛디뎠다.

아니, 그게 아니다. 발판으로 삼고 있던 압축공기 덩어리가 '강도 부족'으로 인해 붕괴된 것이다.

그렇다, 실버의 비행능력은 어디까지나 주위에 있는 공기를 굳혀서 발판을 만드는 것에 불과하다.

이미 1만 5천 미터. 공기의 양은 지상과 비교할 수준이 아니다.

성층권이기에 공기가 부족해서 《바람발굽》으로 마력을 잔뜩 보낸다 해도 압축공기의 발판을 제대로 만들 수가 없다.

나 자신의 생명을 보호하고 있는 배리어도 스친 열선으로 인해 여러 번 깨질 뻔해서 한계다.

주위의 대기성분도 점점 산소가 사라지고 인체에 유해한 오존으로 변하고 있다.

이 위쪽은 이제 압축공기의 막이 깨진 순간에 죽을 위험이 있는 영역이다.

"치, 잇……!"

올려다보니 지금도 [모노크롬]과의 거리는 전혀 줄어들지 않았다.

『KYAHAHAHAHAHA ♪』

우리를 내려다보고 있는 녀석 쪽에서 또 그 웃음소리가 들렸다.

공기가 매우 희박하고 거리도 매우 먼데도 불구하고 녀석의 웃음소리만은 들렸다.

『그런 스킬을 가지고 있는 거겠지. 비웃기 위한 스킬 말이다.』

"…………."

1만 미터의 사정거리를 자랑하는 열선. 성층권까지 도달할 수 있는 상승력. 비웃는 스킬.

저 녀석은…… 모든 능력이 다른 생물을 깔보며 유린하기 위해 존재한다.

『레이! 한계다! 더 이상 나아갈 수가 없다!!』

하늘을 달리던 실버의 속도가 느려졌다.

이미 달려가는 것에 맞춰 압축공기의 발판을 만들 수도 없게 되었다.

그러기는커녕 좀 전부터 더욱 거세게 날아드는…… 우리에게

만 집중된 열선을 완전히 피하지도 못하고 있었다.

우리는 현재 고도에서 위쪽으로 올라갈 수단이 없었다.

"……큭, 물러나자!"

쏟아내지 못한 분노가 뱃속에서 휘몰아치는 것을 느끼며 나는 실버에게 지상으로 하강하라고 지시했다.

실버는 곧바로 말머리를 돌려 지상을 향해 떨어지는 듯이 뛰어 내려갔다.

하지만 등을 돌렸다고 해서 [모노크롬]이 요격을 멈춘 것은 아니었다.

『KYAHAAAAAA!!』

그 목소리를 듣고 나는 윗몸을 틀어 뒤쪽을 보았다.

그 순간, 촉수 네 개가 빛을 뿜어내며 지상을 향하고 있던 실버를 향해 열선을 날리고 있었다.

직격 코스인 그 열선을 보고.

"윽! 제3형태!"

『알겠다!』

나는 곧바로 네메시스를 제3형태인 원형 방패로 변형시켜 그 열선을 받아냈다.

빛나는 열선이 원형 방패의 표면에 맞았고, 관통하지 못한 채 확산되었다.

열선이 남긴 열기가 나와 실버를 휘감았지만, 그렇게 큰 대미지를 입지는 않았다.

역시 방어성능이 지금까지의 형태와는 전혀 다르다.《카운터 앱숍션》을 사용하지 않고도 사정거리가 아슬아슬해서 위력이 약해진 열선이라면 막아낼 수 있다.

『……뭐지? 충전? 예전의 대미지 축적 말고도…….』

네메시스가 뭐라고 중얼거리고 있었지만, 지금 나는 그것을 신경 쓸 겨를이 없었다.

떨어지지 않게끔 필사적으로 고삐를 쥔 채 양쪽 허벅지로 실버의 몸을 붙들고 수직낙하에 가까운 하강을 감행했다.

그리고 녀석과 1만 미터 이상 거리가 벌어졌고, 우리는 녀석이 날리는 열선의 사정거리 안에서 벗어났다.

후퇴한 지 몇 분 뒤, 우리는 다시 지상에 발을 내디뎠다.

"…………큭."

살아 돌아올 수는 있었다.

하지만 그것은 [모노크롬]과 상대하다 도망쳐 온 것에 불과했다.

그로 인해 씁쓸한 마음이 들었다.

"피난은…… 진행되고 있구나."

내려선 곳에서는 사람들이 보이지 않았다.

마을 쪽을 보니 많은 관광객들이 〈마스터〉들의 보호를 받으며 피난하기 시작하고 있었다.

지상에 남아 있던 〈마스터〉들은 하늘을 경계하며 녀석의 열선에 대비하고 있었다.

하지만 열선이 지상으로 날아들지는 않았다.

아직 녀석이 지상을 사정거리 안에 두고 있지 않기 때문이다.

『KYAHAKYAHAKYAHA♪』

그러나 그 웃음소리만은 지상에 울려 퍼졌고, 사람들의 공포를 부추기고 있었다. 다리에 차고 있던 [자원주갑]이 원념, 어두운 감정을 수집하고 있는 것을 봐도 분명했다. 녀석은 이대로 공포를 부추기다가 지상을 공격할 수 있는 상태가 되면 곧바로 실행할 셈일 것이다.

"그나마 다행인 건…… 녀석이 내려오는 속도가 그렇게 빠르지는 않다는 점인가."

지상으로 내려오다가 눈치챘는데, 녀석은 상승하는 속도만큼 빠르게 내려올 수가 없었다.

마치 로켓처럼 빠른 상승속도와 비교하면 매우 느렸다.

중력 가속도에 맞춘 자유낙하보다 느릴 것이다.

눈짐작으로 계산하기로는 다시 지상을 사정거리에 두려면…… 30분 정도 걸릴 것이다.

사람들이 피난할 시간은 조금 벌었다.

그렇게 생각하면 우리가 돌격한 것도 헛수고는 아니었다는 건가.

"다행이긴 하다만, 저 수정을 부수기에는 부족하구나."

무기에서 인간 형태로 돌아온 네메시스는 그렇게 말했다.

그 목소리에는 분한 마음과 함께…… 결코 시들지 않은 투지가 담겨 있었다.

좀 전에는 [모노크롬]에게 전혀 닿지 못했다.

하지만 네메시스는 아직 포기하지 않았다.

······나도 마찬가지고.

"녀석에 대해 한 가지 알아낸 것이 있다. 녀석은 분명 그리 튼튼하지 않을 게야."

지상에서 날린 대공 공격은 모두 요격해서 대처했다. 그것은 녀석의 뛰어난 능력을 뽐내는 여유처럼 느껴진다.

하지만 그 반대로 녀석은 한 방이라도 맞을 수 없는 거 아닐까?

"근거는?"

"저 녀석은 몸을 구성하고 있는 수정 구슬에 상처가 난 상태다."

선배에게 빌렸던 쌍안경으로 보았을 때, 꽤 큰 금이 가 있었다.

저 녀석이 나타난 뒤로 〈마스터〉 중 아무도 공격을 맞추지 못했을 텐데.

그렇다면······.

"그건 저 녀석이 옛날에 입은 상처······ 전설에 나왔던 운석에 직격당해 입은 대미지겠지."

녀석은 전설대로라면 운석에 직격당해서 수백 년 동안이나 땅속에 파묻혀 있었다.

하지만 분명 그 운석은 크지도 않고 위력이 강하지도 않았을 것이다.

만약 그렇게 거대한 운석이었다면 근처에 있던 마을은 전설을 남기지 못하고 사라졌을 테니까.

낙하한 뒤에도 주위에 거의 피해를 입히지 않는 규모였을 것이다.

예전에 형에게 들었던 강인한 〈UBM〉이나 내가 대결했던 [고즈메이즈]라면 그 정도의 운석을 그냥 몸으로 때우거나 어떻게든 상처를 회복시켰을 것이다.

하지만 [모노크롬]은 그 운석에 직격당해 큰 대미지를 입었고, 지금도 상처를 치유하지 못하고 있다.

아마 저 [모노크롬]은 상승 능력과 매우 긴 사정거리, 빛 흡수 능력을 지닌 대신 HP나 END, 자기 수복 능력에 결함이 있을 것이다.

"이건 내 감인데, [고즈메이즈]와 싸웠을 때 정도로 모은 《복수는 나의 것(벤전스 이즈 마인)》이라면…… 아니, 그 절반의 위력으로도 저 녀석을 부술 수 있을 거야."

대미지의 양만 따지면 불가능하진 않다.

녀석의 열선을 막아내며 아이템이나 [BR 아머]로 회복하고 모을 수는 있다.

"문제는…… 맞출 수단이 없다는 건데."

역시 그것이 가장 큰 문제. 녀석이 아무리 〈UBM〉 중에서도 허약한 개체라 해도 맞추지 못한다면 의미가 없다.

"생물은 저 녀석이 있는 성층권에 도달하지 못하고, 지상에서 날린 공격은 요격당하게 되지. 그러니까 내가 생각한 공략 수단은 두 가지야."

"그게 뭔가?"

"신우의 필살 스킬처럼 거리를 무시하거나 ……요격해도 딱히 상관없는 대공 공격을 사용하거나."

하지만 전자를 해낼 수 있는 신우는 여기에 없다.

후자도 대공 공격이 전부 실패한 걸 보니 이 지역에 없다는 걸 알 수 있다.

물론 우리도 그런 수단을 지니고 있지는 않다.

그래서 이 공략법은 탁상공론에 불과하다고 생각했는데…….

"…………."

네메시스는 뭔가 다른 생각을 하고 있는 모양이었다.

"……레이, 다시 잠깐 문장 안으로 돌려보내주지 않겠는고?"

"네메시스?"

이런 상황에, 왜?

"진행 중이었던 제3형태의 해석 말이다만, 현재 절반 정도는 끝났다."

네메시스가 지금 이 상황에서 그렇게 말한 이유는…….

"제3형태의 스킬이…… 저 녀석에게 통한다고?"

"……가능성은 있다. 해석 중이라 내용이 군데군데 빠져 있다만. 그리고 녀석의 공격을 방패로 막아냈을 때 진도가 조금 나 갔다."

방패로 막았을 때?

선배가 말했던 스킬에 관련된 행동을 하면 해석이 빨라진다는 그건가?

"아마도 제3의 스킬은《복수는 나의 것》과 비슷한 것일 게다.

그리고 《카운터 앱솝션》과도 비슷한 것일 게고."

"그건……."

"지금까지 해석한 것에 따르면 제3의 스킬도 적이 가한 대미지를 축적시킨다. 그리고 **하루에 한 번밖에 쓰지 못하는** 공격 스킬이다."

상대가 가한 대미지를 축적시켜서 날리고 하루에 한 번만 쓸 수 있는 스킬.

마치 《복수는 나의 것》과 《카운터 앱솝션》의 제한이 이중으로 걸려 있는 듯한 느낌이다. 그렇다면…… 파괴력만 따지면 《복수는 나의 것》보다 강하겠지.

그런데 그것이 녀석에게 닿는 스킬인지는 모른다.

"이건 이중의 모험이다. 해석한 결과, 녀석에게 맞설 수 있는지. 그리고 그 스킬을…… 단 한 번 쓸 수 있는 스킬을 녀석에게 맞출 수 있는지. 둘 중 하나가 빗나가면 우리들이 쓸 수 있는 수단은 없다."

"……그래도 가능성은 있는 거지?"

"물론이다."

네메시스가 그렇게 대답하자 나는 살짝 웃었다.

"그렇다면."

"그대가 할 대답은 이미 정해져 있을 테지."

네메시스도 마찬가지로 웃고 있었다.

아, 정말. 우리는 항상 이렇다니까.

[갈드랜더] 때도, [고즈메이즈] 때도 그랬다.

하지만 이렇게 이 녀석과 함께 미래를 걸었을 때.

우리는 어떤 때보다 더 든든하다.

"해석 부탁할게, 네메시스."

"알겠다. 기대하거라, 레이."

네메시스는 그렇게 대답하고 내 문장으로 돌아갔다.

"…………."

나는 네메시스가 들어간 문장을 살며시 쓰다듬은 다음 하늘 위를 올려다보았다.

그곳에서는 까만 모래알처럼 보이는 [모노크롬]이 천천히 지상으로 내려오고 있었다.

남은 시간은 30분 정도. 해석되는 것이 빠를까, 녀석이 지상을 사정거리 안에 두는 것이 빠를까.

『──KYAHAHAHAHAHA.』

상공에서는 일부러 자신이 접근하고 있다는 것을 알리는 듯한 [모노크롬]의 웃음소리가 울려 퍼졌다.

그런 웃음소리의 선고를 듣고, 나도 마찬가지로 녀석에게 말했다.

"그 웃음소리…… 막아주지."

──싸움은 지금부터다.

"이건 방공호인가?"

마을 근처, 탁 트인 공간에 우리가 지상에서 날아오르기 전에는 없었던 반구형 건물이 있었다. 그것도 하나만 있는 것이 아니라 세 군데에 퍼져 있었다.

아마도 지(地)속성 마법 스킬이나 지형 조작 능력을 지니고 있는 〈엠브리오〉의 〈마스터〉들이 협력해서 만들어냈을 것이다. 지면을 재료로 삼아 만들었기에 반쯤 지면에 파묻힌 것 같은 구조였다.

그리고 그 건물의 표면은 희미한 빛을 내뿜고 있었다. 결계 관련 스킬을 계속 사용하며 공격에 대비하고 있는 모양이었다.

[모노크롬]이 공격한다 해도 적어도 상공 1만 미터에서 날려 위력이 떨어진 열선이라면 어느 정도는 견딜 수 있을 것이다. ……근거리에서 열선을 날린다면 어떻게 될지 모르겠다.

안으로 들어가자 그 방공호에 마을 사람들과 관광객들이 피난해 있었다.

나는 그 사람들 중에서 선배와 류이 일행을 찾아다녔다.

녀석이 20분 뒤에 다시 지상을 사정거리 안에 두기 전에, 네메시스가 해석을 마치고 반격의 실마리를 잡아내기 전에 우선 선배와 합류해서 상황에 대해 설명해야 할 거라 생각했기 때문이다.

방공호 안을 찾아보고 있자니 낯익은 두 사람을 발견했다.

"이거, 이거 놓아주세요……!"

"안 됩니다. 그런 몸으로 무리하시면 배 속의 아이에게 문제가 생겨요……."

그 두 사람은 파리카 씨와 선배.

파리카 씨는 필사적인 표정을 지으며 방공호 밖으로 나가려 하고 있었고, 선배가 그녀를 말리고 있었다.

무슨 일이 있었나 싶어서 생각하다가…… 두 사람 곁에 류이가 없다는 것을 눈치챘다.

기분 나쁜 예감이 들었다.

"선배!"

"레이 군, [모노크롬]은…… 아뇨, 알고 있습니다."

내 모습과 지금도 계속 들리고 있는 [모노크롬]의 웃음소리를 통해 선배는 아직 해결되지 않았다는 것을 바로 깨달은 모양이었다.

"그쪽은……."

"류이가, 류이가 안 보여요!"

"류이가 아직 피난하지 못했다고요……?!"

"네. 다른 방공호도 확인해보았는데 보이지 않았어요. 이 방공호에 있던 류이 군의 친구들에게도 이야기를 들었는데, 류이 군은 [모노크롬]이 나오기 직전에 '이제 곧 춤이 시작되니까 어머니를 데리러 간다'고 하면서 헤어진 모양이에요."

"……윽!"

다시 말해 [모노크롬]이 날뛰고 있었을 때, 류이는 혼자 있었다는 뜻이다.

씁쓸한 이미지가 머릿속에 떠오르자 등골이 오싹해졌다.

"찾으러 다녀올게요!"

"저도 함께 가도록 하죠. 파리카 씨는 여기서 기다려주세요."

"하지만, 류이가······."

"류이 군을 위해서라도 기다려주세요!"

자신도 찾으러 가겠다는 파리카 씨를 말리면서 나와 선배가 방공호 밖으로 나왔다.

아무튼, 어서 류이를 찾아내지 않으면 목숨이 위험하다.

[모노크롬]이 다시 공격하기 시작하기 전까지······ 시간이 얼마 남지 않았다.

부디 무사히 있어주길 기원하면서 나와 선배는 실버를 타고 타오르는 토르네 마을 쪽으로 달려갔다.

□토르네 마을

토르네 마을에 있는 돌로 만든 풍차 부속 건물 안에서 류이는 혼자 몸을 웅크리고 있었다.

"……훌쩍."

[모노크롬]이 열선을 날린 것은 류이가 집으로 향하고 있을 때였다. 다행히 사람들이 모여 있던 축제 현장에서 멀리 떨어져 있었기에 [모노크롬]도 노리지 않았고, 류이는 목숨을 건질 수 있었다.

하지만 그럼에도 불구하고 타오르는 마을을 보자 류이의 마음은 공포에 사로잡히게 되었다.

류이는 필사적으로 도망쳐서 길 옆에 있던 이 풍차 부속 건물로 피했다. 풍차 부속 건물은 [모노크롬]의 시야로부터 류이를 숨겨주었고, 다른 집에서도 멀리 떨어져 있었기에 불길에 휩싸이지도 않았다.

숨는 데 성공했더라도, 그곳은 류이에게 막다른 길이었다.

일시적으로 피할 수는 있었지만, 바깥으로 나가면 [모노크롬]이 태워버릴 테니 이 풍차 부속 건물은 방공호인 것과 동시에 감옥이기도 했다.

"으흐흑……."

그래서 지금 류이는 몸을 웅크린 채 울고 있었다.

위쪽에서 울려 퍼지는 웃음소리가 두려워서. 혼자 남게 되었다는 것이 불안해서.

무엇보다 집에 있었을 어머니가 걱정되어서.

"양아버지가 있었다면……."

류이는 생각했다.

이럴 때 양아버지가 있었다면 그때처럼 우리를 구해주었을 텐데.

류이는 그렇게 생각했지만, 실제로 시지마가 해결할 수 있는 문제가 아니었을 것이다.

하지만 지금 이 순간, 어린 류이의 마음은 그때와 마찬가지로 도움을 원하고 있었다.

어린아이가 부모를 원하는 마음으로…… 자신의 '아버지'를 기다리고 있었다.

4년 전…… 처음 만났을 때부터 류이는 시지마를 동경했다. 생명의 은인이자 지극히 강인한 〈마스터〉. 어린 류이에게 시지마는 히어로였다.

하지만 당시에는 아버지라는 생각이 전혀 들지 않았다. 히어로나 스타 선수를 아버지라고 생각하지 않는 것과 마찬가지다.

그래서 파리카가 시지마와 재혼했을 때, 솔직히 말하자면 기분이 석연치 않기도 했다.

'진짜 아버지는 아니다'라는…… 솔직한 거절이었다.

좋아하고 동경하기도 하지만, 아버지는 결코 아니다. 어머니가 재혼한 뒤에 아이들이 당연히 그럴 만한 생각이었다.

그전까지는 솔직하게 동경했었는데도 불구하고 류이는 시지마에게 선을 긋고 거리를 두었다.

시지마가 함께 생활하기 시작한 뒤에도 류이는 오히려 예전보다 남처럼 굴었고, 시지마가 가족이라는 생각은 하지 않았다.

하지만 시지마도 그렇고 파리카도 아무런 말도 하지 않았다.

부모가 뭐라고 할 문제 아니라 류이가 스스로 자신의 마음을 정리해야 한다…… 또는 정리하지 못한 채 살아가는 것을 스스로 선택해야 한다고 생각했기 때문이다.

그래서 오히려 그런 부분에 대해서는 부부보다 탈 짐승인 그링검과 〈엠브리오〉인 유노가 더 걱정스럽게 보고 있었다.

그렇게 어색하게 한 달 정도가 지났고…… 그 가족에게 어떤 계기가 찾아오게 된다.

그것은…… 파리카와 류이가 왕도에 성묘하러 갔을 때였다.

찾아간 무덤은 류이의 친아버지 무덤이었고, 기일에 모자끼리 묘비를 청소하고 꽃을 바치러 간 것이다.

류이의 친아버지는 평범한 [목수(카펜터)]였는데, 어느 날 지붕에서 발이 미끄러져 목숨을 잃게 되어버렸다.

잘못 떨어졌고, 즉사했기 때문에 회복마법도 제때 걸지 못했다고 했다.

류이와 파리카는 무덤을 청소하고 그 앞에 꽃을 바치며 기도 했다.

두 사람은 기도를 마치고 묘지를 나선 뒤 집으로 돌아가기 시작했다.

그런데 중간에 류이가 아버지의 무덤 앞에 청소도구를 두고 왔다는 것을 눈치챘다.

류이는 '금방 돌아올 테니까 엄마는 기다려'라고 하고 급히 아버지의 무덤으로 돌아갔다.

그렇게 류이가 무덤 앞으로 돌아와 보니 그곳에는 뜻밖에도…… 시지마가 있었다.

두 사람을 왕도로 데려다준 뒤에 '볼일이 있다'라고 하면서 헤어졌던 시지마가.

그는 류이의 친아버지 무덤 앞에 연기가 피어오르는 향을 놓고 두 손을 모은 채 눈을 감고 있었다.

매우 집중하고 있었는지 류이가 재빨리 다른 무덤 그늘로 숨었다는 것도 모르는 것 같았다.

그리고 얼마나 그대로 멈춰서 있었을까.

시지마는 오랫동안 하던 기도를 마치고 천천히 입을 열었다.

"제 목숨이 붙어 있는 한, 두 사람을 지키고 반드시 행복하게 해주겠습니다."

그것은 죽은 사람에게…… 자신이 사랑하는 사람들을 자신보다 먼저 지키던 사람에게 한 말.

"그러니까 부디…… 지켜봐 주십시오."

죽은 사람에게 맹세하는 말이었다.

류이는 숨은 채 그 모습을 그저 보고만 있었다.

하지만 그때 자연스럽게 이런 생각이 들었다.

'아, 저 사람은…… 아버지구나'.

그날을 계기로 류이의 마음속에 있던 응어리는 조금씩 사라지기 시작했다.

그 뒤로 그들은 부자로서 평화로운 나날을 보냈다.

가족으로서 서로 마음을 터놓게 된 뒤에 맞이한 풍성제는 류이에게 매우 즐거운 추억이었다.

하지만 지금 이 순간, 류이가 처한 상황은 추억과는 완전히 달랐다.

"어째서 이렇게 되어버린 거야……."

풍성제가 개최된 오늘, 류이는 혼자 몸을 웅크린 채 겁을 먹고 있었다.

작년 풍성제 때는 양아버지가 있었다. 탈 짐승인 그링검도, 메이든인 유노도 있었다.

하지만 그링검과 유노도 양아버지와 함께 사라졌다.

그리고 지금은…… 어머니조차 곁에 있지 않고, 류이는 차가운 석제 건물 안에서 들리는 절망의 웃음소리로 인해 떨고 있었다.

"양아버지하고 어머니를…… 만나고 싶어……."

류이는 혼자 풍차 부속 건물 안에서 계속 울었다.

◇ ◇ ◇

□???

──너는 자유로워질 지도 몰라.

──그렇게 되면 내게 네게 명령할 수 있는 건 아무것도 없겠지.

──하지만 만약 네가…….

──나와 마찬가지로…… 그 나날을 눈부시게 느꼈다면.

──우리가 '가족'이었다고 생각한다면.

──부디 들어주었으면 하는 부탁이 있다.

매우 소중한 말을 곱씹으며 그는 천천히 눈을 떴다.

그가 눈을 뜬 것은 그가 잘 알고 있는 풍경 속.

하지만 그가 잠든 뒤 계절이 두 개 정도 지난 상태였다.

그는 자신의 상태를 확인했다.

그리고 눈치챘다. 지금까지 그가 따르던 누군가와의 연결고리가 끊어졌다는 것을.

그는 연결고리를 잃은 것으로 인해 슬픔을 느꼈다.

『…………?』

자신의 상태를 확인한 다음, 그는 하늘이 이상하다는 것을 눈치챘다.

아직 밤이 아닌 것 같은데 이상하게 어둡고, 불쾌한 웃음소리가 울려 퍼지고 있었다.

그는 하늘 위에서 들리는 웃음소리를 불쾌하게 여기긴 했지만, 전혀 신경 쓰지 않았다.

하지만 그 웃음소리와 함께 그가 결코 무시할 수 없는 소리가 들렸다.

무시할 수 있을 리가 없다. 미처 듣지 못하고 놓칠 리가 없다.

그 소리는…… 그가 잘 알고 있는 사랑스러운 아이가 울고 있는 소리였으니까.

그의 '가족'이 울고 있었으니까.

『GLUWOOOOOOOOOOOOOOOOOOO!!』

그는 포효했고, 네 다리로 지면을 박차며 일심불란하게 목소리가 들린 곳으로 뛰어가기 시작했다.

사랑하는 '가족'을 지키기 위해서.

□[성기사] 레이 스탈링

"어디를 찾아볼 건가요?"

"축제 현장하고 집 사이로 난 길을 중점적으로 뛰어갈 거예요! 선배는 주위를 확인해주세요!"

"알겠습니다."

나와 선배를 태운 실버가 타오르는 토르네 마을을 달렸다.

한 시간 전까지는 미소로 가득 차 있었고, 시끌벅적하긴 하지만 평화로운 시간이 흐르고 있던 마을.

하지만 지금은 사람들의 모습을 찾아볼 수 없었고…… 날개가 타서 떨어져 뼈대만 남은 수많은 풍성이 즐거운 시간이 끝났다는 사실을 알려주고 있었다.

지금 토르네 마을에는 위쪽에 있는 [모노크롬]과는 다른 검은색으로 가득 차 있었다.

불타고 그을려 생겨난 검은색. 집이, 그리고 말 같은 가축들이 불타올라 까만 재로 변한 상태였다.

나는 그 까만 잿더미 안에 사람…… 그리고 류이가 있지 않기를 바라면서 류이를 찾아다녔다.

"……?"

그러던 와중에 선배가 무언가를 눈치챘는지 내 옆구리를 찔렀고 귓가에 작은 목소리로 말했다.

"제《살기감지》스킬에 반응이 있네요."

"윽! [모노크롬]인가요?"

"아뇨. 그건 아닙니다. 여러 살기가 이쪽으로 다가오고 있어요."

"네?"

선배가 무슨 말을 한 건지 한순간 이해할 수가 없었다.

'이런 상황에 누가?'라는 의문을 입 밖으로 꺼내기도 전에.

"──《전기양의 꿈(그렘린)》."

어딘가에서 그렇게 말하는 소리가 들렸다.

그 직후에 실버가 발을 헛디뎌 달리던 기세 때문에 그대로 지면에 넘어졌다.

나는 의수에 고삐를 고정시키고 있었기에 함께 넘어졌고, 선배는…… 순간적으로 뛰어내려 깔끔하게 착지했다.

"윽, 대체…… 뭐지?"

나는 고정시켰던 의수를 빼낸 뒤 일어서서 상황을 확인했다.

"실버, 왜 그래!"

넘어진 실버는 그대로 꿈쩍도 하지 못했다.

마치 망가져버린 것처럼 아무런 반응도 보이지 않았다.

기능고장……? 그런데 왜 지금?

"그렇게 되면 한나절 동안은 움직이지 못할걸."

갑자기 그렇게 말하는 목소리가 들려서 돌아보니 붉은색, 검은색 동그라미를 겹친 마크가 달린 머리띠를 차고 눈매가 사나운 남자가 있었다.

아니, 그 남자뿐만이 아니라…… 주위에는 똑같은 마크를 달고 있는 사람들이 열 몇 명.

나와 선배는 그 녀석들에게 포위당한 상태였다.

"이 녀석의 〈엠브리오〉, 그렘린은 기계를 멈춰버리거든!"

머리띠를 한 남자는 턱을 움직여 옆에 있던 남자를 가리켰다.

그가 가리킨 남자는 싱글거리며 웃고 있었다.

"실버를 멈춘 건 너희들이냐…… 무슨 속셈이지?"

"너한테 볼 일이 있거든, '언브레이커블' 레이 스탈링."

머리띠를 한 남자는 나를 '언브레이커블'이라고 불렀다.

그것은 내 별명이었고, 좀 전에 하늘에서도 랑그가 그렇게 불렀었다.

하지만 눈앞에 있는 남자에게서는 랑그가 보여주었던 것 같은 호의가 전혀 느껴지지 않았다.

"우리는 〈솔 크라이시스〉라는 PK 클랜이다. 그래, 나는 오너인 덤덤 탄, 덤덤이라고 불러주라고. 잠깐만 볼 사이겠지만 말이야."

〈솔 크라이시스〉…… 그렇구나, 잘 살펴보니 낯익은 얼굴이 몇 명 있었다.

낮에 노점에서 모히칸하고 시비가 붙은 멤버들인데…… 그 갑주는 없었다.

"PK 클랜이 무슨 볼일인데······라고 물어보지는 않겠어."

저 녀석들은 나를 PK할 셈일 것이다. 내 이동수단을 망가뜨리고 일부러 모습을 드러낸 뒤 자기소개를 한 것은 '우리가 '언브레이커블'을 쓰러뜨렸다'라는 것을 나중에 편하게 증명하기 위해서다.

누가 해치웠는지 알아보기 힘든 형태로 쓰러뜨리면 본인이라는 것을 확실하게 밝히기 힘들 테니까.

보아하니 작업복을 입고 몸집이 작은 남자가 카메라로 찍고 있었다.

"나한테 볼일이 있으면 나중에······ 위에 있는 [모노크롬] 사건이 끝난 다음에 와줘. 지금은 해야만 하는 일이 있거든."

"안 되지. 우리도 지금이 가장 좋은 기회니까."

좋은 기회?

"우리 〈솔 크라이시스〉는 나름대로 유명해지기 시작했지만, 아직 실적이 없거든. 이제부터 커다란 실적을 쌓아서 〈솔 크라이시스〉의 이름을 널리 알리고 싶으니까."

"······이름을 널리 알리고 싶으면 위에 있는 [모노크롬]을 쓰러뜨리면 될 텐데."

"아니~, 〈UBM〉을 쓰러뜨릴 수 있는 녀석은 잔뜩 있잖아. 그리고 저걸 건드릴 수단도 없고. 상대하는 건 어리석은 짓이지. 너도 도망쳐 왔잖아?"

"············."

내가 도망쳐 왔다는 말을 듣고도 받아칠 말이 없었다.

하지만 그때 [모노크롬]을 해치우기 위해 하늘로 올라간 사람들을, 지상에서 맞섰던 사람들을, 아무것도 하지 않았던 녀석들이 모욕하니 화가 났다.

"위에 있는 〈UBM〉은 쓰러뜨릴 수 없지만 말이야~, 여기에는 〈UBM〉보다 훨씬 괜찮은 사냥감이 있지. 〈초급〉인 프랭클린이나 최강 PK 클랜이라고 자칭하는 〈K&R〉이 나섰는데도 쓰러뜨리지 못한 사냥감, 그런데 레벨이 100도 안 되는 정말 먹음직스러운 사냥감 말이지."

머리띠를 한 남자── 덤덤은 나를 손가락으로 가리키고.

"너 말이야."

웃으면서 그렇게 말했다.

역시 목표는 나였던 모양인데…….

"……상황을 생각하라고!"

『크하하하하! 멍청아! 생각했으니까 지금 해치우려는 거지!!』

내가 화가 나서 소리친 목소리에 대답한 사람은 나와 이야기를 하고 있던 덤덤이 아니었다.

옆쪽에 있던 타버린 집을 무너뜨리며 3미터가 넘는 거대한 갑주가 모습을 드러냈다.

그 갑주는 몇 번 본적이 있다.

왕도의 분수에서 보았고, 오늘 낮에 〈모히칸 리그〉를 갈취하는 모습을 보았다.

아니, 저 갑주는 그 전에도 어디선가……?

『기데온에 있는 동안에는 항상 근처에 랭커들이나 [파괴왕(킹 오브 디스트로이)]이 있었지만, 지금은 너와 그 여자밖에 없지! 그리고 이렇게 혼란스러운 상황에서는 지나가던 사람도 없을 거 아냐? 꽤나 노리기 편한 상황이 된 모양인데!!』

갑주를 입은 남자는 그렇게 말하며 크게 웃었다. 정말 큰 행운이 찾아왔다, 그런 말투였다.

"……뭐, 그런 거지. 네가 여러 명을 상대로 한 전투나 지구전에 약하다는 것은 이미 조사해서 알고 있다. 이렇게 많은 사람 상대로 얼마나 열심히 싸울 수 있을까~?"

"…………."

방어 수단에 횟수 제한이 있기도 해서 내가 여러 사람을 상대로 한 전투나 지구전에 약하다는 것은 사실이긴 하다.

……역시 프랭클린 때문에 정보가 너무 많이 알려졌구나.

『그리고오! 우리에게는 비장의 수가…… 바로 이 몸이 계시지! 〈솔 크라이시스〉의 서브 오너이자 최강 전력인 이 바르바로이가 말이야!』

"……윽?!"

갑자기 등골이 오싹해졌다.

녀석이 방금 그렇게 말한 순간, 엄청난 분노와 살기가 뿜어져 나온 것을 느꼈다.

그 분노와 살기가 생겨난 곳은 눈앞에 있던 갑주…………**가 아니었다.**

"……후후."

그것이 생겨난 곳은 바로 내 옆에 서 있던 비 쓰리 선배였다.

이유는 잘 모르겠다.

지금 선배는 〈K&R〉이 습격했을 때와는 비교가 되지 않을 정도로 강한 위압감을 내뿜고 있다.

내가 몸을 떨 정도로 살기가 무시무시한데, 선배의 표정은 평소와 마찬가지로 쿨했다.

……아니, 정정. 잘 살펴보니 들고 있던 방패의 손잡이가 일그러져 있었다.

이유는 잘 모르겠지만 저 갑주를 보고 매우 화가 난 상태다.

"그 갑주, 멋진 **디자인**이네요."

『크하하, 그렇지? 이것이 바로 [격철갑주 매그넘 콜로서스]! 내가 예전에 〈UBM〉을 쓰러뜨리고 손에 넣은 특전무구다.』

"그것참. 대단하네요."

하지만 갑주를 입은 남자는 선배의 살기가 전혀 신경 쓰이지 않는지 뽐내는 듯이 갑주를 자랑하고 있었다.

선배가 겨우 이틀 함께 지낸 나조차 알아볼 수 있을 정도로 티나는 억지웃음을 지으며 대답했다.

"그런 갑주를 입고 계신 당신은 누구시죠?"

『크하하, 방금 전에도 말했을 텐데. 그리고 이 갑주를 보고도 모르다니, 참 둔하군, 아가씨.』

"…………네, 그래서 당신의 이름은 뭐죠?"

갑주남, 그만해.

선배의 살기가 여자 괴물보다 더 무시무시한 영역에 돌입할 것 같은데.

나도 사정은 잘 모르겠지만 너는 확실하게 선배의 지뢰를 밟고 있다고.

『크하하하, 나는 '유린천개' 바르바로이 배드 번! 예전에는 클랜 〈흉성(매드 캐슬)〉을 이끌었고, 지금은 〈솔 크라이시스〉의 서브 오너를 맡고 있는 남자다!! 어떠냐아!』

"──그러시군요."

……바르바로이라는 저 갑주남도 그렇고, 주위에 있는 녀석들도 왜 이 살기를 눈치채지 못하는 거야?

…………응?

"잠깐, 바르바로이?"

그 이름은…….

"아."

나는 곁눈질로 선배를 힐끔 보았다.

그런 다음 파티의 간이 스테이터스도 확인했다.

……그렇구나. 선배가 화를 내고 있는 이유, 그리고 갑주남이 어떤 녀석인지도 대충 짐작이 된다.

『어엉? 너까지 나를 모르는 거야아? '언브레이커블'.』

"…………아니, 알고 있어. 바르바로이 배드 번, 말이지. 응, 엄청 잘 알아, 그 **이름**."

『크하하! 그렇겠지! 그렇겠지! 정 의심이 된다면 《간파》나 《감정안》으로 확인해도 상관없다만?』

……《간파》나 《감정안》말이지.

뭐, 그렇게 말하는 걸 보니 그걸 사용하면 바르바로이 배드 번이라는 이름하고 [격철갑주 매그넘 콜로서스]라는 것의 이름도 **뜨긴** 하겠지만.

……이미 나는 대충 사정을 짐작하고 있으니 의미는 없지.

『이 바르바로이와 〈솔 크라이시스〉의 이름은 오늘 너를 쓰러 뜨림으로써 더욱 비약하겠지! 아, 어제 너를 분수 앞에서 본 건 운이 좋았어!』

"정말, 완전 신났네. 그래도 뭐, 이 녀석에게 어제 왕도의 분수에 혼자 있던 너를 봤다는 말을 들었을 때는 만우절이 하루 일찍 왔나 싶었는데."

『크하하, 나를 좀 더 믿어보라고! 오너!』

……아, 그러고 보니 오늘은 현실에서 만우절이었던가?

노리고 왔나 싶을 정도로 절묘한 타이밍이다.

"레이 군."

"네."

"여기는 제게 맡기고 류이 군을 찾으러 가주세요."

"……이 녀석들을 상대하는 동안 류이에게 무슨 일이 생기면 큰일이니까요. 그런데, 맡겨도 될까요?"

"아니, **저한테 주세요.**"

선배는 그렇게 말하며 내 등을 밀었다.

나는 고개를 끄덕이고 움직일 수 없는 실버를 아이템 박스에 회수한 뒤 뛰어가기 시작했다.

『이봐! 이 포위망을 뚫을 수 있을 것……!』

우리를 포위하고 있던 〈솔 크라이시스〉는 나를 놓치지 않으려고 움직였지만…….

"――《하늘이여, 무거운 돌이 되어라(헤븐즈 웨이트)》."

그 직전에 선배가 로자와 전투를 벌였을 때도 사용했던 고중력 결계를 전개했고, 녀석들은 지면에 짓눌렸다.

그렇게 〈솔 크라이시스〉의 움직임이 막힌 동안 나는 포위망을 빠져나왔다.

……〈솔 크라이시스〉는 선배에게 맡기고 나는 류이를 찾는데 전념하자.

그건 그렇고 세상에는 이상한 생각을 하는 녀석들도 있구나.

그런 **꼼수**가 오래 갈 리가 없는데.

□토르네 마을

『우, 움직일 수가 없어!』

"이게 뭐야?! 뼈, 뼈가 부러진다……!"

"이건, 중력 결계? 설마……."

레이가 떠난 뒤, 그곳에 남아 있던 사람들은 아무도 움직이지 못하고 있었다.

아니, 정확히 말하자면 움직이지 못하는 사람들과 움직이지 않은 사람들로 나뉘어 있었다.

그렇다, 고중력 결계에 붙잡힌 〈솔 크라이시스〉와 그것을 전개한 비 쓰리 양쪽으로.

비 쓰리는 땅에 엎드린 〈솔 크라이시스〉를 내려다보면서 아이템 박스에서 어떤 아이템을 꺼냈다.

그 아이템의 이름은 [잡 크리스탈]. 메인 직업을 변경할 수 있는 1회용 아이템이다.

비 쓰리는 [크리스탈]을 부숴서 자신의 메인 직업을 [방패거인]에서 다른 직업으로 전환했다.

"자."

비 쓰리는 홀로 유유히 걸어가 갑주남—— 바르바로이에게 다가갔다.

"자신을 바르바로이라고 소개한 당신에게 세 가지 정도 지적할 게 있습니다."

태연한 말투로 그렇게 말하면서 갑옷의 돌기 부분에 살짝 손을 댄 뒤…… 그대로 **뜯어냈다.**

『뭐?! 이놈, 무슨 짓을 하는.』

"강도가 부족해요."

따질 틈도 없이 바르바로이의 복부에 비 쓰리의 주먹이 파고들었다.

맨손으로 가격한 것이 아니었다. 어느새 그녀는 양손에 거대한 토시를 장비하고 있었다.

마치 거인이 차는 것 같은 토시, 거대한 금속제 토시를.

그리고 그것은 바르바로이가 입고 있던 갑주의 토시와 매우 **비슷하게 생겼다.**

하지만 바르바로이의 갑주는 비 쓰리의 토시로 인해 복부에 방사형으로 금이 가 있었지만.

"진짜 [매그넘 콜로서스]는 그렇게 물렁하지 않습니다. 모양은 비슷하게 잘 만들었지만 더 튼튼한 금속으로 만들었어야죠."

마치 요리의 실수에 대해 지적하는 것처럼, 비 쓰리는 감정 기복이 별로 없는 목소리로 그렇게 말했다.

하지만 공격을 맞은 바르바로이는 그 충격으로 인해 숨을 쉴 수가 없었고, 눈이 돌아가 그 말을 들을 수 있는 상태가 아니었다.

"다음. 당신의 이름, 《간파》로 확인했습니다. 네, 바르바로이 배드 번이 맞긴 하네요."

그리고 비 쓰리는 살짝 미소를 지은 다음.

"표기가 다릅니다."

무릎을 꿇은 채 신음하던 바르바로이의 머리를 짓밟았다.

바르바로이는 지면에 투구가 파묻혔고, 그 충격을 견디지 못했는지 투구가 부서지자 왠지 경박해보이는 남자의 얼굴이 드러났다.

"무, 무슨······"

풀페이스 투구가 부서지자 울리는 느낌이 사라진 목소리로 바르바로이가 말했다.

그러자 비 쓰리는 감정이 느껴지지 않는 목소리로 설명하기 시작했다.

"바르바로이 배드 번이라는 이름은 우리말로 표기하지 않습니다. 번역기능도 있으니 알아보기 힘들겠지만, 조금만 더 잘 조사해봤다면 알 수 있었겠죠."

비 쓰리는 그렇게 말한 뒤 윈도우를 조작해서…… 자신의 간이 스테이터스를 보여주었다.

"그리고 진짜는 알파벳으로 표기합니다. 예를 들면…… **이렇게요.**"

그곳에는 BBB(비 쓰리)의 풀 네임이 적혀 있었다.

──Barbaroi(바르바로이) · Bad(배드) · Burn(번), 이라고.

"뭐?!"

"아…… 역시나."

"어?"

"무, 무슨 소리야?!"

그것을 본 〈솔 크라이시스〉의 반응은 두 가지로 나뉘었다.

깜짝 놀란 사람과 이해할 수 없다는 표정을 지은 사람으로.

전자는 바르바로이……라 자칭했던 남자와 덤덤, 그리고 몇명. 굳이 말하자면 후자가 더 많았다.

"어라, 클랜 전체가 알고 있었던 건 아닌 모양이네요. ──당신이 가짜라는 걸."

"무, 무슨 소릴……! 나는 바르바로이고 갑주는 [매그넘 콜로서스]다! 《간파》나 《감정안》으로도 그 사실이 증명되었다고!"

"네. 그러니까 간단한 거죠."

비 쓰리는 억지웃음을 지으면서.

"당신, **가짜 이름을 보여줄 수 있는** 〈엠브리오〉를 가지고 있는 거죠?"

그의 거짓말을 폭로했다.

"[사기꾼(스윈들러)] 같은 직업도 《가짜 이름》을 쓸 수 있긴 하지만, 그것들은 레벨이 높은 《간파》나 《진위판정》을 뚫지 못하니까요. 그런 것에 들키지 않는 사칭 스킬, 그것이 당신의 〈엠브리오〉인 거죠. 스킬의 효과는 한정적일수록 강해지니까요."

그래도 [대교수(기가 프로페서)] 프랭클린의 《예지의 해석안》을 비롯한 초급 직업의 오의를 사용하면 들키게 되겠지만, 불행인지 다행인지 가짜 바르바로이는 지금까지 그런 상대와 마주친 적이 없었다.

"특전무구일 경우도 생각했습니다만…… 그렇게 모양만 꾸민 갑주를 입고 있는 당신이 MVP를 딸 수 있을 리는 없으니까요."

"끄, 으……!"

비 쓰리가 한 지적과 설명을 듣고 바르바로이…… **가짜 바르바로이**는 말문이 막혔다.

"다른 사람을 속이기에는 딱 좋은 스킬이네요. 유력한 플레이어의 이름을 사칭해서 클랜을 돋보이게 할 수도 있겠고요. 하지만 그래봤자 클랜 멤버가 늘어나면 한계가 올 겁니다. 보아하니 정체를 알지 못했던 멤버도 많이 있는 모양이고요."

그녀가 말한 대로 여기 있던 멤버 중 절반은 바르바로이가 진짜라고 생각하고 있었다. 그 네임 밸류를 보고 모여든 사람도 많았다.

그렇기에 진상을 알게 된 그들은 거짓말에 대해 처음부터 알고 있었던 멤버를 의심하는 눈초리로 보고 있었다.

"그래서 당신들은 레이 군을 노린 거죠. 클랜을 돋보이기 위해서. 레이 군을 쓰러뜨리고 허세가 아닌 실적을 만든 다음 '바르바로이와는 방침 때문에 싸웠다'고 하면서 가짜를 클랜에서 쫓아낼 계획이었겠죠. 클랜이 돋보이게 되어서 바르바로이 없이도 유력한 클랜이라는 인식이 생기면 속아서 모여든 사람들도 어느 정도는 남을 테니까요."

"너, 너, 그 이상……!"

가짜 바르바로이는 비 쓰리가 말하지 못하게 막으려 했지만, 그러려 해도 지근거리에 있던 그에게는 최대의 고중력과 [구속] 상태이상이 걸려서 몸을 움직일 수가 없었다.

그는 그것을 빠져나올 수 있는 STR을 지니지 않았다.

"왜 바르바로이의 이름을 써서 속였는지, 이유는 간단하죠. 이름을 바꿀 수는 있지만 외모는 바꿀 수 없기 때문이죠. 그렇기 때문에 다른 누군가가 아니라 전투 중이나 공적인 장소에서 항상 갑주를 입었던 바르바로이를 사칭했을 테고요."

비 쓰리는 '그렇죠?'라고 하면서 투구를 잃은 가짜 바르바로이에게 물었다.

"다른 유명한 PK. 〈초급 킬러〉 같은 사람을 사칭하는 것도 괜찮겠지만, 그 사람은 이름조차 알려져 있지 않으니 진짜라는 것

을 사칭하는 것 자체가 힘들 테고요. 그밖에도 [발도신(디 언시스)]
나 [강탈왕(킹 오브 버글러리)]은 얼굴까지 유명하죠. 그리고 '감옥'
에 있는 [범죄왕(킹 오브 크라임)]은 아예 논외. 바르바로이를 고른
이유는 소거법이었군요."

"아, 아니야! 속지 마! 내가 바로 진짜다!"

"그럼 시험해볼까요?"

비 쓰리는 그렇게 말하고 가짜 바르바로이를 《하늘이여, 무거
운 돌이 되어라》의 대상에서 제외했다.

가짜 바르바로이는 중력 결계에서 풀려나 일어섰고…… 비 쓰
리가 한 말이 무슨 뜻인지 눈치챘다.

"당신이 진짜라고 우기려면 혼자서 저를 쓰러뜨리고 이 상황
을 해결해보세요. 물론 저는 온 힘을 다해 상대하겠습니다."

"끄, 으……."

비 쓰리가 제안한 것을 듣고, 가짜 바르바로이는 주저하며 고
개를 끄덕이지 못했다.

그 행동이 바로 두 사람 중 누가 진짜인지 확실하게 나타내고
있었다.

"나는, 가짜야……."

그리고 그는 단념한 뒤 자신이 가짜라는 것을 자백했다.

"우리를 속였던 거냐!!"

"젠장, 가짜 주제에 지금까지 잘난 척하기는!"

가짜 바르바로이에게 속고 있었던 멤버들이 소리치며 매도했다.

"시, 시끄러! 너희들도 바르바로이의 이름을 쓰면서 마음껏

갈취해댔잖아!"

곧바로 속이고 있었던 쪽과 속고 있었던 쪽, 〈솔 크라이시스〉가 두 쪽으로 갈라져 서로 매도해댔지만.

"──닥쳐."

조용하면서도 반박하지 못할 정도로 강한 위압감이 담긴 말이 양쪽 모두를 강제로 침묵하게 만들었다.

그렇게 말한 사람은 굳이 물을 필요도 없이…… 가장 크게 분노하고 있을 비 쓰렸다.

"실례. 하지만 당신들이 서로 말다툼을 벌여봤자 의미가 없습니다. 지금부터 모두 제가 PK하(죽이)겠습니다."

그 선언을 듣고 가짜에게 속고 있었던 사람들이 저마다 변명을 늘어놓았다.

"우, 우리는 속고 있었을 뿐이야!"

"내 잘못이 아니야! 나는 잘못하지 않았어!"

"하지만 바르바로이라는 이름을 써서 돈을 버셨잖아요? 그렇다면 사용료는 데스 페널티(목숨)입니다."

"애초에", 비 쓰리는 그렇게 말한 다음 이야기를 이어나갔다.

"저는 PK니까요. 저를 적대시하는 상대가 있으면 물론 PK합(죽입)니다."

그 발언을 듣고 양쪽으로 갈라졌던 〈솔 크라이시스〉의 마음이 의도치 않게 다시 하나로 뭉쳤다.

도망치려고 해도 중력 결계 때문에 꿈쩍도 할 수 없었다.

이대로 가다간 아무것도 하지 못한 채 모두 죽게 된다.

"자, 이렇게까지 이야기 했으니 이미 아시겠지만, 사실 저도 화가 났거든요."

〈솔 크라이시스〉 멤버들은 '알아요'라고 마음속으로 대답했다. 가짜를 대하는 모습을 보니 일목요연했다.

"제가 어째서 화가 났는지 아시겠나요?"

"바, 바르바로이 배드 번이라는 이름을 사칭했으니까……?"

"**아니요**. 사칭할 상대로 바르바로이를 선택하고, 이름을 사칭하고 모습을 모방한 것 자체는 **상관없습니다**."

'갑주의 강도와 스테이터스, 저에 대한 어설픈 정보수집 등 짜증 나는 포인트가 좀 있긴 하지만요'라고 덧붙인 다음, 비 쓰리가 말했다.

"이름을 사칭한다는 것은 그만큼 평가를 받고 있다는 뜻이니 화를 낼 부분이 아니죠."

『그, 그럼 대체 왜…….』

"두 가지입니다. 첫 번째는…… 〈흉성〉의 오너였던 바르바로이의 이름을 당신들 같은 3류 클랜의 **서브 오너**로 삼은 것이죠."

한순간, 〈솔 크라이시스〉는 무슨 말을 들은 건지 이해할 수가 없었다.

하지만 비 쓰리가 부드러운 말투로 말하며 짓고 있던 사나운 표정과 반짝이고 있는 눈을 보니 그 이유에 얼마나 큰 분노가 담겨져 있는지 상상하는 것은 그리 어렵지 않았다.

"사, 3류라고?! 바보 취급하다니."

"후후후…… 다른 사람의 이름을 빌려서 자신을 과시하려는 자와 호가호위하려는 자밖에 없는 클랜이 3류가 아니면 뭐라는 거죠?"

비 쓰리는 웃으면서.

"그리고 그런 3류인 당신들이 바르바로이와 〈흉성〉을 얕봤죠. 바르바로이가 오너를 맡고 있던 〈흉성〉을 3류 클랜 이하라며 멋대로 폄하했고요."

그것이야말로 그녀가 분노한 원인이자, 지금은 사라지고 없는 클랜에 대한 마음.

사칭하는 것은 상관없지만 폄하하는 것은 용서할 수 없다는 그녀의 의지.

"그런 짓을 용서할 수 있을 정도로…… 바르바로이 배드 번이라는 사람은 관대하지 못합니다."

부드러운 말투로 말하면서도 내뿜고 있는 압박감은 차원이 다르다.

그 위압감으로 인해 〈솔 크라이시스〉는 우리가 호랑이 꼬리 위에서 라인 댄스를 추고 있었다는 것을 짐작했다.

"두 번째로는……"

비 쓰리는 거대한 토시로 손가락 두 개를 펴면서 이렇게 말했다.

"그가 눈앞에 있는 비극을 막으려고 필사적으로 노력하고 있을 때 발목을 잡으면서 비웃었기 때문입니다."

그 사실을 자신의 클랜을 모욕한 것과 동등하거나 그 이상 용서할 수 없다, 목소리에 담긴 열기가 그렇게 알려주고 있었다.

"그러니까, 당신들은 모두 PK하겠습니다(네놈들은 모조리 쳐죽
인다)."

그 직후, 비 쓰리의 목 아래를 거대한 갑주가 감쌌다.

그것은 쓰러져 있던 가짜 바르바로이의 갑주와 동일한 형태.

하지만 뿜어져 나오는 오라가 차원이 다른…… 진짜 [격철갑
주 매그넘 콜로서스]였다.

"아, 그렇죠. 세 번째 지적사항 말인데요."

갑자기 지금까지 보여주었던 분노와 살기가 사라졌고, 그녀는
처음 만났을 때처럼 부드러운 말투로 말했다.

"지, 지적사항?"

"네. 당신에게 세 가지를 지적하겠다고 했는데 두 가지만 지
적했잖아요."

'갑옷의 강도'와 '이름을 표기하는 방법', 가짜가 바르바로이를
사칭하면서 잘못했던 점에 대한 지적. 아직 두 개밖에 말하지
않은 상태였다.

"세 번째는 말이죠."

그녀는 부드러운 표정을 지은 채 아이템 박스에서 [격철갑주]
의 투구를 꺼냈다.

"바르바로이 배드 번이라는 PK는 얼굴을 가리면 PK로서 **스위
치**가 켜진다는 점이에요."

비 쓰리는 그렇게 말하며 투구를 썼고.

"아, 그리고 아직 선언하지 않았었군요."

그 얼굴이 투구로 인해 가려지자.

『'내'가 바르바로이 배드 번이다.』
──왕국에서 손꼽히던 PK, '유린천개' 바르바로이 배드 번이
부활했다.

◆ ◆ ◆

■〈솔 크라이시스〉에 대해

시작은 버민이라는 〈마스터〉의 〈엠브리오〉였다.
그의 〈엠브리오〉는 자신과 소유물의 이름을 바꿀 수 있는 힘
을 지닌 아마노자쿠.
『우리코히메와 아마노자쿠』라는 설화에 대해 알지 못했던 버
민은 '아마노자쿠는 반대되는 말만 하는 녀석이잖아? 왜 가짜
이름을 붙이는 〈엠브리오〉지?'라고 고개를 갸웃거렸지만, 그 능
력은 매우 마음에 들어했다.
그는 자신의 〈엠브리오〉의 스킬에 대해 '이걸 잘 쓰면 짭짤하
지 않을까'라고 생각했다.
시스템적인 요인으로 인해 이름을 바꾸는 것이 불가능한 게임
에서 자신의 이름을 자유롭게 바꿀 수 있다는 것은 **자신만 이득
을 보기에는** 매우 유용한 능력이었다.
실제로 그는 아마노자쿠의 힘을 사용하여 〈마스터〉들을 상대

로 푼돈을 버는 사기를 거듭했다. 티안에게 사기를 치면 '감옥' 에 가게 될지도 모르기에 겁이 나서 그러지 못했지만, 〈마스터〉 들에게는 그런 제한도 없었다.

그러던 와중에 기습 PK를 일삼고 있던 덤덤이나 〈엠브리오〉 로 기계를 계속 망가뜨린 결과 드라이프에서 지명수배당한 블루스크린 등, 그와 마찬가지로 나쁜 짓을 저지르던 〈마스터〉들과 알고 지내게 된다.

그들은 의기투합하여——그렇다고 하기 보다는, 서로 이용할 수 있을 거라고 보고——손을 잡았다.

그것이 〈솔 크라이시스〉라는 클랜의 시작이었다.

공범을 얻은 그는 '커다란 일'을 하자는 생각을 했다.

그리고 어떤 아이디어를 떠올렸다.

그것은 유명 PK를 사칭하는 것.

두려움을 사고 있던 강호 PK의 이름을 사칭하여 다른 사람을 위압한다.

진짜인지 물어보는 사람이 있다면 아마노자쿠로 이름을 바꾼 자신의 이름을 보여주기만 하면 된다.

사칭한 PK가 강하면 강할수록, 그 이름을 본 사람은 벌벌 떨 게 될 것이다.

아마노자쿠는 외모까지 바꿀 수는 없었지만, 얼굴을 드러내지 않는 PK라면 사칭하는 것도 가능하다.

또한 사칭할 상대만 가지고 있을 특전무구의 겉모습만 비슷하게 만든 장비를 마련해서 이름을 바꾸고 진짜라고 속일 수도 있다.

그리고 처음에는 이름만 바꿀 수 있었던 아마노자쿠도 제6형
태에 도달하자 다른 사람에게 보이는 스테이터스 표시 같은 것
도 위장할 수 있게 되었다.

수단은 마련되었다, 그럼 누구 이름을 사칭할까. 버민이 그렇
게 생각하며 조금 조사해보니…… 조건과 딱 들어맞는 PK를 간
단히 찾아낼 수 있었다.

그 PK의 이름은 바르바로이 배드 번이었다.

〈초급 킬러〉가 왕국에 정착하게 되기 전, 왕국에서는 다섯 명
의 PK가 두려움을 사고 있었다.

〈초급〉이자 PK, [범죄왕] 젝스 뷰펠.

〈K&R〉의 오너, [발도신] 캐시미어.

〈K&R〉의 서브 오너, [복희(다운 프린세스)] 로자.

〈고블린 스트리트〉의 오너, [강탈왕] 엘드릿지.

〈흉성〉의 오너이자 유일한 상급 직업, [갑주거인] 바르바로이
배드 번.

왕국 안의 PK 중에서도 이 다섯 명은 왕국의 〈마스터〉들에게
──[범죄왕]은 티안도 포함해서──공포의 대상이었다([범죄
왕]은 곧바로 지명수배를 받고 세이브 포인트가 제한되었기에
왕국 소속 〈마스터〉라고 할 수는 없지만).

왕국에서 이름을 떨치려면 이 다섯 사람 중 누구를 사칭하는
것이 가장 효과적일까, 버민은 그렇게 생각했다.

이 다섯 명보다 더 왕국에서 이름이 널리 알려진 PK는 없으니까.

선택지에서 지금도 왕성하게 활동하고 있는 캐시미어, 로자, 엘드릿지가 제외되었다.

그리고 [범죄왕]도 드라이프와 전쟁을 벌이기 직전에 **정체불명의 누군가**와 싸워서 동귀어진하여 '감옥'으로 보내졌기에 선택지에 남겨둘 수는 없었다.

무엇보다 [범죄왕]을 사칭하는 것은 너무 위험하다. 만약 농담이라 해도 그 이름을 들으면 반드시 왕국의 관청이 움직일 것이기 때문이다.

제3왕녀 유괴사건, 프리벨 백작 저택 참살사건, 성녀 박탈 사건 등, [범죄왕]이 왕국 안에서 벌인 수많은 중대사건 때문에 관청에서는 [범죄왕]을 일종의 금기로 보고 있었던 것이다.

그렇기 때문에 소거법에 따라 바르바로이가 선택지로 남았다.

그런데 바르바로이의 현재 상황이 그들의 목적에 딱 들어맞았다.

[초투사(오버 글래디에이터)] 피가로에게 크게 패했기에 클랜이 해산되었고, 본인도 그 이후로 소식이 끊어졌다.

패배의 충격으로 인해 접었다는 소문도 떠돌고 있어서, 이름을 사칭하기에 이렇게 딱 좋은 상대였다.

그런 이유로 버민은 바르바로이의 이름을 사칭하기로 했다.

계획을 실행한 결과, 버민은 《감정안》이나 《간파》로 봐도 틀림없는 바르바로이 배드 넘이 되었고…… 다른 〈마스터〉를 협박하는 것도 잘 진행되었다.

그리고 가짜 바르바로이 배드 넘을 간판으로 내세운 〈솔 크라이시스〉는 금방 주목받는 PK 클랜이 되었다. 가입하기를 원하는 사람도 늘어났고, 그들의 클랜은 언더그라운드 계열에서 단숨에 유명해졌다.

하지만 문제가 생겼다.

가짜 바르바로이에 대해 알지 못하는 멤버가 너무 많이 늘어난 것이다. 이대로 가다가는 어떤 계기로 인해 사기를 들키게 되고 클랜이 와해될지도 모른다.

무슨 대책을 세울 필요가 있다고 생각하고…… 바르바로이 말고 다른 간판을 만들기로 했다.

그것은 '〈초급〉이 나섰는데도 쓰러뜨리지 못했다'고 유명해진 〈마스터〉이며 격이 낮은 루키이기도 한 '언브레이커블' 레이 스탈링을 PK하는 것.

해낼 수만 있다면 가짜 바르바로이라는 유명무실한 간판이 아니라 실체가 있는 간판이 생기게 된다.

그렇게 하면 클랜이 붕괴될 위험도 사라지고 오히려 더욱 커질 것이다.

하지만 그의 주위에는 거의 항상 랭커들이나 정체를 알 수 없는 동료, 그리고 그 [파괴왕]이 있었다. 그 전력이 겁나서 좀처럼 손을 쓰지 못하고 있었다.

아마도 그밖에도 '언브레이커블'을 노리고 있던 PK가 있었겠지만 그런 이유 때문에 포기했을 것이다.

하지만 버민이 왕도의 분수 옆에서 우연히 혼자(그리고 네메시스) 있던 그를 발견하고 좋은 기회라 여기게 되었다.

그들의 행선지는 미행에 특화된 덤덤의 〈엠브리오〉가 알아냈다.

〈솔 크라이시스〉는 멤버를 갖추고 미행하며 빈틈이 생기면 레이 스탈링을 PK하려는 생각이었다.

그런데 〈파들 산길〉에서 습격을 하려던 참에 우연히도 〈K&R〉의 헌팅 현장을 맞닥뜨리게 되어버렸다.

그들은 그때 두 명이 데스 페널티를 받게 되었지만, 결과적으로 오히려 잘되었다고 생각했다.

'그 왕국 최강의 PK라고 두려움을 사던 〈K&R〉이 나섰는데도 쓰러뜨리지 못한 '언브레이커블'. 그자를 쓰러뜨리면 우리는 〈K&R〉보다 더 유명해질 것이다.'

그렇게 어떤 의미로는 긍정적이지만 결정적으로 잘못된 생각을 하며 그들은 [모노크롬]이 습격한 틈을 타 레이 스탈링을 덮쳤다.

그 타이밍에 습격하면 다른 〈마스터〉들의 개입도 최소한에 그칠 거라는 생각도 있었다.

그들은 사태가 그들의 목적에 따라 더할 나위 없이 순조롭게 풀려가고 있다 생각하였다.

하지만 그들이 미처 생각하지 못한 세 가지 사실이 있었다.

우선 아무리 꼼수를 쓰고 다른 사람을 사칭하여 〈솔 크라이시스〉의 이름을 떨쳐봤자 그들이 강해지는 것은 아니라는 점.

그 다음으로는 그들이 접었다고 생각하고 이름을 사칭한 상대가 진짜로 접었는지 여부.

그리고 자신들이 한 행동에 대해 진짜가 얼마나 **열 받을지** 상상하지 못했다는 점.

그것이 그들이 미처 생각하지 못한 사실. 그렇게 허세를 부리던 클랜 〈솔 크라이시스〉는 왕국 제3위 PK의 거센 분노를 그대로 뒤집어쓰게 된다.

□토르네 마을

〈솔 크라이시스〉 앞에는 거대한 갑주를 두르고 풀페이스 헬멧을 장착한 진짜 바르바로이 배드 번이 있었다.

투구를 쓰고 얼굴을 가리는 것이 '스위치'다, 바르바로이는 그렇게 말했다.

그 말을 들은 〈솔 크라이시스〉 멤버들은 겁을 먹으면서도 '그런 만화 같은 롤플레이를'이라고 생각하며 마음속으로 비웃고 있었다.

하지만 실제로 투구를 쓴 바르바로이를 앞두게 되자…… 그런 마음은 사라져버렸다.

겉으로 보기에는 자신들이 내세우고 있던 가짜 바르바로이와

똑같았지만 느껴지는 위압감과 얼굴과 몸을 가림으로써 오히려
드러나게 된 폭력적인 기운은 완전히 딴판이었다.

오히려 이 진짜를 미리 알고 있었다면 아무리 이름을 위조하
는 스킬을 쓰더라도 가짜라는 것을 금방 들켜버리지 않을까 하
는 생각이 드는 수준이었다.

『자아, 방금 전에 말했던 것처럼 나는 지금부터 네놈들을 모조
리 쳐죽일 거다.』

갑주 안에서 울려 남자 목소리처럼 들리는 목소리로 바르바로
이가 말했다.

『이 상태에서는 내가 너희를 지면에 묶어둔 채 느긋하게 해치
울 수 있지.』

그 말을 듣고 〈솔 크라이시스〉 멤버들이 몸을 떨었다.

지금 그들은 단 한 명의 예외도 없이 바르바로이를 중심으로
전개된 고중력 결계에 붙잡혀 있는 상태다. 최저 200배, 근거리
에서는 500배의 고중력 환경에 모두가 붙잡힌 채 꿈쩍도 하지
못하고 있었다.

포위망을 펼쳤기에 일망타진된 거라 할 수 있는 형태다.

결계의 가장자리 부분, 200배라면 보통 사람의 200배의
STR⋯⋯ 2000정도를 지니고 있다면 움직일 수 있을지도 모른
다. 상급과 하급 전위 직업을 전부 올린 전위라면 대처할 수 있
는 중압이다.

하지만 가장자리── 포위망의 바깥쪽에 배치되어 있던 것은
원거리 공격에 치우쳐 있거나 지원 직업인 사람들뿐. 마법이나

활, 총기 등은 STR과 별로 관계가 없기에…… 그 낮은 수치로 인해 200배의 중력도 탈출할 수가 없었다.

그리고 그보다 가까운 거리에서는 300배, 400배, 500배의 중력과 [구속] 상태이상에 걸려 만렙을 찍은 전위 상급 직업에 〈엠브리오〉의 보정을 더하더라도 탈출하는 것이 힘들다.

그리고 만약 움직일 수 있다 해도 움직임이 매우 둔해져서 제대로 싸울 수 있을 리가 없다.

《하늘이여, 무거운 돌이 되어라》는 그렇게 무시무시한 스킬이었다.

예전에 왕도 포위망을 펼쳤을 때, 피가로는 바르바로이가 펼친 이 결계의 최대 중압을 돌파한 적이 있다.

반대로 말하자면…… 〈초급〉인 피가로**만** 돌파했던 것이다.

초급 직업인 로자와 엘드릿지는 이것과 스킬을 합친 기술로 인해 바르바로이에게 쓰러진 적이 있었다.

돌파한 피가로도 전투시간 비례 강화와 장비수 반비례 강화를 둘 다 사용하고 특전무구의 장비 스킬을 사용했기에 돌파할 수 있었던 것이다.

그렇기 때문에 〈솔 크라이시스〉가 이것을 돌파할 수단은 없었다.

중력에 저항하지 못하고 몸이 지면에 짓눌려 뼈가 부러진 사람도 있었다.

(적어도 내가 가장자리에 있었다면 말이지~.)

〈솔 크라이시스〉의 오너…… [기습자(스니크 레이더)] 덤덤은 마음속으로 그렇게 외쳤다.

만약 그가 생각했던 대로 배치했다면.

(다른 녀석들이 당하는 동안 MP가 바닥나서 **나라도 도망칠 수 있었을지도** 모르는데. 운이 나쁘군.)

그렇게 그가 생각하고 있던 계획…… '다른 멤버를 미끼로 삼아, 나만 데스 페널티를 피한다'를 실행할 수도 있었을 것이다.

바르바로이의 《하늘이여, 무거운 돌이 되어라》는 강력한 결계지만, MP 소모도 크다.

덤덤이 《간파》로 본 바로는 이미 최대치의 3할 정도로 떨어졌기에 모두를 PK하기 전에 MP가 바닥날 것으로 예상되었다.

그래서 덤덤은 가장자리에 있으면 살아남을 수 있을 거라 생각했다.

하지만 공교롭게도 전위인 그가 있는 위치는 포위망의 가장 앞쪽이었기 때문에 체념하고 적어도 비싼 아이템을 드롭하지 않게끔 기도하고 있자니…….

『이제 이 결계를 풀겠다.』

덤덤은, 그리고 〈솔 크라이시스〉의 멤버들은 바르바로이가 무슨 말을 했는지 이해할 수가 없었다.

하지만 바르바로이는 그런 그들을 신경 쓰지도 않고 계속 말했다.

『너희들이 '허를 찔려서 움직일 수 없게 되었기에 졌거든요'라고 변명하는 걸 들으면 또 열 받을 테니까 말이지……. **공평**한 기회를 주겠다는 거다.』

바르바로이는 그렇게 말하고 결계 안을 천천히 걸어갔다.

그 움직임으로 인해 걸린 중력이 줄어들어 좀 편해진 사람도 있었고, 바르바로이가 다가와서 실린 중력이 커져 뼈가 몇 개 부러진 사람도 있었다.

하지만 어느 정도 여유가 생긴 사람도 움직이지 않은 채 바르바로이를 살피고 있었다.

『규칙은 간단하다. 너희들 전부 다 덤벼. 5분 이내에 내 HP를 1할 이상 깎은 녀석은 봐주겠다.』

"봐준, 다니?"

『앞으로 내가 일절 공격하지 않을 거다. 의심스럽다면 지금 바로 [계약서]를 써주지. 지금부터 5분 이내에 내 HP를 1할 이상 깎은 녀석을 앞으로 공격하지 않겠다고 말이야.』

"5, 5분이라는 시간을 정한 이유는?"

『위에 있는 [모노크롬]이 안 보이냐? 그리고 나는 얼른 귀여운 후배가 있는 곳으로 가고 싶다고.』

[모노크롬]이 공격을 다시 시작하기까지 어림짐작으로 5분.

그러니까 바르바로이는 5분이 한계라고 말했다.

『도망치더라도 상관없긴 하지만 나는 이미 《간파》로 너희들을 보고 있거든? 이름과 스테이터스가 훤히 보인다고. 얼굴도 기억했으니까…… 나는 기억력도 좋거든?』

다시 말해 지금 도망쳐봤자 언젠가 당하게 된다는 뜻이다.

게다가 한 번이라는 보장은 없다.

하지만 눈앞에 있는 PK가 여유를 부리고 있는 지금이라면…….

"…………."

"…………."

그곳에 있던 〈솔 크라이시스〉 멤버 열다섯 명은 서로 눈짓했다.

속고 속임으로써 사이가 틀어졌던 양쪽이 다시 단결했다.

"이봐, 1할이라고 했는데."

그중에서 오너인 덤덤이 소리쳤다.

"딱히 쓰러뜨려도 상관은 없는 거지?"

『그래, 그때는 모두 봐주도록 하지.』

언질을 잡았다.

그리고 바르바로이는 [계약서]에 확실하게 서명까지 했다.

그 모습을 보고 〈솔 크라이시스〉 멤버들은 마음속으로 씨익 웃었다.

그것은 오너인 덤덤도 마찬가지였다.

(남은 MP는 3할. 곧바로 우리 멤버…… 열다섯 명 모두가 덤비면 녀석의 MP는 반드시 싸우는 동안 바닥나겠지. 그렇게 되면 기회가 생길 거야. 다른 녀석들을 방패 삼아 기다리다 보면 내가 진짜 바르바로이를 쓰러뜨린 PK가 될지도 모르고~.)

덤덤은 마음속으로 생각한 것을 다른 사람들에게 들키지 않게끔 애써 진지한 표정을 지었다.

덤덤과 똑같은 생각을 한 사람이 또 있을지도 모른다.

하지만…….

『그런데 말이지…… 내가 너희들에게 변명을 하지 못하기 위해서만 이 기회를 주는 것 같냐?』

그들이 마음속으로 긴장을 푼 것을 아는지 모르는지, 바르바로이는 소름이 돋을 정도로 강한 살기를 담은 목소리로 말을 자아냈다.

"무슨…… 소리지?"

『무슨 소리냐고? 그냥, ──마음이 꺾일 수도 있다는 각오는 해둬라.』

〈솔 크라이시스〉는 그 말을 듣고 단 한 사람의 예외도 없이 등골이 오싹해졌다.

『그럼 3초 뒤에 해제한다. 세──────엣.』

바르바로이는 그렇게 천천히 전투 개시를 위한 카운트다운을 시작했고.

『둘, 《스트롱홀드 프레셔》.』

──카운트다운을 하던 도중 결계를 해제하고 두 손으로 들고 있던 방패로 〈솔 크라이시스〉의 마법 직업 두 사람을 동시에 박살 냈다.

《스트롱홀드 프레셔》는 방어력을 공격력으로 삼는 [방패거인]의 공격 스킬. 직업을 [갑주거인]으로 전환하더라도 같은 종류의 무기── [방패]를 사용하기 때문에 문제없이 사용할 수 있고…… 그 위력은 마법 직업의 HP와 END라면 손쉽게 치명상을 입힐 수 있다.

박살 난 두 사람은 무슨 일이 일어났는지 모르겠다는 표정을 **반만** 남은 얼굴로 짓고 있었다.

두개골이 반쯤 부서졌는데도 아직 그들의 의식이 머리에 남아 있다는 것을 확인한 다음—— 바르바로이는 다시 한 번 마찬가지로 내리쳤다.

두개골이 완전히 다져지자 그들은 데스 페널티를 받고 소멸했다.

그중 한 사람은 클랜의 중심인물이었고, 실버의 움직임을 막은 그렘린의 〈마스터〉인 블루스크린이었다.

"이봐?!"

"비, 비겁하잖아!"

〈솔 크라이시스〉의 멤버들은 일어서서 뒷걸음질치며 저마다 바르바로이를 비난했다.

하지만 정작 바르바로이는 아무렇지도 않은 것 같았다.

『뭐? **3초 뒤**에 해제한다고 했잖아? 뭐가 비겁하다는 거야?』

그렇다, 결계는 그렇게 말한 다음 정확하게 3초 뒤에 해제되었다.

바르바로이는 거짓말을 하지 않았다.

하지만 〈솔 크라이시스〉 멤버들이 바르바로이가 했던 '무의미하게, 그리고 늦게 한 카운트다운'이 끝났을 때 전투가 시작될 것이라고 의도적으로 착각하게 만들긴 했지만.

그리고 일부러 자신에게 유리한 결계를 풀고 싸우자고 한 상대가…… 정정당당하게 싸우지 않을 것이라는 생각은 조금도 하지 못했던 것이다.

『애초에 PK가 비겁한 게 무슨 잘못이야? 잘못은 허를 찌른 쪽이 아니라 찔린 쪽이 한 거지. 정정당당한 대결을 하고 싶으면 캐시미어한테 죽여달라고 해라. 크하하하하.』

교활한 기색이 섞여 있는 목소리로 바르바로이가 웃었다.

그리고 이렇게 말했다.

『내가 결계를 해제하고 너희들과 싸우는 건 말이지…….』

그녀가 일부러 일방적인 살해에서 사투로 전환한 이유는…….

『나(바르바로이)를 사칭한 너희들에게 바르바로이의 방식을 충분하고도 남을 정도로 때려 넣어주기 위해서라고!!』

그러기 위해서라면 압도적인 우위 따위는 내팽개치겠다는 듯이, 그녀는 그렇게 포효했다.

그 포효소리를 듣자 〈솔 크라이시스〉 모두의 머릿속에서 MP가 다 떨어지기까지 기다리면 이길 수 있다는 낙관적인 생각이 사라졌다.

온 힘을 다해 덤비지 않으면 모두 살해당한다(PK당한다)는 것을 깨닫게 되었다.

그리고 온 힘을 다해 싸운다면…… 방금 마법 직업을 두 사람 잃은 것이 뼈아프다.

"……이 자식! 제일 먼저 마법 공격 직업을 박살 내다니!"

『누가 네 자식인데?』

물리방어력이 뛰어난 [갑주거인]을 공격하려면 마법이 가장 효과적이다. 바르바로이도 그 사실을 잘 알고 있기에 그렇게 기습이나 마찬가지인 공격으로 먼저 마법 공격 직업을 쓰러뜨린 것이다.

"속도(AGI)형은 움직이면서 교란해! 상대방은 내구도(END)형 이다!"

마법 공격 직업이 없어지자 덤덤은 그들 말고 맞설 수 있을 것 같은 사람을 움직이려 했지만⋯⋯.

"아, 안 되겠어⋯⋯ 좀 전에 결계에 잡혔을 때 다, 다리뼈가 부러졌어."

"나, 나는 허리가⋯⋯."

좀 전에 바르바로이가 결계를 전개하며 걸어갔을 때 뼈가 부러졌던 사람들이 그렇게 말했다.

둘 다 AGI가 높긴 하지만 STR과 END가 낮은 전형적인 속도 특화 전위였다.

"싸우기 전에 속도형까지 박살 냈던 거냐⋯⋯!"

'《간파》로 이름과 스테이터스를 다 들여다보았다', 그녀가 자신의 입으로 그렇게 말했다.

〈솔 크라이시스〉의 스테이터스와 직업 분석은 이미 완료되었고, END 수치가 약한 사람들을 미리 고중력으로 박살 냈던 것이다.

"[사교(비숍)]인 녀석에게 회복을⋯⋯."

덤덤이 그렇게 말하려 했을 때, 무언가가 덤덤의 시야를 가로막으며 날아갔다.

그것은 방패.

바르바로이가 들고 있던 방패 중 하나를 《실드 플라이어》로 투척한 것이다.

노린 것은 물론 [사교].

HP와 END가 그렇게 높지 않았던 [사교]는 방패에 직격당해 몸이 두 동강 났다.

『좀 전부터 행동 판단이 한…… 두 템포 느려. 그리고 우리 후배가 레벨이 낮다고 얕본 모양이지? 지금까지 한 명도 [브로치]조차 장착하지 않았던데. 아니면 돈이 없는 거냐?』

바르바로이는 '그리고 조금 더 욕심을 내자면, 지원 직업 정도는 만렙으로 마련해라'라고 추가로 엄포를 놓았다.

실제로 만렙 [사교]라면 《실드 플라이어》 한 방 정도는 버틸 수 있었을 것이다. ……그랬다면 다른 공격수단으로 박살 냈겠지만.

"쳇……."

눈 깜짝할 새에 세 명. 행동불능 상태인 속도형을 포함하면 다섯 명이 쓰러졌다.

게다가 그렇게 만든 것이 스테이터스 수치가 원래 차원이 다른 초급 직업도 아니다.

그들과 마찬가지인 상급 직업 한 명의…… 정확하고 자비심 없는 전술로 인한 것이었다.

그것이야말로 바르바로이의 방식.

조잡하고 난폭하고 살기와 적개심을 흩뿌리는 PK 롤플레이를 하면서 상대방의 직업 구성과 심리의 허점을 꿰뚫는 논리적인 전술을 구사하는 자.

다섯 명의 PK 중 유일하게 상급 직업이면서 초급 직업들과 나란히 서 있었던 것은 그녀의 그 전술 덕분이다.

'플레이어들끼리 벌이는 전투는 레벨과 스테이터스로만 이루어지는 게 아니다. 얼마나 상대방의 힘을 발휘시키지 못하게 하면서 자신의 비장의 수를 날리는 지에 달려 있다'는 그녀의 이론이라 할 수 있는 것.

그 말대로 그녀는 [복희] 로자와 [강탈왕] 엘드릿지가 힘을 발휘하지 못하게 하고 비장의 수를 날려서 해치운 뒤 왕국 PK의 제3위 자리에 올랐으니까.

무엇보다 지금 그녀는 **그 당시보다 강하다.**

"……윽, 아니! 이길 수 있어! 저 녀석의 MP는 2할도 안 남았다고! SP도 마찬가지고! 이대로 공격하면 이길 수 있어! 쉽게 내버려 두지 마!"

덤덤은 일부러 평소보다 강한 말투로 멤버에게 지시를 내렸다.

속고 있던 멤버들 중에는 덤덤이 지시를 내리는 것에 반감을 품은 사람도 있었다.

하지만 그가 한 말은 틀리지 않았다. MP와 SP만 바닥나면 바르바로이는 스킬을 쓸 수가 없게 되고, 〈솔 크라이시스〉 쪽이 유리하게 된다는 것은 사실이었다.

"할 수밖에 없지!"

"뒈져라아아아!!"

[강검사(스트롱 소드맨)]와 [강창사(스트롱 랜서)] 두 사람이 스테이터스 상승 스킬을 사용하며 자신의 무기를 바르바로이에게 휘둘렀고, 찔렀다.

STR이 높은 두 사람의 공격에 직격 당하면 갑옷 너머로도 대미지가 들어갈 것이다.

『《아스트로 가드》.』

──하지만 결과적으로 두 사람의 공격은 갑옷 표면에서 튕겨져 나갔고, 바르바로이에게 1포인트의 대미지도 입히지 못했다.

"어어?!"

"이, 이럴 수가!"

공격한 두 사람은 경악에 휩싸였지만, 바르바로이는 그 공격을 완전히 예상하고 있었다.

《간파》와 감정안으로 상대방의 스테이터스와 직업, 장비까지 다 알고 있으니 어느 정도 대미지를 입힐 수 있는지까지 바르바로이는 이미 계산해두고 있었다.

그리고 지금 바르바로이는 피가로와 싸웠을 때보다 더 튼튼하다.

바르바로이는 피가로에게 패배한 뒤로 직업을 다시 습득했기 때문이다.

보조 상급 직업으로 [방패거인]을 선택함으로써 방어력이 3000대에서 5000으로 상승했다. 그 자리에서 움직일 수 없게 되는 대신 방어력이 다섯 배가 되는 《아스트로 가드》를 사용하면 방어력이 25000에 달하게 된다.

애초에 〈흉성〉을 이끌던 당시 그녀는 클랜을 지휘하는 입장이었기에 두 개를 습득할 수 있었던 상급 직업 중 하나로 파티와 클랜의 스테이터스를 향상시키는 [사령관(커맨더)] 직업을 가지고 있었다.

그렇기 때문에 단독 전력으로 볼 경우, 그녀는 완전하지 못했던 것이다(〈엠브리오〉와의 시너지 효과로 인해 초급 직업이 아닌 사람들 중에서는 파격적인 전투력을 자랑했지만).

하지만 지금은 아니다. 〈흉성〉이 해산된 뒤, 그녀는 자신을 클랜 오너가 아니라 일개 전투원으로 만드는 빌드를 새로 짰다.

이제 멤버들을 지휘할 필요가 없어졌고…… 그와 동시에 자신을 이긴 피가로 같은 상대에게 맞서기 위해 힘을 키우기 위해서였다.

데이터를 얻기 위해 후소 츠쿠요의 제안을 받아들일 정도로 그녀는 철저하게 자신의 빌드를 다시 만들어냈다.

그 결과가 [방패거인]의 취득으로 인한 각종 전투 스킬의 확보, 그리고 스테이터스 향상이다.

그리고 다시 짜기 전부터 가지고 있었던 《대미지 감소》와 《대미지 경감》 스킬도 건재하다.

그렇기 때문에 《아스트로 가드》를 사용하고 있는 그녀에게 대미지를 입히려면 25000에 달하는 방어력을 돌파하고, 2할 감소된 상황에서도 500이상의 대미지를 입힐 필요가 있다.

바르바로이가 계산한 바로는 순수 스테이터스와 직업 스킬로 그녀의 방어력을 뚫으려면 두 명 있던 500레벨 만렙 마법 공격 직업 정도였지만…… 전투를 시작한 시점에 이미 박살 냈다.

그렇기 때문에 〈솔 크라이시스〉가 바르바로이에게 대미지를 입힐 수 있는 방법은 바르바로이의 MP가 바닥나서 《아스트로 가드》가 사라지거나 그들의 〈엠브리오〉의 스킬에 달려 있는데…….

바르바로이는 나중에 적이 쓸 수단에 대해 생각하며 곧바로 적의 숫자를 줄이기로 결심했다.

『——《해방된 거인(아틀라스)》.』

그리고 실행한 것은 필살 스킬 발동.

발동하면 10초 동안 방어력을 10배로 만들고, 공격력으로 변환시키는 그녀의 비장의 수.

그녀는 《해방된 거인》을 발동시킨 뒤 0.1초 뒤에 《아스트로 가드》를 해제.

25만이 넘는 수치인 공격력으로 눈앞에서 빈틈투성이인 모습을 드러낸 [강검사]와 [강창사]를 각각 일격에 분쇄했다.

(남은 숫자, 여덟.)

그녀가 생각한 그 숫자가 상대방의 인원인지, 아니면 필살 스킬의 남은 시간인지.

《해방된 거인》은 효과 시간이 끝나면 한 시간 동안 쿨타임이 걸린다.

그렇기 때문에 바르바로이는 남은 시간을 낭비하지 않았다. 《실드 플라이어》를 연속으로 발동시켜 25만이라는 공격력을 실어 방패를 계속 투척해댔다.

10초에 불과하지만, 그 [파괴왕]과도 필적하는 공격력.

파괴의 사자가 된 수많은 방패가 주위 일대를 분쇄하는 것과 동시에 〈솔 크라이시스〉 멤버들을 먼지조각으로 만들었다.

비명을 지를 틈도 없을 정도로 압도적인 '유린'.

그렇게 10초가 지난 뒤…… 그곳에 있던 사람의 숫자는 바르바로이를 포함하여 **세 명**으로 줄어들어 있었다.

『**한 명**, 살아남았나.』

파괴의 결과인 흙먼지가 가시자 그곳에는 바르바로이 말고도 두 사람이 있었다.

바르바로이가 **일부러 남겨둔** 한 사람을 제외하고도 살아남은 사람이 또 있었다.

남긴 것은 그녀의 가짜였던 버민. 지금은 머리를 감싼 채 몸을 웅크리고 있었다.

바르바로이의 의도와는 맞지 않게 살아남은 사람은 〈솔 크라이시스〉의 오너인 덤덤. 하지만 오른팔이 날아가서 멀쩡한 상태라고는 할 수 없었다.

덤덤은 통각을 꺼두었기에 아픔을 느끼지는 않았다. 하지만 팔을 잃은 상실감으로 인해 간담이 서늘해지는 것을 느끼며 이런 말을 내뱉었다.

"……괴물 같은 놈, 네놈도 상급 직업(이쪽)일 텐데."

『빌드를 연구하고 스킬 사용 타이밍에 대해 궁리하는데 쏟은 노력, 그리고 〈엠브리오〉의 특성 차이겠지.』

"그래…… 그렇겠지."

덤덤은 그렇게 말하고 자조하는 듯이 쓴웃음을 지었다.

"정말, 운영 쪽 녀석들은 가능성이다 뭐다 하는데, 〈엠브리오〉는 부조리와 불공평 덩어리야. 이 녀석처럼 다른 사람을 속이는데 말고는 써먹을 데가 없는 고물딱지가 있는 반면에 네놈처럼 혼자서 상대방을 유린할 수 있는 괴물도 있지. 불공평하기 짝이 없어. 그래도 뭐……."

덤덤은 말을 중간에 끊고 쓴웃음을 미소로 바꾸었다.

"그래도 나는 내 〈엠브리오〉가 마음에 들거든. 내 힘이 약해서 이길 수 없다 해도 이 녀석의 힘으로 네 HP 중 1할을 깎아내 볼까."

덤덤은 손도끼처럼 생긴 외날검을 거꾸로 쥐고 자세를 취했다.

그것은 장검이라 하기에는 짧고, 단검이라 하기에는 긴 검.

그것이야말로 그의 〈엠브리오〉였다.

그리고 〈흉성〉의 전 오너와 〈솔 크라이시스〉의 오너가 마주 보고 섰다.

덤덤은 칼을 겨눈 채 슬금슬금 움직였고, 바르바로이는 전혀 움직이지 않았다.

속도형이 공격할 기회를 엿보고 내구도형이 그 공격에 대처한다. 매우 당연한 싸움의 형태.

하지만 두 사람에게는 큰 차이가 있었다.

(바르바로이의 MP는…… 이제 남아 있지 않아. 기회는 있다.)

덤덤은 바르바로이를 《간파》하며 생각했다.

《아스트로 가드》와 필살 스킬을 발동했기에 바르바로이의 MP

는 바닥난 상태다. 그리고 《실드 플라이어》를 연속으로 사용함으로써 SP도 1할 아래로 떨어졌다.

몇 초만 더 기다리면 패시브 스킬로 인해 MP가 완전히 0이 된다.

그 순간이야말로 덤덤에게 유일무이한 기회.

그렇게 그는 기다렸고, 바르바로이도 그를 기다렸다.

그리고 바르바로이의 MP가 0이 된 순간이 왔고.

"오오!!"

덤덤이 소리를 내지르며 바르바로이를 향해 정면으로 질주했다.

바르바로이가 그 질주에 맞서 자신의 방패로 분쇄하기 위해 움직였다.

똑바로 나아간 덤덤은 마치 번트에 맞은 직구처럼 방패와 접촉했고.

"――《지금, 당신 뒤에 있어(메리)》!!"
――자취를 감추었다.

덤덤은 바르바로이의 바로 뒤쪽 공중에 있었다.

그것이야말로 〈엠브리오〉인 검, 메리의 스킬.

상대방의 등 뒤로 순간이동하고 그 직후에 날리는 공격의 위력을 상승시키는 스킬.

그리고 덤덤은 습격자 계통 상급 직업 [기습자]였기에 상대방이 발견하지 못하는 상태라면 대미지를 더욱 크게 입힐 수 있다.

(잡았다!!)

덤덤은 승리를, 바르바로이의 HP를 1할 이상 깎아낼 수 있다는 것을 확신하며 메리를 휘둘렀다.

지금 바르바로이에게는 MP가 없기에 《아스트로 가드》를 비롯한 방어 스킬을 사용할 수가 없다.

그렇기에 그 공격은 맨몸인 바르바로이를 찢어발기며 HP를 깎아낼 수 있다는 것을 확신하게 만드는 일격이었다.

덤덤은 그렇게 생각했다.

──바르바로이의 갑주 일부에서 어떤 통 같은 것이 튀어나오기 전까지는.

속도형인 덤덤은 그 통이 무엇인지 알아볼 수 있었다.

그것은 탄피.

왠지 모르겠지만 갑주 안에서 권총을 쏜 다음 튀어나오는 것 같은 탄피가 날아간 것이다.

(방금, 그건?)

덤덤이 그게 무슨 의미인지 생각하기도 전에 메리의 칼날이 바르바로이의 연수에 날아들었고.

『──《아스트로 가드》.』

바르바로이가 발동시킨 스킬에 가로막혔다.

MP가 고갈되어 사용하지 못하리라 생각했던 스킬에 의해.

"무슨, ……!"

덤덤이 상황을 이해하기도 전에 바르바로이가 움직였다.

뒤쪽으로 돌아서면서 방패를 놓고── 양쪽 손의 손가락을 곧게 편 뒤 덤덤에게 향했다.

공중에 있던 덤덤은 그것을 피할 방법이 없었고.

『──《더블 건틀릿 트리거》.』

대포가 발사된 듯한 굉음과 함께 배출된 탄피 두 개.

그리고── **사출된** 토시.

토시는 빗나가지 않고 정확하게 덤덤의 복부를 가격했다.

"커, 헉……!"

절대적인 위력을 지니고 있는 뜻밖의 공격.

첫 번째 공격은 [구멍의 브로치]로 견뎌냈다.

하지만 그 뒤로 이어진 두 번째 공격으로 인해 덤덤의 몸은 위아래로 갈라졌다.

"무, 슨……."

『갑주의 모양을 모방하기 전에…… 장비 스킬 정도는 알아뒀어야지. 애초에 새어 나간 적이 없는 정보니까 알 수도 없었겠지만.』

상반신과 하반신이 각각 지면에 떨어진 덤덤을 보고 바르바로이가 손으로 돌아온 토시를 장착하며 그렇게 말했다.

그렇다, 고갈된 줄 알았던 MP의 회복, 그리고 방금 날린 공격도 바르바로이의 특전무구에 의한 것이다.

전설급 무구 [격철갑주 매그넘 콜로서스].

그것에 [격철(공이치기)갑주]라는 이름이 붙어 있는 이유는 장비 스킬을 사용할 때 총탄형 카트릿지를 사용하기 때문이다. 카트릿지 안에는 사전에 바르바로이가 담아둔 MP가 들어 있다.

[격철갑주]의 장비 스킬 중 하나, 《건틀릿 트리거》는 카트릿지의 MP를 전부 소비하여 토시를 사출하는 스킬. 단순한 대미지만 따지면 필살 스킬에 버금가는 위력을 지니고 있다.

그리고 또다른 스킬, 《차지 트리거》는 카트릿지에 담겨 있던 MP를 전투시에 바르바로이에게 주입하여 [포션]을 먹는 것보다 훨씬 빠르고 효율적으로 MP를 회복하는 스킬. 한 번 사용하면 5할 정도는 회복할 수 있다.

카트릿지는 최대 여섯 발. 오늘 낮에 전부 충전해둔 상태였다.

즉, 전투를 개시한 시점에서 MP를 세 번이나 완전 회복시킬 수 있다는 뜻이다.

그렇다, 처음부터 〈솔 크라이시스〉와 전투하던 도중에 MP가 바닥날 일은 없었다.

〈솔 크라이시스〉는 MP만 바닥나면 바르바로이에게 이길 수 있을 거라 생각했지만, 바르바로이는 애초에 MP 걱정을 하지도 않았던 것이다.

그렇지 않았다면 《하늘이여, 무거운 돌이 되어라》를 전개한 상태로 일일이 《간파》하지도 않았을 것이고, 《하늘이여, 무거운 돌이 되어라》를 일부러 풀고 싸우지도 않았을 것이다.

오히려 MP가 바닥났다고 착각하게 만들어서 상대방이 움직이게끔 끌어들이는 것까지 예상하고 있었다.

"젠장~, 이길 수 있을 줄 알았는데⋯⋯."

덤덤은 상반신만 남은 상태로도 여전히 입을 놀리고 있었다.

『⋯⋯메리 양이 아니라 팔꿈치귀신 같은 꼴이 된 주제에 기운은 넘치는 모양이군. 그런 스킬이 있는 거냐?』

"없어. HP가 조금 남긴 했지만 이 [출혈] 때문에 금방 죽는다고."

덤덤이 한 말대로 지금은 데스 페널티를 받기까지 잠깐 시간이 남았을 뿐, 곧바로 사라지게 될 것이다.

"아~. 이제 계획은 박살 났네. 포장도 벗겨지고, 이름을 알릴 수도 없게 되었으니까. 〈솔 크라이시스〉도 이제 끝장인가⋯⋯."

'짭짤했는데~', 덤덤은 그렇게 조금 아쉬워하며 말했다.

그런 그의 모습을 보고 예전에 그와 마찬가지로 PK 클랜을 이끌었던 바르바로이는 잠시 생각한 뒤 두 마디의 말을 건넸다.

『다음에는 제대로 된 PK 클랜을 만들어라. 그러면⋯⋯ 2류까지는 확실하게 올라갈 수 있겠지.』

그 위로라고 할 수 없는 말을 듣자 덤덤이 쓴웃음을 지었다.

"하하⋯⋯ 제대로 된 PK 클랜이라니, 그게 뭔데~?"

그 말을 마지막으로 남기고 〈솔 크라이시스〉의 오너, 덤덤은 데스 페널티를 받아 사라졌다.

『⋯⋯이제 너만 남았군.』

덤덤과 전투를 마친 바르바로이는 돌아서면서 그 사람—— 가짜 바르바로이, 버민을 보았다.

"⋯⋯⋯큭."

버민은 말없이 지면에 엎드려 몸을 떨고 있었다.

몸은 점점 크게 떨리기 시작했고.

"⋯⋯크하하하하하! 멍청한 놈들, 전부 다 어이없이 지고 말이야!"

온몸이 떨릴 정도로 크게 웃어대고 있었다.

"어차피 〈솔 크라이시스〉 따위, 내 스킬이 없었다면 별 볼일 없는 기생충이었다는 거지!"

『크하하, 네가 할 말이냐?』

"시끄러워! 패배자라면 패배자답게 접을 것이지, 이런 타이밍에 나타나고 말이야!"

버민은 부서진 갑주로 철컹철컹 소리를 내며 일어선 뒤, 바르바로이를 손가락으로 가리켰다.

"그리고, 대체 무슨 속셈이야?"

『뭐가?』

"좀 전부터 나를 노리지 않았잖아!!"

버민이 화가 나서 소리치자 바르바로이는 한숨을 쉬며 대답했다.

『그야 네가 방어 스킬을 보란 듯이 마구 써댔잖아.』

바르바로이는 자신을 사칭한 가짜를 동정해서 남겨둔 것이 아니었다.

버민이 철두철미하게 방어 스킬을 계속 사용하고 있었고, '저 녀석을 쓰러뜨리기 전에 다른 녀석들을 모두 쓰러뜨릴 수 있겠 다' 싶을 정도로 견고하게 방어하고 있었기 때문이다.

『너도 [갑주거인]이니까 《아스트로 가드》를 쓸 수 있겠지. 그 리고 몸을 웅크리고 있었던 이유는 보조 직업인 [수권사(비스트 복 서)]의 《거북이 등껍질 자세》와 [승병(몽크)]의 《오체투지 결계》. 전부 다 방어력을 몇 배로 만드는 스킬이니까, 그렇게까지 겹쳐 서 사용하면 너무 단단해져버려서 대미지를 입힐 수가 없잖아.』

"……꽤나 잘 아는군."

버민은 자신이 사용했던 스킬에 대해 정확하게 지적받자 마음 속으로 심장이 크게 뛴 것을 느꼈다.

『빌드를 다시 짠 참이니까. 그 직업들도 고려하고 있었으니 조 사했지.』

실제로 방어력을 높여서 《해방된 거인》의 공격력을 최대한 키 우기만 한다면 그렇게 선택할 수도 있었다.

결과적으로는 '두 손으로 머리를 감싸야만 사용할 수 있는 《거 북이 등껍질 자세》와 땅에 엎드려야만 사용할 수 있는 《오체투 지 결계》는 《아스트로 가드》보다 제약이 더 심해서 실전에서 사 용하기 힘들다'고 판단하여 선택하지 않았지만.

『그래서? 그렇게 방어력을 올리고 그저 견디기만 하던 네가 일어선 이유는 뭐지?』

"네놈을 쳐죽일 준비가 되었으니까 그렇지!!"

버민의 왼손이 빛났고, 손바닥에 생긴 것을 쥐었다.

그것은 펜. 자수정처럼 빛나는 발광체로 형성된 만년필이었다.

그것이야말로 버민의 〈엠브리오〉, 아마노자쿠였다.

"《위장의 신부(아마노자쿠)》!!"

버민은 들고 있던 아마노자쿠를 자신의 악력으로 쥐어서 부 숴다.

그와 동시에── 아마노자쿠의 필살 스킬이……, 〈솔 크라이 시스〉 멤버들에게조차 숨겨왔던 비장의 수가 발동되었다.

그 직후, 버민의 온 몸을 아마노자쿠와 비슷한 보라색 빛이 감 쌌다.

"이제…… 내 승리다!"

『……그렇군.』

《간파》를 사용하고 있던 바르바로이는 버민의 변화를 알아보 았다.

스테이터스와 직업 구성이 바르바로이와 동일하게 변했다.

그렇다, 장비의 보정까지 포함한 공격력과 방어력을 제외하면 지금 바르바로이의 스테이터스와 **완전히** 똑같은 것이다.

버민이 했던 짓을 생각하면 위장 같기도 했다.

하지만 그것이 단순한 위장이 아니라는 것을…… 바르바로이 는 경험을 통해 짐작했다.

『표기뿐만이 아니라…… **진짜로 상대방과 동일한 능력을 획득하는** 스킬인가.』

"정답이다, 원본!! 〈엠브리오〉까지 포함해서 나는 너와 같은 힘을 손에 넣었다!"

바르바로이는 진실인지 허세인지 생각하다가 가능할 것이라는 결론을 내렸다.

(《엠브리오》를 파괴했다는 것을 생각하면 비용이 크지. 그리고 아마도 제한도 있을 테고. 예를 들면 자기보다 합계 레벨이 높은 상대나 도달형태가 높은 《엠브리오》는 완전하게 복사할 수 없다는 건 당연히 존재할 테고. 그리고 시간제한도 있겠지.)

바르바로이의 예상은 맞았다.

그렇기 때문에 지금 《위장의 신부》는 정상적인 기능을 발휘하고 있었다.

다시 짠 빌드로 레벨을 올리고 있던 바르바로이의 합계 레벨은 만렙을 찍은 버민보다 낮았고, 《엠브리오》는 양쪽 다 제6형 태였으니까.

"네놈이 싸우는 모습을 느긋하게 지켜보고 스킬을 사용하는 방법도 알아냈다! 엄청나게 강한 필살 스킬도, [방패거인]의 공격 스킬도, 나를 [구속]시킨 중력 결계도 말이야!"

『그러기 위해서 방어에 전념하며 마지막까지 상황을 살펴보던 거였냐.』

"그래! 그러니 나는 너와 마찬가지로 싸울 수 있다!! 하지만 다른 점도 있지!!"

버민은 아이템 박스에서 방패를 꺼내며 소리 질렀다.

"쿨타임이 돌아가고 있는 너와는 달리 나는 아직 필살 스킬을 쓸 수 있다고오!! 《하늘이여, 무거운 돌이 되어라》!!"

버민은 좀 전에 자신이 당했던 《하늘이여, 무거운 돌이 되어라》를 바르바로이에게 사용하여 고중력 결계로 묶어두었다.

두 사람 사이의 거리로 인해 400배의 중력이 걸렸고, 바르바로이는 무릎을 꿇지는 않았지만 쏟아져 내리는 중력으로 인해 몸을 움직일 수가 없게 되었다.

복사판이라고는 해도 바르바로이가 사용했던 것과 전혀 다를 바가 없는 위력이었다.

"《아스트로 가드으》!!"

그리고 버민은 바르바로이가 필살 스킬을 사용하기 직전에 했던 행동을 따라했다.

"이걸로오, 끝이다아!! 《해방된 거인》!!"

버민은 아틀라스의 필살 스킬을 발동시켰다.

그 순간, 《아스트로 가드》를 통해 얻은 방어력이 더욱 절대적인 공격력으로 전환되었다.

그와 동시에 버민은 바르바로이를 향해 뛰어가기 시작했다. 발치의 지면은 그가 얻은 공격력으로 인해 내딛자마자 연거푸 폭쇄되고 있었다.

버민은 지금까지 체감해본 적도 없는 파격적인 공격력으로 인해 몸을 떨면서 바르바로이에게 달려갔다.

버민의 시야 구석, 간이 스테이터스에 뜬 공격력은 10만 이상.

장비 보정으로 인해 뒤처진다 해도 《아스트로 가드》로 막아낼 수 있는 위력이 아니었다.

버민은 승리를 확신했다.

그래서.

『──뽑아라(비티)》. **네 번째** 지적사항을 알려줄 필요가 있겠군,《하늘이여 무거운 돌이 되어라》.』

바르바로이가 중력 결계를 발동시켰을 때도 코웃음 쳤다.

"멍청한 놈! 이 압도적인 힘 앞에서 그 정도의 중력이……."

그는 자신이 얻은 힘으로 중력 결계 안을 쉽사리 헤쳐 나가 적을 쓰러뜨리는 광경을 상상하고 있었다.

하지만 실제로는── 버민의 몸이 바르바로이에게 닿기 전에 멈춰 서 있었다.

"…………어?"

그는 버민이 발동시킨 《하늘이여, 무거운 돌이 되어라》로 인해 움직일 수 없게 된 바르바로이와 마찬가지로 멈춰 서 있었다.

"마, 말도 안 돼! 이렇게 힘이 강한데! 이런 것 때문에 움직일 수 없게 될 리가……!"

버민은 당황했다. 이럴 리가 없다고 생각하면서.

영문을 알 수가 없다고 생각하며 발버둥치고…… 그럼에도 불구하고 빠져나오지 못한 채 10초가 지나자 《해방된 거인》이 해제되었다.

"어, 어…… 어째서?"

『너, 아까부터 힘, 힘, 노래를 부르는데 말이야.』

아무것도 이해하지 못한 것 같은 버민에게 바르바로이가 한숨을 쉬며 말했다.

『그거, **무슨 힘** 말하는 거냐?』

그렇게 버민이 무슨 소리인지 알 수가 없는 말을.

"다, 당연히 공격력이지! 공격력이 그렇게 강했는데 어째서……."

《해방된 거인》을 사용했을 때, 버민의 공격력 수치는 10만 이상이었다. 복사하지 못했던 장비 수치만큼 바르바로이보다 떨어지긴 했지만, 그래도 보통 사람의 1만 배.

절대적인 공격력이긴 하다, 하지만…….

『그러니까, 공격력이잖아? **STR이 아니라.**』

"…………어?"

바르바로이는 스테이터스를 띄우면서 이렇게 말했다.

『STR은 공격력에 영향을 주지만, 공격력은 STR에 영향을 주지 않지. 그리고…… 《해방된 거인》은 STR이 아니라 공격력을 직접적으로 올려주는 스킬. 아무리 뛰어난 공격력을 발휘해봤자 STR은 스킬 발동 중에 요만큼도 늘어나지 않는다고.』

'간단하게 예를 들어주지', 바르바로이는 그렇게 말하고 손가락을 흔들며 어떤 예를 들었다.

『공격력이 엄청난 무기가 있다고 치자…… 그걸 든 녀석의 STR까지 엄청난 거냐?』

"…………아."

그제야 버민도 이해할 수 있었다.

다시 말해 《해방된 거인》은 공격력…… 외부에 미치는 영향력

171

을 크게 올려주지만 자신의 근력을 올려주는 효과는 없다.

당연히 탈출하는데 STR이 필요한 중력 결계에 맞서는 힘도 《해방된 거인》이 발동되기 전과 다를 바가 없다. 스테이터스를 복사한 원본인 바르바로이가 움직이지 못한다면 버민도 움직이지 못할 수밖에 없었다.

"…………어라?"

그때, 눈치챘다. 저 녀석, 방금 전부터 중력 결계 안에서 움직이고 있잖아?

"너, 너, 어떻게?!"

『글쎄에? 어떻게 움직인 걸까.』

바르바로이는 웃었다.

비밀을 밝히자면, 바르바로이는 《하늘이여, 무거운 돌이 되어라》와 동시에 다른 스킬을 사용하고 있기 때문이다.

그것은 《땅이여, 쐐기를 뽑아라(안티 그래비티)》라는 이름의 중력 경감 스킬.

〈K&R〉과 전투를 벌였을 때는 방패를 멀리 던질 때 사용했지만, 자신에게 사용하면 《하늘이여, 무거운 돌이 되어라》의 고중력 환경에서도 평소처럼 움직일 수 있다.

"네, 네가 할 수 있다면 나도 할 수 있……."

『그야 할 수 있겠지. **알고 있다면** 말이야.』

"……윽!"

바르바로이가 한 말을 듣고, 버민이 깜짝 놀랐다.

『네 필살 스킬, 상대방의 능력을 완전히 복사할 수는 있지만…… 정보까지 창에 뜨지는 않잖아.』

"?!"

버민은 말문이 막혔다.

어떻게 알았지?

『설명까지 떴다면 그런 실수를 하지도 않았을 테고, 이 중력에서 벗어날 수 있는 방법도 알고 있겠지.』

그건 가능하다. 복사한 것들 중에는 당연히 《땅이여, 쐐기를 뽑아라》도 포함되어 있다.

하지만 버민은 그것이 어떤 것인지 모른다. 스킬에 대해 모른다.

좀 전에 〈솔 크라이시스〉 멤버들과 전투를 벌일 때, 바르바로이는 그 스킬을 사용하지 않았으니까.

버민은 답에 절대 도달할 수 없고, 스킬 선언도 할 수 없다.

아무것도 모른 채 자릿수도 불확실한 암호 입력에 도전하는 것이나 마찬가지다.

그것이 버민의 복사의 한계. 완전히 복사해서 이해했다고 생각하고 있다 하더라도, 그는 자신이 본 표면 부분만 이해한 것에 불과한 것이다.

스킬뿐만이 아니라 바로 그것이 그의 본질이었기에 바르바로이로 변장해봤자 겉만 꾸민 가짜밖에 될 수 없었던 것이다.

『그리고 말이지. 네가 잔뜩 익힌 방어 스킬…… 그건 상대방의 공격을 견뎌내면서 수법을 밝혀내기 위한 거지? 상대방이 어떤 스킬을 쓰는지 전부 다 본 다음에 복사해서 반격하기 위한 전술인 거야.』

"…………."

버민은 바르바로이의 전술과 힘을 전부 다 이해할 수 없었다.

하지만 바르바로이는 버민의 전술과 힘을 모두 파악하고 있다.

거기에는 스테이터스와 〈엠브리오〉로는 파악할 수 없는 두 사람의 명확한 차이가 있었다.

『자, 슬슬 끝내도록 할까? 이제 곧 5분이 되니까.』

바르바로이는 《땅이여, 쐐기를 뽑아라》를 사용하며 고중력 속을 아무렇지도 않게 걸어왔다.

두 손으로는 방패가 아니라 덤덤을 해치운 손날, 《건틀릿 트리거》 자세를 취하고 있었다.

《아스트로 가드》의 방어력을 뛰어넘어 치명상을 입히기 위해서.

바르바로이가 다가오자 버민은 두 동강 난 자신을 상상했다.

"해, 해제?! 《거북이 등껍질 자세》! 《오체투지 결계》!! 《아스트로 가드으》!!"

버민은 공포로 인해 《위장의 신부》를 해제하여 스킬 구성을 원래대로 되돌렸다. 그와 동시에 방어력을 몇 배로 만드는 스킬을 세 개 사용하여 몸을 웅크리고 방어하기 시작했다.

『또 그거냐? 그렇게 엎드려서 비는 것을 좋아하는 거야?』

"이, 이 상태가 되면 너도 손을 댈 수가 없겠지! 이 완벽한 방어라면……!"

필살 스킬을 발동시키는 동안에도 버민을 공격하는 것을 피하게 만들 정도였으니까.

필살 스킬을 사용할 수 없는 지금은 공격할 방법이 없을 것이다, 버민은 그렇게 생각했다.

『아니이? 네 그 완벽한 방어 말인데. 간단히 부술 수 있거든.』

하지만 바르바로이는 공격하는데 별로 고민하지 않는 것 같았다.

"허, 허세 부리지……."

'허세 부리지 마'라고 버민이 말하던 도중…… 몸이 솟구쳤다.

들어 올린 사람은 물론 바르바로이다. 그녀는 그대로 버민을…… 마을 안으로 이어지는 **농업용 수로**에 내던졌다.

버민은 성인 남성의 허리 정도 높이인 수로에 가라앉았다.

"어푸, 흐흐히흐, 하흐허햐, ……윽?!"

'무슨 짓을 하는 거냐', 그는 일어나서 그렇게 말하려 했을 것이다.

하지만 그러지는 못했다.

마치 무언가가 누르고 있는 것처럼 물속에서 몸을 일으키지 못했기 때문이다.

굳이 말할 필요도 없이《하늘이여, 무거운 돌이 되어라》이다.

버민은 물속에 가라앉은 채 중력으로 인해 억눌리고 있었다.

그런 버민을 바르바로이가 수로 옆에서 내려다보았다.

『딱히 때리는 것만 PK 수단인 건 아니지. 방어력이 아무리 높다 해도 질식하게 되면 그것과는 상관없이 HP가 깎여서 죽게되니까. 그러니까 네 완벽한 방어에는 결함이 있다는 거야. 자

175

기 몸을 지키는 것만 생각하니, 물리 대미지 말고 다른 방식으로 죽게 되더라도 피하질 못하는 거지.』

바르바로이가 그렇게 말한 것을 물속에 있는 버민이 들었는지는 알 수가 없다.

그는 꿈쩍도 하지 못한 채 고통스러운 표정을 지으며 폐로부터 공기를 뿜어내고 있었다.

『아, 그리고 이건 내가 직접 체험한 건데…… 질식하게 되면 괴롭다. 이 게임은 자신이 직접 설정하지 않는 한 통각을 고통스럽지 않은 충격으로 전환시킬 수 있지만, 질식의 고통은 전환시켜주지 않으니까. 마음을 꺾는 데는 잘 먹히지. [초투사]와 내가 **보장하마.**』

'하늘에서 낙하산 없이 다이빙하는 것도 빼먹긴 아쉽지만, 그걸 나 혼자서 하기엔 한계가 있고', 바르바로이는 그렇게 덧붙여 말했다.

『그리고 안 들릴지도 모르겠지만…… 나를 사칭한 네게 다섯 번째 지적사항을 알려주마.』

물속으로 가라앉은 자신의 가짜에게 오리지널로서 해야만 하는 말이 있었다.

『공부든 다도든 게임 플레이든…… 모방부터 시작하는 것은 딱히 나쁜 게 아니야.』

시작은 누구나 모방. 그것부터 시작하여 노력하며 갈고 닦아서 서서히 자기 자신의 힘을 길러나간다.

이른바 수파리(守破離, 배운 것을 지키고, 개선하고, 새로운 것을 개발하는 짓)라는 것이다. 바르바로이도 많은 사람들의 빌드를 부분적으로 모방하고, 데이터를 기반으로 다듬어서 이 빌드와 전술을 만들어냈다.

그래서 버민이 자신의 모습을 모방하며 사칭한 것은 악질적인 행동이긴 하지만, 바르바로이는 화가 나지 않았다.

화가 난 것은 자신의 클랜을 폄하한 것, 레이를 방해를 하며 비웃은 것뿐이다.

애초에 〈흉성〉의 오너였을 무렵의 자신을 흉내 내면 버민과 비슷하게 행동할 수밖에 없을 거라는 생각도 들었다.

하지만.

『하지만 말이지…… 노력이 없는 모방은 그 무엇으로도 이어지지 않는다고.』

버민은 모양뿐이었다. 바르바로이를 사칭하는 것도 온 힘을 다해서 한 것이 아니라 그저 이름과 외모, 바르바로이가 롤플레이했던 난폭함만을 따라한 열화 복제품으로 만족하고 있었다.

그렇기 때문에 그 물속이 종착점이 되어버린 것이다, 바르바로이는 그렇게 조용히 말했다.

하지만 한 가지 더 덧붙이고 싶은 것이 있었다.

『그래, 하지만 마지막으로 싸웠을 때. 그 방식은 상대방을 모방하는 스킬이라 해도 그 모방을 제대로 써먹기 위해 네가 생각해낸 오리지널이겠지. 결함이 있긴 했지만 그건 네 〈엠브리오〉

와 시너지 효과를 보이고 있다. 더 갈고 닦으면…….』

하지만 버민은 이미 그 말을 듣지 못하고 있었다.

그의 몸은 이미 빛의 입자로 변했으니까.

그와 동시에 그가 가지고 있던 아이템이 잔뜩 흩뿌려졌다.

『……'자해'했나.』

버민은 질식의 괴로움을 몇 분 더 맛보기 보다는 아이템을 대량으로 잃게 되더라도 '자해'해서 편해지는 길을 선택했다.

마음이 꺾인 것이다.

마지막 한 명이 데스 페널티를 받게 되자 가짜 바르바로이를 내세우고 있던 〈솔 크라이시스〉와 진짜 바르바로이의 싸움에 끝이 났다.

결과를 보면 수적 우세를 뒤엎은 진짜의 압승이었다.

바르바로이가 대미지를 입은 것은 덤덤이 필살 스킬을 사용하여 일격을 날렸을 때 한 번뿐, 제시했던 1할 이상의 HP도 깎이지 않았다.

하지만 바르바로이는 이렇게 생각했다. 〈솔 크라이시스〉는 약한 집단이 아니었다.

마법 공격 직업을 맨 처음 박살 내지 못했다면 싸움이 어떻게 흘러가게 될지 예측할 수가 없었다.

속도형의 다리를 박살 내지 않았다면 전투를 더 오래 벌여야 했을 가능성이 크다.

덤덤의 공격력이 조금 더 높았다면, 강력한 상태이상 특전무구라도 있었다면 추세가 기울었을 가능성도 있다.

버민이 진짜 바르바로이의 힘과 전투 방식을 제대로 다룰 수 있었다면…… 오늘 전투를 벌이기 전에 모방한 바르바로이를 더 잘 연구했다면 졌을지도 모른다.

무엇보다 그들이 연계와 전술 등, PK 클랜으로서 실력을 더 열심히 갈고 닦았다면…….

이번에는 그런 싸움이었다.

버민이라는 남자가 해왔던 것들은…… 〈솔 크라이시스〉라는 클랜이 해왔던 것들은 결국 다섯 번째 지적사항 그 자체였을 것이다, 바르바로이는 그렇게 생각했다.

그들이 정말 PK 클랜으로서 유명해지고 싶다면 노력이 있는 모방을 해야만 했던 것이다.

클랜으로서 노력하지 않은 채 몸집만 커져서 자멸하게 된 〈솔 크라이시스〉라는 PK 클랜을 보고 바르바로이는 PK로서도, 전 클랜 오너로서도…… 약간 복잡한 심정이 들었다.

하지만 지금은 그런 생각을 하고 있을 시간이 없었다.

『……자, 이쪽은 정리가 되었으니 레이가 있는 곳으로 서둘러 가볼까.』

[모노크롬]이 다시 공격을 시작하기까지 얼마 남지 않았다.

바르바로이는 그것에게 맞설 수단을 전혀 가지고 있지 않았지만, 그럼에도 불구하고 탱커 역할을 맡아 레이의 방패가 되어줄 수는 있을 거라 생각했다.

문제가 생길 때마다 고개를 들이밀곤 하는 그 위태로우면서도 자상한 후배를 조금이나마 지켜줘야지…… 바르바로이는 그렇게 선배다운 생각을 하면서 레이와 합류하기 위해 서둘러 가기 시작했다.

□토르네 마을 · 풍차 부속 건물

류이가 이 풍차 부속 건물로 피한 뒤 시간이 얼마나 지났을까.

시계를 보니 아직 긴 바늘이 한 바퀴도 돌지 않은 것 같기도 했다.

하지만 류이의 체감으로는 몇 시간 동안 이곳에 있는 것 같은 느낌이 들었다.

돌로 만들어진 바닥과 벽만 보이고, 하늘에서는 웃음소리만 들려왔다.

단순히 우연인지, 아니면 [모노크롬]으로 인한 이변이 주위의 환경에도 어떤 영향을 미친 것인지, 토르네 마을에 불어오던 바람조차 멎은 상태였다.

그래서 풍차 부속 건물 안에 있는데도 불구하고 풍차가 돌아가는 소리조차 전혀 들리지 않았다.

"…………?"

그런데 갑자기 하늘에서 들려오던 웃음소리가 멎었다.

'KYAHAHA'라고 웃던 그 목소리가 울려 퍼지지 않게 되었다.

'하늘에 있던 괴물은 어떻게 된 걸까?', 류이는 그런 의문을 품었다.

누군가가 퇴치한 걸까, 아니면 어딘가 다른 곳으로 날아가 버린 걸까.

어찌 됐든 류이 주위에서 소리를 내는 것은 아무것도 남지 않
게 되었고…… 류이는 소리 없는 정적 속에 주저앉게 되었다.

그 정적 안에서 자신의 심장 소리만 들려왔다.

"……왠지 그때 같네."

그 정적 속에서 류이는…… 시지마가 사라진 날 아침을 떠올
렸다.

◇

그날, 류이는 왠지 모르겠지만 새벽에 눈을 떴다.

마을의 닭이 울기도 전에 눈을 뜬 것은 류이도 처음이었다.

아직 아무도 깨어나지 않았을 새벽에는 야행성인 새도, 벌레
조차 울지 않았고…… 마치 세계의 모든 것들이 잠든 것 같은
정적에 휩싸여 있었다.

아이들 방에 두 개 있는 침대 중 하나는 류이가 자는 데 썼고,
다른 하나는 유노가 자는 데 썼다. 유노는 류이가 일어났다는
것을 눈치채지도 못한 채 쿨쿨 자고 있었다.

아이들 방의 창문 밖에는 집 부지 안에 그링검이 커다란 몸을
눕히고 있었다.

그 창문 바깥으로 보이는 풍경. 집 옆의 작달막한 언덕 위에
류이가 잘 알고 있는 사람── 시지마가 있었다.

시지마는 언덕 위에서 혼자 서서 새벽의 토르네 마을을 바라

보고 있는 것 같았다.

"…………."

류이는 왠지 신경 쓰여서 옆 침대에서 자고 있는 유노와 옆방에 있는 어머니가 깨지 않게끔 조용히 걸으며 집을 나섰다.

류이가 집을 나서자 그링검이 '왜 그래?'라고 말하는 듯이 눈을 뜨고 조용히 고개를 들었다. 류이는 '신경 쓰지 말고 자'라는 제스처를 취하고 시지마가 서 있는 작달막한 언덕으로 걸어갔다.

언덕을 올라간 류이는 시지마에게 말을 걸었다.

"양아버지, 여긴 왜 왔어?"

"……아, 류이. 일찍 일어났군요. 좋은 아침이에요."

시지마는 살짝 놀란 표정을 짓고 나서 류이에게 아침 인사를 했다. 류이도 마찬가지로 '좋은 아침'이라고 인사했다.

"그런데 이렇게 이른 아침부터 왜 나와 있어?"

"……아뇨, 마을 풍경을 봐두려고요."

"?"

"이곳에 살게 된 지도 벌써 2년이 넘었는데 이렇게 느긋하게 바라본 적은 없었으니까요. 이 마을의 기분 좋은 바람을 쐬면서 눈에 새겨두려고요."

시지마는 그렇게 말하며 마을을 내려다보고 있었지만 새벽하늘은 아직 어두웠고 풍경이라 해도 류이에게는 마을의 윤곽밖에 보이지 않았다.

"안 보이는데? 아침이 된 다음에 보는 게 낫지 않아?"

"하하, 저는 밤눈이 밝으니까 괜찮아요."

시지마는 그렇게 말하며 자신의 눈을 손가락으로 가리켰다.

"기병으로서 야간에 숲을 그링검과 함께 달린 적도 있었죠. 〈노즈 삼림〉에 길을 잃고 들어온 〈UBM〉에게 도전했을 때였는데."

"그런 적도 있었어?"

"네. 그때는 저뿐만이 아니라 여러 〈마스터〉들과 함께 싸웠지만 상대도 매우 강했어요. 보기에는 평범한 고블린이었는데 그링검보다 빠르고 강했죠. 그리고 그 적을 놓치면 늑대와 박쥐 같은 모습으로 변해서 습격해 왔고요. 저희는 매우 고전했지만 겨우 〈UBM〉을 포위했고 마지막에는 츠키카게 군…… 제가 아는 사람이 쓰러뜨렸습니다."

"호오~!"

시지마가 해준 추억 이야기는 간추린 내용에 불과했지만 아이들의 가슴을 뛰게 만드는 에피소드였고, 류이도 매우 흥미가 생겼다.

"저기! 그밖에도 그런 적이 있었어?!"

"하하, 있었죠. 그래요, 예를 들면 이런 일도 있었습니다. 파리카와 결혼한 뒤였는데요. 오랜만에 동료들이 불러서 갔더니, 놀랍게도 그 [삼극룡]을 토벌하게 되었고."

"오오~!"

그렇게 시지마와 류이는 계속 이야기를 나누었다.

시지마가 추억 이야기를 해주면 류이가 깜짝 놀라거나 눈을 반짝이면서 그 이야기를 들었다.

그런 부자의 이야기는 해가 하늘로 떠오를 때까지 계속되었다.

"……아, 해가 떴나요."

마침 어떤 추억 이야기를 마친 참이었던 시지마는 동쪽 하늘에서 솟아오른 해를 눈부시다는 듯이…… 또는 아쉬워하는 듯이 보고 있었다.

"양아버지? 왜 그래?"

류이는 그런 아버지의 모습을 보고 뭔가 느꼈는지 그렇게 물었다.

시지마는 류이의 얼굴을 보고 어떤 생각을 하며 말을 자아내려 했다.

"류이. 저는…………."

시지마는 어떤 말을 꺼내려다가…… 입을 다물었다.

"양아버지?"

"……류이. 저와 유노, 그링검은…… 좀 멀리 나가게 되었어요."

"또 〈UBM〉하고 싸우는 거야?"

방금 전까지 추억 이야기를 들어서 그런지 류이는 그렇게 물었다.

시지마는 그 말을 듣고 고개를 저으면서.

"아뇨. 하지만…… 그것보다 더 대단한 모험입니다."

"그렇구나! 힘내!"

그때 류이는 순수하게 '대단하다'라고 생각했다.

모험을 떠난다는 말을 듣고도 안심하고 있었던 것이다.

시지마는 〈마스터〉니까 불사신이다. 무슨 일이 생기더라도 금방 돌아와 줄 것이라고.

실제로 시지마가 해주었던 추억 이야기 속에서 시지마는 몇 번 죽은 적이 있다.

그래서 그때도 류이는 걱정하지 않았다.

그저…….

"……네, 힘낼게요."

웃고 있는데도 왠지 힘없는 느낌이 드는 시지마의 미소와.

"…………."

『GLUWOO.』

유노를 등에 태운 그링검이 언덕 위로 올라오는 모습을 보고 왠지 위화감이 들었다.

딱히 이상한 점은 없다.

시지마와 유노, 그링검, 셋이서 함께 지금까지 많은 모험을 헤쳐 왔으니 다시 모험을 하러 간다면 함께 나서는 것이 당연하다.

하지만 그때 류이는 모험을 나서는 그들을 보고 왠지 불안한 느낌이 들었다.

그래서 시지마의 옷자락을 잡고 얼굴을 올려다보며 이렇게 말했다.

"돌아올 거지?!"

왜 그런 식으로 물어봤는지 류이도 알 수가 없었다.

그저 말로 표현할 수 없는 불안한 느낌에 사로잡혀서 그렇게 말했던 것이다.

그 말을 들은 시지마는 살짝 표정이 굳어졌지만…… 곧바로 미소를 지으며 류이의 머리를 쓰다듬었다.

그리고 목소리에 울음이 섞여 떨리려는 것을 필사적으로 억누르는 것 같은 목소리로 시지마는 이렇게 말했다.

"그래, 우리는 반드시…… 이 집으로 돌아올 거야. 너와 파리카가 있는 곳으로…… 반드시."

그런 시지마의 목소리에 강한 마음이 담겨 있다는 것은…… 류이도 알 수 있었다.

"응…… 알았어."

그래서 류이는 시지마의 옷자락을 놓았다.

그 대신 어떤 말을 하며 시지마를 배웅했다.

"다녀오세요, 양아버지."

"다녀오겠습니다."

아무것도 아닌, 흔한 말.

어디론가 외출하는 가족에게 하는 말.

그것이 류이의 추억 속에 남아 있는 시지마와 마지막으로 나눈 말이었다…….

◇

지금 이 순간, 정적에 휩싸인 풍차 부속 건물은 마치 그날 새벽 같았다.

햇빛이 스며들지 않아 어두웠고, 아무런 소리도 들리지 않았다.

하지만, 류이는 그렇게 생각했다.

그날 아침에는 이렇게까지 불안하지 않았다.

그것은 분명 가족과 함께 있었기 때문일 것이다.

류이가 그렇게 생각에 잠겨 있자니…….

"이봐~, 아무도 없나~, 구해주러 왔어~."

바깥에서 사람의 목소리가 들렸다.

"이봐~, 아무도~ 없어~, 있으면 나와~."

생존자를 찾고 있는 누군가의 목소리였다.

주위에 있는 사람을 부르려는 듯이 목청껏 외치고 있었다.

"이제 괜찮아~, 괴물은 사라졌어~, 이틈에 도망쳐야 해~."

그 목소리를 듣고 류이는 안심했다. 그 웃음소리가 들리지 않게 된 것은 역시 하늘 위에 있던 괴물이 사라졌기 때문이었구나.

"다행이네……. 그렇지, 괴물이 사라졌다면 어머니가 있는 곳으로 가야 해."

류이는 자신이 살아났다는 것을 기뻐하며 지금도 자신을 걱정하고 있을 어머니를 안심시켜 주고 싶다는 생각을 했다.

"분명 레이 형 같은 사람들이 구해줬을 테니 괜찮겠지만……."

류이는 어머니가 피난했을 것이라는 사실을 믿어의심치 않았다.

왜냐하면 곁에 레이와 네메시스, 비 쓰리가 있을 것이라 생각했기 때문이다.

아무도 받아주지 않았던 양아버지 수색 의뢰를 받아들이고 류이에게 손을 내밀어준 세 사람. 그리고 토르네 마을로 오는 도중에 생긴 문제도 해결해냈다.

류이에게 그 세 사람은 시지마 다음가는 히어로였다.

"이봐~, 아무도~ 없어~? 있으면 나와~."

"아, 네~! 여기 있어요~!"

류이는 밖에서 피난한 사람을 찾고 있던 목소리에 대답하며 풍차 부속 건물을 나섰다.

하지만 건물을 나서기 전, 류이는 눈치채지 못했다.

웃음소리가 멎기는 했지만── 하늘은 여전히 어둡다는 것을.

"어?"

풍차 부속 건물 바깥으로 나온 뒤, 류이는 당황했다.

바깥에 피난한 사람을 찾고 있는 누군가가 있을 줄 알았는데…… 아무도 없었다.

사람은 보이지 않았고, 하늘은 어두웠고, 피난한 사람을 찾고 있던 목소리는.

"아무도 없어~? 아무도 없어~? 아무도~…… 찾……았…… 다…… ♪ ……KYAHAHAHAHAHAHAHAHA.』

사람을 부르던 그 목소리는 하늘에서 들리던 웃음소리와 **똑같은 목소리**로 변했다.

[흑천공망 모노크롬]의 웃음소리. 하늘과 땅 사이의 거리, 속

도의 차이도 뛰어넘어 전달된 그 목소리는 아무런 공격능력도 없었고, 몸을 지키는 힘도 되지 못했다.

하지만 그저 비웃기만 하는 스킬은 아니었다.

300년 전, 집과 창고에 틀어박혀 있던 사람들을 유인해낸 뒤 불태우기 위해 익힌…… **인간을 낚기 위한 스킬**이었다.

"아……."

류이는 구름 위에서 자신을 향해 내리 쬐는 열선을 목격했다.

그리고 류이는 충격과 열기를 느꼈고, 살과 피가 타는 냄새를 맡았다.

□[성기사] 레이 스탈링

"류이! 어디 있는 거야! 데리러 왔어!!"

나는 토르네 마을을 뛰어다니며 큰 소리로 어딘가에 있을 류이를 불렀다.

하지만 마을에 울려 퍼진 것은 집이 타닥타닥 타오르는 소리뿐이었다. 지금까지 시끄럽게 들리던 [모노크롬]의 웃음소리도 왠지 모르겠지만 좀 전부터 들리지 않게 되었다.

불러봐도 아무런 대답이 돌아오지 않았다.

"젠장! 실버가 건재했다면 더 빨리 돌아다닐 수 있었을 텐데……!"

좀 전에 〈솔 크라이시스〉의 습격으로 인해 기능이 정지된 실버는 아직 회복되지 않았다.

내 다리로 뛰어가고 있긴 하지만, 500도 안 되는 내 AGI로는 한계가 있다.

"이제 곧 저 녀석이 공격 고도에 도달할 텐데……."

하늘 위에 있던 [모노크롬]은 이미 처음 공격을 가했던 고도 근처까지 돌아와 있었다.

이제 시간이 없다. 1초라도 빨리 뛰어서 류이를 찾아내야만 한다.

"레이!"

그때 문장 안에서 네메시스가 튀어나왔다.

지금까지 계속 문장 안에서 제3형태의 스킬을 해석하고 있었던 네메시스가 나온 걸 보니…….

"네메시스! 해석이 끝난 거야?"

"그래! 완료되었다!"

우리가 [모노크롬]에게 맞설 수 있는지 여부가 달린 해석, 그 결과가 나왔다는 것이다.

류이를 찾아 뛰어가면서 네메시스에게 보고를 들었다.

"먼저 말해두마. 제3형태의 스킬, 이것을 쓰면 저 [모노크롬]에게 **승산이 있긴 하다.**"

"……그렇구나!"

"음. 하지만 이번에도 아슬아슬할 게야. 내가 해석한 스킬의 자세한 내용은……."

나는 네메시스에게 제3형태 스킬의 자세한 내용을 들었다.

저 [모노크롬]에게 닿는 일격일지도 모르지만, 네메시스가 말한 대로 아슬아슬하긴 했다.

내가 한계를 먼저 맞이하게 될지, 저 녀석이 먼저 한계를 맞이하게 될지, 그런 싸움을 벌이게 될 스킬이다.

"닿을지도 모르고, 닿지 않을 지도 모른다. 모든 것은 저 녀석의 공격을 얼마나……."

네메시스가 그렇게 말했을 때—— 하늘이 빛났다.

하늘에서 생겨난 발광현상.

그것이 무엇을 의미하는지, 우리는 하늘 위에서 질리도록 경험했다.

즉, [모노크롬]이 열선을 날리려는 신호.

그렇다, 녀석은 이미 지상을 공격 범위 안에 두고 있는 것이다.

『레이!』

네메시스가 제3형태인 원형 방패로 변해 내 몸을 지키려 했다.

하지만 열선이 우리에게 떨어져 내리지는 않았다.

열선이 떨어져 내린 곳은 우리가 있던 곳에서 1킬로미터 정도 떨어져 있는 석제 풍차 부속 건물이었다.

"설마……!"

나는 그 광경을 보고 소름이 돋았고, 다리를 필사적으로 움직여 풍차 부속 건물이 있는 쪽으로 뛰어가기 시작했다.

부디 그곳에 있지 말아달라고 빌면서.

◇ ◇ ◇

□토르네 마을 · 풍차 부속 건물

류이는 자신이 어떻게 되었는지 알 수가 없었다.

목소리에 유인당해 나와 보니 하늘이 빛났고, 충격과 열기를 느꼈고, 살과 피가 타는 냄새를 맡았다.

너무나도 갑작스럽고 빠른 변화로 인해 자신의 상태조차 파악할 수가 없었다.

지금 그나마 알 수 있는 것은 자신이 지면에 쓰러져 있다는 것뿐.

그을음이 묻었는지 눈을 뜰 수가 없었고, 지면에 닿은 등이 차갑다는 것과 볼을 어루만지는 열기만을 느끼고 있었다.

류이는 지금까지 살아오면서 불에 탄 적은 한 번도 없었지만 이런 느낌인 걸까, 몽롱한 머리로 그렇게 생각하고 있었다.

(…………그런데.)

그런데 왠지 모르겠지만…… 열기뿐만이 아니라 **따스함**도 느끼고 있었다.

류이는 지면에 드러누운 채 쓰러져 있었지만, 그런 류이를 덮고 있는 것 같은 따스한 무언가가 있었다.

그리고 그것은…… 왠지 그리운 감촉과 냄새가 나는 것이었다.

(이게…… 뭐였더라…….)

류이는 매우 익숙한 것 같은 그것을 떠올리려고 몽롱한 머리로 생각했다.

그 답은 금방 알 수 있었다.

『GLUWO.』

"…………아."

자신을 덮고 있는 무언가가 낸 단 한 번의 울음소리.

그것만으로도 류이는 상대가 누군지 바로 알 수 있었다.

몽롱했던 의식이 또렷해졌고, 곧바로 눈을 손가락으로 비벼 눈꺼풀 안에 끼었던 그을음을 털어냈다.

그런 다음 류이는 그것을 보았다.

"그링검……."

그곳에는 사라졌었던 그의 '가족'이 있었다.

그는 류이의 몸 위에 올라타고 자신의 몸을 방패삼아 [모노크롬]의 열선으로부터 류이의 목숨을 구해낸 것이다. 그링검은 지금도 등에 꽂히고 있는 수많은 [모노크롬]의 열선을 맞으면서도 신음소리 한 번 내지 않고 류이를 계속 지키고 있었다.

류이가 살아 있는 이유는, [모노크롬]이 노리고 있는 지금도 상처 하나 입지 않은 이유는…… 그를 지켜준 '가족'이 있었기 때문이다.

원래 그것은 있을 수 없는 일이었다.

지금 이 순간, 이 타이밍에 '〈마스터〉가 로그인하지 않은 상태에서 〈Infinite Dendrogram〉 시간으로 반년이 지나면 [주얼] 안에 있던 생물이 해방된다'라는 법칙이 실행된 것.

원래 해방되면 들판으로 돌아가야 할 몬스터가 자신의 의지로 예전에 〈마스터〉와 함께 살고 있던 곳으로 돌아온 것.

아무도 테이밍하지 않았던 몬스터가 몸을 날려 사람을 감싼 것.

전부 다 일반적으로는 있을 수 없는 일이다.

하지만 있을 수 없는 일이 연달아 일어났고…… 지금 류이의 목숨을 구해냈다.

그것을 나타내는 말은…… '기적'말고는 있을 수 없었고.

그것을 해낸 것은…… '유대감'말고는 있을 수 없었다.

시지마는 반년 전에 〈Infinite Dendrogram〉에서 떠났다.

〈엠브리오〉인 유노도, 탈 짐승인 그링검도 함께 자취를 감추었다.

하지만 그럼에도 불구하고…… 그들과 가족의 유대감은 결코 끊어지지 않았던 것이다.

"그링, 검……."

류이는 눈물을 흘리며 자기 가족의 이름을 불렀다.

얼굴이 일그러진 채, 잃어버린 보물을 찾아낸 것처럼 류이는 울고 있었다.

『GLUWOO.』

그링검은 살짝 울며 대답했다. 등을 태우는 열선 때문에 고통스러울 텐데, 류이가 그 모습을 보지 못하게 하기 위해 예전처럼 대답해주고 있었다.

헤어졌던 가족은 그곳에서 다시 만났다.

『KYAHAHAHAHAHAHA ♪』

하지만 그링검이 류이를 구해냈다 해도 상황은 전혀 호전되지 않았다.

자신의 열선을 피하려고 하지도 않고 타오르고 있는 '횃불'……
그링검을 비웃는 듯한 [모노크롬]의 목소리가 울려 퍼졌다.

그 웃음소리는 이렇게 말하고 있었다.

『커다란 '횃불'도, 작은 '횃불'도 함께 타올라서 절망을 보여주었으면 한다』고.

『GLULULULU…….』

그링검은 류이의 목숨을 빼앗으려 하는 [모노크롬]을 어찌 할 방법이 없었다.

그가 강력한 몬스터이긴 했지만, 어디까지나 육상의 생물.

그의 발톱과 송곳니는 땅 위에 있어서 하늘 높이까지는 닿지 않는다. 그링검은 생물로서 [모노크롬]을 쓰러뜨릴 수가 없었다.

그래서 그는 코끼리보다 더 큰 체격으로 류이를 덮어서 가린 뒤 HP를 방패삼아 류이의 목숨을 지킬 수밖에 없었다.

그렇다, 그링검은 [모노크롬]을 쓰러뜨릴 수가 없다.

그들은 어찌 할 방법이 없다. 이제 그링검은 그리 오래 버티지 못하고 죽어서 빛의 먼지가 되고, 그 뒤를 따라 류이가 불타오르게 될 것이다.

죽음을 기다리기만 할 뿐, '기적'이 다시 일어나지 않으면 죽을 수밖에 없었다.

하지만 지금 이 순간, 첫 번째 '기적'을 일으켰던 그링검은 소원을 빌었다.

　　――아, 부디.
　　――내 목숨을 기반으로 삼아도 좋으니.
　　――그러니 부디.
　　――내 자그마한 가족을 지킬 수 있는 '기적'을.
　　――일으켜주었으면.

　[모노크롬]은 그런 그의 소원을 꺾으려는 듯이 열선을 그링검의 등에 다시 날렸다.
　그것은 지금까지 날렸던 열선보다 에너지를 모아 관통력을 높인 열선.
　그링검의 거대한 몸을 뚫고 그가 지키고 있는 류이까지 충분히 태울 수 있을 정도로 강한 위력이 담겨 있는 열선이었다.
　『GLUWOOO……!』
　그링검은 하늘에서 날아드는 에너지의 기척을 느끼고, 그것이 방금 전까지 날아온 열선과는 비교가 되지 않는다는 것을 예측했다.
　몸에 힘을 주고 '적어도 이 몸만 태워라'라고 하는 듯이 열선에 대비했다.
　하지만 그것도 무의미한 저항이었을 것이다.
　살로 이루어진 방패로는 [모노크롬]이 날린 이 열선을 막아낼 수 없다.

그링검도, 류이도 확실하게 죽을 것이다.

하지만——.

"——등을 좀 빌릴게."

그렇게 말하며 [모노크롬]의 관통열선이 직격하기 직전에 그링검의 등에 올라탄 남자는 검은 방패를 들고 있었다.

그는 그 방패를 하늘로 들어올려—— 내리쬐는 열선을 막아냈다.

열선은 방패를 관통시키지 못했고, 방패의 표면에서 확산된 열선이 주위의 건물을 태우고 녹였다.

하지만 그와 동시에 열선을 맞고 뜨거워진 방패를 들고 있던 그의 몸도 그슬리고 있었다.

열전도로 인해, 복사열로 인해, 그의 살이 그을렸다.

그럼에도 불구하고 그는 방패를 계속 들어 올리며—— 그링검과 류이를 계속 지켜냈다.

이윽고 열선이 멎었다.

그가 그링검과 류이의 목숨을 끝까지 지켜낸 뒤 갑자기 생겨난 열선의 틈새.

아마도 그것은 [모노크롬]이 다시 강력한 열선을 날리기 위해 충전하고 있던 시간일 것이다.

그 틈에 그가 입을 열었다.

"내 목소리가 들리냐, [모노크롬]."

[모노크롬]의 웃음소리는 지금도 그의 귀에 들렸다.

하지만 그가 한 말을 [모노크롬]이 듣고 있는지는 알 수가 없었다.

"하늘에서 모든 것을 내려다보고 있는 네 눈, 정말 보이긴 하는 거야?"

그럼에도 불구하고 그는 말을, 자신의 마음에서 솟아난 의문과—— **선언**을 계속해나갔다.

"이곳에 네가 부숴도 되는 건 아무것도 없어."

이곳이란 그가 있는 그 자리라는 뜻일까.

아니면 불타버린 토르네 마을이라는 뜻일까.

아니면 어떤 가족이 일으킨 '기적' 그 자체라는 뜻일까.

"이제 네가 그 누구의 목숨도 빼앗게 두진 않겠어."

평화로운 시간이 흐르던 토르네 마을이 슬픔에 잠기고, 많은 사람들이 다치고, 지금도 류이와 그링검의 목숨이 위험하다.

하지만 더 이상 아무것도 잃지 않겠다, 그가 그렇게 말했다.

그래서 그는—— 레이 스탈링은 모든 마음을 담아 그 말을 선언했다.

"——'오거라, 몬스터. 기적의 방패는 여기에 있다'."

그것은 류이가 들려주었던 시지마와의 추억 이야기에서 나왔던 말.

예전에 벗어날 수 없는 '절망'에 사로잡힌 류이와 파리카의 목숨을 구하기 위해 몬스터의 대군에게 도전한 시지마가 했던 말.

레이는 '기적'을 일으킨 그가 한 말을 일부러 [모노크롬]과의 결전을 앞두고 선언했다.

예전에 시지마가 그랬듯이, 류이와 그링검의 목숨을 빼앗으려 하는 천공의 절망[모노크롬]을 박살 낼 결의와 함께.

그 선언과 함께―― '언브레이커블' 레이 스탈링과 [흑천공망 모노크롬]의 마지막 격돌이 시작되었다.

■별의 이야기

[모노크롬]은 자신이 어떻게 시작되었는지 모른다.

자신이 자연발생한 존재인지, 아니면 누군가가 만들어낸 존재인지조차도 모른다.

자신의 머리 위에 떠 있는 이름조차 의식한 적이 없었을 것이다.

세계가 [흑천공망 모노크롬]이라 이름붙인 몬스터, 하지만 자신이 [모노크롬]이라고 인식한 적조차 없었다.

[모노크롬]에게 세계는 자신과 그 이외의 것, 이 두 종류밖에 없었기에 이름이라는 기호는 필요가 없었다.

그렇다, [모노크롬]에게 중요한 것은 자신에게 여러 종류의 힘이 있고 자신이 그것만으로도 완결된 존재라는 사실이었다.

빛을 흡수하기만 해도 자신이 활동하기 위한 모든 에너지를 마련할 수 있는 [모노크롬]. 다시 말해 아무것도 할 필요가 없다는 뜻이었다.

그래서 [모노크롬]은 발생하고 난 뒤 아무것도 하지 않았다.

아무것도 할 필요가 없으니 딱히 무언가를 하려는 생각도 하지 않았다.

애초에 생각하는 것조차…… 마음을 움직이는 것조차 하지 않았다.

[흑천공망 모노크롬]이라는 이름이 붙기 전부터 계속.

그것은 하늘에 뜬 별과 같이, 그저 '존재하기만 하는' 삶의 방식에 가까웠다.

빛을 먹고, 생명을 유지하는데 필요한 분량을 제외한 나머지는 내뿜어 방출했다.

밤하늘을 보면 별 중 하나로 착각할 것이다.

조금 밝다는 것과 항성이 아니라는 점이 다른 별과의 차이일 것이다.

그런 존재방식이 [모노크롬]이라는 존재였다.

그대로 하늘을 떠다니는 별로서 아무 생각도 없이 영원한 시간을 그저 떠다닐 가능성도 있었다.

하지만 [모노크롬]은 [모노크롬]이 되어버렸다.

[모노크롬]이 된 계기는 분명 수백년 전, 하늘 위에서 본 지상의 빛.

──도시국가가 하나 불타버릴 정도로 큰 불이었다.

[모노크롬]이 아니었던 그것이 본 것은 전쟁으로 인해 생겨난 화재였다.

인간들끼리 벌인 사투. 사람이 다치고, 집이 불타고, 많은 사람들이 죽어갔다.

많은 괴로움이, 많은 절망이, 그곳에 있었다.

하지만 그 절망을 보며 유쾌하게 웃는 자들도 있었다.

타오르는 도시국가에 쳐들어간 자들의 지휘관이 타오르는 적국을 보며 웃고 있었던 것이다.

식물처럼 살아온 그것에게는 없는 거세게 드러난 감정이 그곳에 있었다.

그 광경을 내려다보면서 그것은 지금까지 자신 안에서 꿈쩍도 하지 않고 있었던 것이…… 마음이 흔들리는 것을 느꼈다.

아래쪽에 펼쳐진 광경을 보고 왜 마음이 움직였는지는 그것도 알지 못했다.

하지만 지금까지 무기물처럼 떠다니기만 했던 그것에게 생겨난 첫 변화였다.

그래서 절망으로 가득 찬 아래쪽의 광경으로 인해 마음이 밝은 부분과 어두운 부분, 어느 쪽으로 움직였는지는 그것에게 중요한 문제가 아니었다.

중요한 것은 절망이 있으면…… 다친 사람처럼, 웃는 사람처럼, 자신에게 변화가 생긴다는 것이었다.

그 사실이 너무나도 미지의 것이었기에 그것은 자신의 손으로 절망을 일으키기로 했다.

쓸데없는 빛을 조금씩 방출하기 위해 사용하던 힘을 집중하면 지상까지 닿는 뜨거운 빛을 만들어낼 수 있다는 것을 알고 있었기에, 그것은 열선을 날렸다.

아래쪽에서 벌어지고 있던 전쟁이 그랬듯이, 자신의 힘으로 상대를 다치게 하고 태운다.

해보니 어떻게 되었을까.

커지잖아, 신음소리가.

볼 수 있잖아, 절망을.

『……kya……ha.』

그 광경을 보고 그것은 자신의 마음이 다시 움직였다는 것을 느꼈다.

지금까지 한 번도 써본 적이 없었던 소리를 내기 위한 기관조차 소리를 연주하기 시작했다.

『KYA……HA……HA.』

그것은 열선을 날렸다. 무슨 일이 일어났는지도 모르고 신음과 절망으로 가득 찬 사람들을 양산해냈다.

거듭하면 거듭할수록, 그것은 바위 같았던 자신의 몸속에서 무언가가 생겨나는 것을 느꼈다.

『KYAHAHAHAHAHAHAHA ♪』

언제부턴가 소리를 내는 기관은 큰 소리로 웃기 시작하고 있었다.

예전에 세계를 내려다보았을 때 들었던 갓난아이의 웃음소리처럼.

그저 순진무구하게 자신의 기쁨을 나타내려는 듯이.

그것은 자신의 변화에 만족하고 의식을 바꾸게 되었다.

──지금부터는 팍팍 태우자.

──저건 '횃불'이야.

——태울 때마다 마음이 밝아지니까.

언제부턴가 그것은…… [흑천공망 모노크롬]이라는 이름을 가지게 되었다.

하지만 신경 쓰지는 않았다.

그렇게 [모노크롬]은 높은 하늘에서 절망을 주기 위해 생물들을 계속 태워댔다.

가끔 [모노크롬]에게 저항하려는 자들도 있었지만 모두 [모노크롬]에게 닿지 못하고 타죽었다.

[모노크롬]의 마음은 저항하려는 자들의 필사적인 표정이 절망으로 바뀌었을 때, 가장 크게 움직였다. 그것을 안 뒤에는 어느 시기를 계기로 한 곳에 머무르게 되었다.

——움직이지 않고 여기서 기다리면.
——또 필사적인 표정을 짓는 '횃불'이.
——절망하는 걸 볼 수 있겠지?

그렇게 생각하고 한 곳…… 나중에 토르네 마을이라 불리게 되는 곳 상공에 계속 머물렀다.

결과적으로 운석에 직격당해서 땅속으로 파묻힌 뒤 300년 동안이나 갇히게 되지만…… 그럼에도 불구하고 [모노크롬]의 방침과 존재방식은 변하지 않았다.

이곳에서 계속 머무르며 필사적인 표정으로 자신에게 저항하는 '횃불'을 기다린다.

그리고 [모노크롬]의 소원은 이루어졌다.

지금 아래쪽에는── 이 땅의 누구보다도 필사적으로 저항하는 남자가 있으니까.

◇ ◆ ◇

□■토르네 마을

남자── 레이는 쏟아져 내리는 [모노크롬]의 열선을 네메시스의 제3형태인 원형 방패로 계속 막아냈다.

방패로 막아내며 직격당하는 것을 피하고 있긴 하지만 날아든 열량의 일부가 방패를 통해 레이에게 전달되었고, 이미 방패를 쥐고 있던 오른손은 토시 안에서 타올라 문드러진 상태였다.

그럼에도 불구하고 레이는 물러나지 않았고, 방패를 놓지도 않았다. 그저 회복마법을 연달아 사용하며 방패인 네메시스가 하는 말에 귀를 기울이고 있었다.

『27210…… 30635.』

그것은 수치였다.

열선을 막아낼 때마다 네메시스가 어떤 숫자를 세고 있었다.

그것은 기존에 사용하던 대미지 카운터와 비슷했지만…… 조금 달랐다.

무엇보다 대미지 카운터라면 이미 레이가 예상했던 '[모노크롬]을 쓰러뜨리기에 충분한' 대미지량을 축적했지만, 레이는 공격을 계속 받아내고 있었다.

내리쬐는 열선을 원형 방패와 《성기사의 가호》로 감소시켜 입은 대미지와 계속 사용하고 있던 회복마법과 [BR 아머]의 《혈류 재생》을 합친 회복량을 비교하면 열선의 대미지가 더 컸다.

하지만 매우 큰 차이가 나는 것이 아니라 레이의 HP를 조금씩 깎아내는 데 그치는 수준이었다.

"레이 형……!"

그링검의 보호를 받고 있던 류이가 그런 레이의 모습을 보고 있었다.

열선을 막아내고 있는 레이는 이미 그링검의 등 위에 있지 않았다.

[모노크롬]은 이미 표적을 그링검으로부터 레이로 변경했기 때문이다.

열선이 그링검의 몸 중 방패로 지키지 못하는 부분을 노리지 않는 것, 그리고 레이가 움직이면 그것에 맞춰서 열선이 떨어지는 위치가 바뀐다는 것을 보니 확실했다.

그래서 레이는 그링검 위에서 내려와 혼자 열선을 계속 뒤집어쓰고 있다.

그링검 쪽은 그 전까지 입은 열선 대미지로 인해 이미 움직일 수 없는 상태였지만, 그럼에도 불구하고 지금도 류이를 몸으로 지켜주려 하고 있었다.

류이는 그링검에게 감싸인 채 내리쬐는 열선 안에서 [모노크롬]에게 저항하는 레이를 보고 있었다.

『KYAHAHAHAHAHA♪』

[모노크롬]의 시야는 지상의 많은 것들을 포착하고 있었다.

풍차 부속 건물 쪽으로 달려가고 있던 갑주를 입은 '횃불'을 보고 있었다.

자신에 대비하여 만들어진 피난소와 그 안에서 겁을 먹고 있는 '횃불'들의 모습을 보고 있었다.

짐승 '횃불'과 그것이 감싸고 있는 소년 '횃불'을 보고 있었다.

어둠에 숨어 있는 남녀 '횃불'을 보고 있었다.

지상에서 다시 공격을 가하려 하는 '횃불' 몇 개를 보고 있었다.

하늘로 날아오르려 하다 주위에서 말려서 멈춘 모히칸 '횃불'을 보고 있었다.

하지만 그것들 중 어떤 '횃불'도 [모노크롬]에게는 상관이 없었다.

[모노크롬]은 다른 '횃불'들에 대한 흥미를 이미 잃은 상태였고, 지금은 모든 관심이 한 '횃불'…… 자신에게 가장 강한 감정을 쏟아내고 있는 자에게 쏠리고 있었다.

[모노크롬]은 아래쪽에 있는 '횃불'에 정신이 팔려 있었다.

[모노크롬]은 지금까지 하나의 '횃불'에 그렇게까지 주목한 적이 없었다.

[모노크롬]의 세계에는 자신과 그 이외의 것밖에 없었고, 자신

이 아닌 것들은 신음과 절망을 내뿜으며 타오르는 '횃불'이었기에 구별할 필요조차 없었다.

하지만 지금 저 '횃불'만큼은 구별할 수 있을 것 같았다.

지상에서 공포를 보이지 않고, 절망하는 기척조차 전혀 없이 순수한 분노를 품으며 [모노크롬]을 올려다보는 그 '횃불'······ 레이 스탈링을 보았다.

[모노크롬]은 생각했다.

──그래, 저 녀석이야.

──저 녀석이 지금까지 가장 가까이 다가왔던 녀석이야.

──저 녀석은 뭔가 다른가?

[모노크롬]은 레이가 좀 전에 자기에게 다가오려고 했던 자들 중 한 명이라는 것을 기억하고 있었다.

레이는 하늘에서 한 번 떨어졌는데도 불구하고 아직 저항하려는 표정을 지으며 [모노크롬]을 보고 있었다.

[모노크롬]은 그 사실이 신기했다.

지금까지 [모노크롬]에게 저항했던 자들은 다들 믿는 구석이 있었다.

갈고닦은 검의 기술, 탁월한 활솜씨, 또는 함께 싸우는 용.

가끔 그들은 그렇게 믿고 있던 구석이 전혀 통하지 않는다는 것을 깨달은 순간, 마음이 꺾이고 표정이 저항하는 표정에서 절망하는 표정으로 바뀌곤 한다.

[모노크롬]은 그 표정을 볼 때 가장 마음이 크게 움직였다.

하지만── 레이는 아직 저항하고 있었다.

하늘을 날아올라도 [모노크롬]에게는 닿지 못했는데.

지금도 열선을 맞아 온몸이 타오르고 있는데.

아무리 생각해도 어찌 할 수가 없는 상황인데.

그럼에도 불구하고 아직 마음이 [모노크롬]에게 굴복하지 않았다.

그는 꺾이지 않았다.

그래서 [모노크롬]은 생각했다.

──그럼, **진짜로 해볼까.**

그것은 [모노크롬]이 발생하고 난 뒤 수백 년.

한 번도 쓰지 않았던 온 힘.

빛을 MP로 변환하고, MP를 열선 에너지로 변환하고, 에너지를 계속 모은다.

변환에 이은 변환, 충전에 이은 충전을 거듭해서…… [모노크롬] 자신이 견딜 수 있는 한계의 에너지를 촉수 끄트머리가 아니라 수정 본체에 응축시킨다.

수정에 가 있던 금에서 에너지의 여파가 새어 나와 [모노크롬] 근처에 있던 구름이 증발했다.

그렇게 [모노크롬]을 중심으로 구름 한 점 없는 하늘이 형성되었다.

그 전까지 빛을 내뿜지 않았던 것이 거짓말인 것처럼, [모노크롬]은 수정구슬을 반짝이고 있었다.

이제 날릴 것은 [모노크롬]의 비장의 수.

이름이 없는 열선이 아니라 고유한 이름을 지닌 스킬.

그 이름도.

『《SHINING(샤이닝) DESPAIR(디스어피어)》.』

지구와는 방식이 다른 발음으로 [모노크롬]이 선언했다.

소리가 아니라 문자가 나타내는 것처럼, 그것은 그야말로 희망을 끊는 빛.

지금까지 날렸던 열선과는 비교도 되지 않을 정도의 에너지량.

거리에 의해 약해지는 분량은 있으나 마나. 지상에 쏟아져 내리면 대상인 인간을 증발시키는 것뿐만이 아니라 주위 일대…… 토르네 마을의 면적 중 대부분은 사라져버릴 것이다.

그 사실은 지상에서 올려다본 사람들도 알 수 있을 것이다.

그 증거로 [모노크롬]이 본 거의 대부분의 '횃불'은 절망한 표정을 짓고 있었다.

『KYAHAHAHAHAHAHAHA!!』

[모노크롬]은 웃었다.

마음이 움직이는 것이 기뻐서 웃었다.

그리고 가장 확인하고 싶은 얼굴을…… 레이의 얼굴을 보았다.

──절망했어?

──응? 절망했어?

──절망………… 어?

하지만 레이의 표정에는 절망 같은 것이 존재하지 않았다.

그저 더욱 거세진 분노가 담긴 눈초리로 [모노크롬]을 올려다 보고 있었다.

절망에 절망이 거듭되는데도 여전히 저항하는 두 눈이 말하고 있었다.

너를 쓰러뜨리겠다고.

──무서워.

그 시선을 보고 [모노크롬]의 마음에 처음으로 기쁨이 아닌 감정이 생겨났다.

하지만 그것은 한순간. [모노크롬]은 곧바로 아래쪽에 있는 레이를 향해 《SHINING DESPAIR》를 날렸다.

그것은 처음 생겨난 공포 때문이었는지도 모른다.

하지만 [모노크롬]은 알지 못했다.

그가 '언브레이커블'이라 불린다는 사실을.

수많은 비극을, 자신의 역량을 훨씬 뛰어넘는 재앙을 앞두고도 물러나지 않았다는 사실을.

악의와 절망이 무릎을 꿇리려 해도 분노를 가슴에 품고 이를 악물며 계속 버티고 섰다는 사실을.

그리고 재앙과 마찬가지로 '기적'을 붙잡아왔다는 사실을, [모노크롬]은 알지 못했다.

하지만 [모노크롬]도 알게 된다.

──지금이 그때였다.

"그링검!!"

하늘에서 매우 커다란 열선이 발사될 낌새를 보이는 것을 감지한 레이는 그링검의 이름을 불렀다.

그 한마디의 말과 류이를 본 레이의 시선을 통해 그링검은 자신이 해야 할 일을 실행했다.

너덜너덜해진 몸으로 일어서서 새끼 고양이를 문 어미 고양이처럼 류이를 들어 올리고…… 뛰어가기 시작했다.

폭심지로 변할 장소에서 류이를 벗어나게 하기 위해서.

"그링검……! 레이 형!"

그링검에게 들린 채 멀어지면서 류이는 폭심지에 남은 레이의 이름을 불렀다.

레이는 그 목소리를 듣고 말이 아니라 그저 원형 방패를 들어 올려 대답했다.

그렇게 폭심지가 될 곳에는 레이와 네메시스만이 남았다.

그들은 도망치지 않는다.

이대로 도망쳐봤자 그 파괴에 휩쓸리게 될 것이다.

그리고 많은 티안들이 대피해 있는 방공호까지 함께 그 열선의 먹잇감이 될 것이다.

그래서 그들은 물러나지 않는다.

『저 녀석의 비장의 수인 것 같은 열선…… 위력은 어느 정도나 되려는지.』

"적어도 한 장으로는 부족하다는 건 확실해. 두 장을 써도 견뎌낼 수 있을지 모르겠네."

『이제 브로치는 없는고?』

"[브로치] 재고는 없어. 좀 전에 류이와 그링검에게 채워줬으니까."

치사 대미지를 막아주는 [구명의 브로치]. 레이는 토르네 마을로 오기 전에 세 개 가지고 있었다. 하지만 그중 하나는 어제 로자와 전투를 벌일 때 부서졌고, 나머지 두 개는 류이와 그링검을 지키기 위해 그링검 위에서 뛰어내릴 때 그들에게 건넸다.

그 행동을 후회하지는 않는다.

"그러니까…… 나하고 네메시스에게 달렸지."

『알겠다. 내게 맡기거라.』

"그래, 믿으니까."

남아 있는 《카운터 앱솝션》의 사용횟수는 두 번.

두 번의 벽과 방패, 패시브 방어 스킬로 버티지 못하면 레이는 데스 페널티를 받게 될 것이다.

그렇게 되면 **반격**도 하지 못할 것이고, [모노크롬]은 토르네 마을의 모든 것을 유린할 것이다.

아슬아슬하다는 것을 따지면 지금 이 순간이 가장 아슬아슬한 상황이었다.

스테이터스로, 스킬로, 장비로, 〈엠브리오〉로.

그들이 〈Infinite Dendrogram〉에 들어오고 난 뒤 얻은 모든 힘으로 하늘에서 떨어지는 절망에 맞설 수 있을지.

그것이―― 이 순간이었다.

『――《SHINING DESPAIR》.』

두 번째 선언과 함께 [모노크롬]의 본체인 수정에서 매우 커다란 열선이 날아갔다.

하늘과 땅을 잇는 기둥과 같은 그 빛은 지상을 불태우기 위해 막대한 열량을 머금고 있었다.

지상에 닿으면 온갖 물체를 증발시키고 이 토르네 마을을 죽음의 대지로 만들 것이다.

이 토르네 마을에 있던 많은 목숨은 그 빛을 보며 절망하고 있었다.

하지만, ――그들은 꺾이지 않았다.

『《카운터 앱솝션》!!』

원형 방패 형태인 네메시스가 쏟아져 내리는 빛기둥 앞에 다른 빛의 벽을 만들었다.

그 벽은 순간적으로 빛기둥의 효과를 막았지만, 쉽사리 깨졌다.

하지만 빛의 벽에 가로막힌 빛기둥의 직경은 약간 줄어든 상태였다.

그리고 빛의 벽을 돌파한 빛기둥 앞에 다시 벽 한 장이 나타났다.

《카운터 앱솝션》의 연속기동. 로자와 전투를 벌였을 때도 사용했던 네메시스가 최근 한 달 동안 터득한 기술.

두 번째 벽은 첫 번째 벽보다 오랫동안 빛기둥을 막아냈다.

하지만 빛기둥은 그것조차 뚫고 지상에 도달했다.

지상을 태울 예정이었던 매우 커다란 열선은 빛의 벽 두 장으로 인해 절반이 넘는 위력을 잃은 상태였다. 토르네 마을 전역을 소멸시킬 예정이었던 파괴는 매우 좁은 범위로 축소되었다.

하지만 관통한 에너지는 지상을 일소하지 못하더라도 충분하고도 남는 위력.

폭심지인 풍차 부속 건물은 녹아내려 소멸했다.

그 주변도 넓은 범위가 고열에 노출되어 주위가 붉게 타오르고 있었다.

마치 지옥의 바닥 같은 광경이었다.

그 안에 사람이 서 있을 거라고는 상상도 할 수 없는 광경.

하지만, 그럼에도 불구하고——.

"…………견뎌, 냈, 군."

그 안에 레이가 서 있었다.

만신창이라는 말로도 부족했다.

지금 살아서 서 있다는 것이 신기할 정도였다.

떠 있는 상태이상의 숫자는 손가락을 모두 꼽아도 부족할 정도였고, 온몸의 피부도 열로 인해 붉게, 또는 까맣게 변색된 상태였다.

레이의 장비 중에서도 몇 개가 부서져 용암 안으로 떨어졌다.

액세서리도, 왼손에 끼고 있던 의수조차 녹아내려 사라졌다.

[BR 아머]는 녹아내리면서도 《혈류재생》 스킬을 계속 토해 냈다.

그런 모습으로── 그는 그 지옥에 서 있었다.

『……홋, 보아하니 두 번째 벽을 통과한 시점에 궤도가 조금 틀어진 모양이로구나. 직격당했다면 버티지 못했을지도 모른다.』

"아, 그거 다행이, 네……."

물론 직격당하지 않았다 하더라도 그 여파는 맞았다.

그리고 주위는 열로 인해 녹아내린 작열지옥이다.

〈마스터〉이기에 아프지는 않다. 하지만 온몸을 집어삼킨 한계를 뛰어넘은 작열의 감각도, 들이마신 공기가 목을 태우는 감촉도 맛보고 있다.

작열지옥 안에서 붉게 달아오른 대지로 인해 발이 타올랐지만…… 그럼에도 불구하고 그는 무릎을 꿇지 않았다.

마음도 굴하지 않았다.

"……**쓰자**, 네메시스."

레이가 조용히 말하자 원형 방패 형태인 네메시스가 마음으로 대답했다.

『축적치 65만 가량……. 그렇다면 65000메텔인가.』

"닿을까?"

『닿게 하고말고.』

"그럼 맡길게."

레이는 네메시스와 이야기를 나누며 원형 방패를 다시 겨누었다.

머리 위로 겨누는 방어가 아니라 자신의 정면으로── 마치 무기처럼 겨누었다.

"네메시스, 제3형태 'β'──."

그 직후, 원형 방패의 모습이 변했다.

레이가 쥐고 있던 손잡이가 옆으로 움직여 방패에서 '끄트머리에 방패를 접속시킨 자루가 긴 무기'로 변했다.

그 방패에도 변화가 생겼다.

긴 방패의 표면에 일정한 간격으로 새겨져 중심으로부터 가장자리로 호를 그리는 다섯 개의 은빛 곡선.

그것들이 빛을 뿜어내며── 그곳으로부터 방패가 **열리기 시작했다.**

방패는 곡선에 따라 마치 꽃이 피어나는 듯이── 아니, **풍차**처럼 날개를 펼쳤다.

그것은 날개가 다섯 달린 풍차…… 토르네 마을에서 풍성이라 불리는 것.

그렇다, 그것은 방패로부터 별의 풍차로 변하는 **가변 무기**
였다.

『Form Shift——.』

그리고 그들은 선언했다.

그들의 새로운 힘—— 네메시스의 제3형태의 이름을.

그 이름은——.

"『——유성풍차(Shooting Wheel).』"

◇

"이 스킬을 간단히 말하자면 원거리 추미식《복수는 나의 것》
이다."

류이와 그링검을 감싸며 [모노크롬]과 맞서기 몇 분 전.

레이는 아직 류이를 찾고 있던 도중이었고, 찾으면서 네메시
스가 해석한 스킬의 자세한 내용을 듣고 있었다.

"원거리 추미식……?"

"방패 형태로 막아낸 대미지를 추진력으로 모은다. 그리고 발
동하면 멀리 있는 적이라 해도 쫓아가서 파고들어 두 배의 공격
을…… 아니, **세 배의 공격**을 때려 넣는 스킬이다."

그것은 분명히 강력한 스킬이었다. 지금까지 레이와 네메시
스가 껄끄러워했던 원거리, 고속으로 움직이는 적에게도 대처
할 수 있고《복수는 나의 것》보다 더 뛰어난 위력을 발휘할 수

있다.

오히려 **너무** 강력하다.

하루에 한 번밖에 쓰지 못한다는 점을 감안하더라도 강하다.

그래서 레이는 '아마도 뭔가 다른 조건이 있는 스킬이겠지'라고 생각했다.

그리고 그 생각은 맞았다.

"단, 문제가 두 가지 있다."

"그게 뭔데?"

"한 가지는 그 스킬이 대미지량뿐만이 아니라 비거리나 속도도 상대방에게 입은 대미지에 의존한다는 점이다."

네메시스는 그렇게 말했다.

이 스킬은 대상으로 삼은 적에게 입은 대미지량 중 10분의 1을 비거리와 속도로 만든다. 1만의 대미지를 입었다면 AGI 1000의 속도로 1000메텔 거리를 쫓아 날아간다. 그런 스킬이었다.

"……그렇구나, 아슬아슬하겠어."

그 효과로 저 [모노크롬]에게 직격시키려면 최소한 좀 전에 [모노크롬]이 도달했던 25000메텔에 도달할 수 있는 대미지량, 25만 대미지가 필요하다.

그리고 좀 전에 올라갔던 고도가 [모노크롬]의 한계 고도가 아니었다면, 두 배가 넘게 모으더라도 닿을 수 있을 거라는 보장은 없다.

그렇게 많은 대미지를 축적시키려면 남아 있는 《카운터 앱솝션》을 쓰더라도 아슬아슬한 상황이다.

"그리고 스킬을 사용할 준비에 들어간 뒤에 발동시킬 때까지 1분이 걸린다."

"……이봐, 이봐."

"그동안 당연히 방패를 사용할 수 없고, 《카운터 앱숍션》도 펼칠 수 없다. 어떻게든 버텨낼 수밖에 없지."

축적이 완료된 뒤 발동시키기까지 1분.

무방비하게 아무런 방어수단도 없이 [모노크롬]의 열선에 노출된다.

처음 공중전을 벌였을 때 보았던 랑그의 머리가 사라진 광경이 레이의 머릿속을 스쳐갔다.

하지만 그래도 레이의 선택은 바뀌지 않았다.

무방비한 1분, 가장 위험한 순간이 있다 해도 이 스킬을 쓸 것이다.

그러니까 무방비한 1분은 문제가 아니다.

"……어찌 됐든 저 녀석에게 닿을 수 있는 수단은 그것밖에 없어. 그렇지?"

'으음', 네메시스는 그렇게 대답했다.

그러니 이제 남은 문제는 닿을지 어떨지에 달렸다.

레이가 죽지 않고 모을 수 있는 대미지량의 한계와 [모노크롬]이 도달할 수 있는 고도의 한계. 어느 쪽이 한계를 먼저 맞이하게 될지, 이것은 그런 싸움을 하기 위한 스킬이었다.

◇

그리고 지금, [모노크롬]의 수많은 열선과 최대화력인 《SHINING DESPAIR》를 견뎌내고, 유성풍차가 지금 가능한 최대의 축적을 이루어냈다.

『시동(Start up).』

네메시스가 그렇게 말한 것과 동시에 제3형태 'α' 검은 원형 방패로 모아둔 모든 대미지가 제3형태 'β' 유성풍차의 추진력이 되었다.

유성풍차에 달려 있던 다섯 장의 날개가 천천히 회전하기 시작했다.

검은 날개가 묵직하게, 하지만 서서히 속도를 올리며 바람을 휘감고 회전했다.

그렇다, 바람이다. 지금까지는 바람이 불지 않았는데 마치 그 풍차 자체가 바람을 불러들인 것처럼, 또는 휘몰아치는 것처럼 맹렬한 바람이 불기 시작했다.

10초가 지난 시점에서 풍차가 눈으로 알아보는 것이 힘들 정도의 속도로 회전하고 있었다.

레이는 발생한 원심력으로 인해 날아가 버릴 것 같은 손잡이를 상처투성이가 된 오른손으로 계속 붙잡고 있었다.

이 회전이야말로 검은 원형 방패에 축적시킨 대미지를 변환하는 공정 그 자체.

사선의 끝에서 레이가 [모노크롬]으로부터 축적시킨 대미지는 65만 가량.

그렇기에 이 풍차는 AGI 65000, 도달 사정거리 65000메텔을 자랑하는 초음속 추적자.

직격하면 유성풍차가 세 배의 공격── 200만에 달하는 대미지를 [모노크롬]에게 때려 넣을 것이다.

그것은 결정적인 일격이자 날릴 수만 있다면 승부를 낼 수 있는 필살의 마탄.

그렇다. **날릴 수만 있다면.**

『KYAAAAAAAAAAAAAAAAAAAAAAAAAAAAAAAA!!』

하늘 위에 있던 [모노크롬]은 이미 웃지도, 기뻐하지도 않았다.

자신이 지금까지 날린 것들 중에서 가장 큰 열선을 날렸는데도 아래쪽에 있던 레이는 살아 있다.

게다가 더욱 강해진 투지와 [모노크롬]도 감지할 수 있을 정도로 막대한 에너지를 담은 무기를 겨누고 있다.

[모노크롬]은 직감했다.

──저것이 있어서는 안 돼.

──저것이 있으면 이것이 부서져.

──**끝나게 돼.**

[모노크롬]은 이미 레이를 절망하게 만들려는 생각 따윈 하지도 않았다.

그저 끝내지 않으면 끝나게 된다는 공포만 품었다.

그것은 하늘 높은 곳에서 아무도 발을 내딛지 못하는 무적을 자랑하던 [모노크롬]이 처음 실감한 죽음의 예감이었다.

이런 감정은 300년 전에 운석에 직격당했을 때도 느낀 적이 없었는데.

『KYAKAKYAAAKYAKAAAAAAAAAAAAAAAAAAA!!』

[모노크롬]은 열선의 에너지를 충전했다. 이미 수많은 열선을 날렸기에 연사를 목적으로 삼은 열선으로는 레이를 쓰러뜨릴 수 없다. [모노크롬]은 그렇게 생각했다.

실제로 그런지 여부는 제쳐두고, [모노크롬]은 지금까지 날린 공격에도 무릎을 꿇지 않았던 레이를 보고 '햇불'을 태우는 정도의 열선이 통할 거라는 생각을 할 수가 없었다.

하지만 다시 《SHINING DESPAIR》를 날리기에는 시간이 부족하다.

그래서 [모노크롬]이 선택한 것은 그링검에게 날렸던 관통열선.

충분한 위력을 지니고 있고, 《SHINING DESPAIR》보다 충전 시간이 짧은 열선을 연사하여 승부를 내겠다고 생각한 것이다.

『쏘지 않는군…… 저 녀석, 힘을 모으고 있는 게야!!』

회전이 시작된 뒤 20초.

그동안 열선은 한 발도 떨어지지 않았지만, '잘되었다'고 할 수는 없다.

네메시스도 [모노크롬]이 확실하게 죽이기 위해 준비하고 있다는 사실은 알고 있다.

그와 동시에 자신의 〈마스터〉에게 그것을 회피할 힘이 남아 있지 않다는 사실도.

방어라기 위한 스킬이 없다 해도 다리만 움직이면 피할 수 있을 거라고 네메시스는 생각하고 있었다.

하지만 지금 레이는 완전히 중상을 입은 상태. 언제 [기절]하더라도 이상하지는 않았기에 이렇게 네메시스를 쥐고 스킬을 발동시키고 있다는 것 자체가 기적 같은 상황이다.

『어떻게 할 겐가……! 충전이 끝나려면 아직 40초는 걸린다! 저 열선을 막을 방법이 없다만!』

검은 원형 방패가 수비에 온 힘을 쏟아 붓는 형태라면 유성풍차는 공격에 온 힘을 쏟아 붓는 형태.

지금 네메시스에게는 적을 쓰러뜨릴 힘은 있지만, 레이를 지킬 힘은 없다.

그렇기 때문에 네메시스는 다 틀렸다고 생각했다.

하지만.

"……아니, 괜찮아. 네메시스."

『레이?』

'괜찮다'고 한 레이는 결코 억지를 부리는 표정을 짓고 있지 않았다.

이미 남아 있는 힘이 없는데도 불구하고 무언가를 믿고 있는 듯한 표정이었다.

『뭐가 괜찮다는 게…….』

네메시스가 그 이유를 물으려 했을 때―― 하늘의 기적이 바뀌었다. [모노크롬]이 충전을 끝내고 레이를 해치우기 위해 연사 관통열선을 날리려 하고 있었다.

『레이!』

네메시스는 초조해졌지만, 레이는…….

"이렇게 거창하게 싸우고 있잖아…… 누구라도 눈치채겠지."

두려워하지도 않았고, 절망하지도 않았다.

역시 무언가를 믿고 입가에 미소까지 드리우고 있었다.

"그리고…… 눈치챘다면 반드시 와줄 거야."

그 직후, 하늘에 있던 [모노크롬]이 치명적인 열선을 수없이 날렸다. 한방이라도 명중하면 지금 레이에게 남아 있는 HP가 통째로 소멸되어 역전의 가능성과 함께 자취도 남지 않고 사라질 것이다.

하지만 레이는 두려워하지 않았다.

무언가를…… 누군가를 믿고 있는 것처럼.

"그렇죠……? 선배."

그리고 그가 어떤 말을 하자.

『굳이 물어볼 필요도 없지!!』

──**그녀**도 그 말에 대답했다.

『《파이어 레지스트》, 《아스트로 가드으》!!』

그 순간, 3미터가 넘는 갑주를 장착한 사람── 바르바로이 배드 번이 레이의 몸을 가리려는 듯이 열선 앞으로 끼어들었다. 하늘에서 떨어져 내리는 열선에 맞서 화염내성과 방어력을 높이는 스킬을 사용하며 레이의 방패가 되었다.

『……윽! 속성방어까지 뚫고 말이야……!! 그래도오! 이런 거에 뚫릴 정도로 내 방어력은 물렁하지 않다고오!!』

빗발치듯이 쏟아져 내리는 치명적인 열선.

10초, 20초, 그것이 계속 이어졌을 것이다.

하지만 바르바로이는 '천개(하늘의 뚜껑)'라는 이름처럼 그 모든 것으로부터 레이를 지켜냈다.

『핫…… 3할은 깎였나. 참 대단한 위력이군, 빌어먹을.』

갑주에서 하얀 연기가 피어오르는 상황인데도 바르바로이는 왠지 만족스럽다는 듯이 그렇게 소리쳤다.

그 모습을 보고 레이는 쓴웃음을 지었고, 네메시스는 당황했다.

『선배…… 어? 이게, 비 쓰리?』

"당연하지……. 어딜 봐도 선배잖아."

『아니, 어딜 봐도 그 갑주하고 똑같은 디자인이다만……. 아니, 그대는 마리 때도 그렇고 용케도 알아보는 구나…….』

그렇게 당황하면서도 네메시스는 유성풍차의 회전을 멈추지 않았다.

남은 시간은 20초.

20초가 지나면 제3형태의 강력한 스킬을 발동시킬 수 있다.

『자.』

"앗……."

최고품질의 [HP 회복 포션]을 레이에게 던지며 바르바로이가 말했다.

『그 스킬, 저 [모노크롬]에게 닿는 거지?』

"……네!"

『그럼 너는 그 힘을 [모노크롬]에게 때려 넣는 것만 생각해라. 걸리적거리는 건 내가 전부 떨쳐내 줄 테니까.』

"네!!"

레이는 바르바로이에게 모든 방어를 맡기고 자신은 네메시스의 스킬에 집중했다.

하늘에서는 반쯤 광란 상태에 빠진 [모노크롬]이 지상을 향해 계속 열선을 날려댔다.

이미 에너지를 회복하는 속도의 균형을 고려하지 않고 한계를 넘어선 연사.

열선을 날리는 기관인 촉수 수정이 달아올라 연기를 뿜어내고 있는 것도 아랑곳하지 않고 [모노크롬]이 열선을 계속 쏘아댔다.

『건방지다고!!』

하지만 그 열선은 한 발도 레이에게 닿지 않았다.

레이 앞에는 바르바로이가, 최고의 탱커가 막아서고 있다.

그렇기 때문에 그 열선이 레이의 목숨을 빼앗을 수 있을 리가 없었다.

그리고 때가 되었다.

『레이! 준비가 완료되었다!』

네메시스가 보고 했고.

『날려버려라!! 레이!!』

바르바로이가 격려했고.

"──그래!!"

레이가 대답했다.

레이는 초음속으로 공기를 휘감고 있는 유성풍차를 뒤쪽으로 들어 올렸다.

마치 하늘을 향해 공을 던지려는 듯한 자세로 레이는 어떤 말을 외치기 시작했다.

"《응보는(페이백)──."

그것이야말로 유성풍차의 고유 스킬.

그것이야말로 레이와 네메시스의 소원의 결정.

그것이야말로 자신의 약점을 극복하려 한 두 사람의 맹세이자…… 그들이 품었던 소원.

예전에 그들이 닿지 못했던 비극에도 손을 닿게 만들겠다는 마음의 구현.

한없이 닿으라는 기원의 이름.

"──별의 저편으로(오버 스타)》!!"

그리고 별은 날아간다.

레이가 휘두른 자루에서 날아오른 날개 다섯 달린 별이 하늘로 솟구쳤다.

유성이자 바람의 별.

마치 [모노크롬]을 봉인한 전설을 본떠 만든 듯한 이름이 붙은 것은 우연일까.

초음속 유성(네메시스)은 검은 오라의 꼬리를 끌면서 하늘 위에 있던 암흑의 별을 향해 날아올랐다.

『KYAAAAAAAAAAAAAAAAAHAAAAAAAAAAAAAAAAAAAAA AA?!』

아래쪽에서 음속의 몇 배나 되는 속도로 자신을 향해 날아오는 유성을 보고 [모노크롬도] 다시 날아올랐다.

요격 같은 것을 할 생각은 들지 않았다. 그것의 속도는 분명히 열선으로 맞출 수 있는 속도를 넘어서 있었다.

[모노크롬]은 자신이 지금까지 발휘했던 최고 속도를 훨씬 넘어 시험해본 적조차 없는 자신의 온 힘을 발휘하여 상승했다.

그리고 두 개의 별이 하늘로 올라갔다.

도망치는 별도, 쫓아가는 별도, 양쪽 모두 음속을 훨씬 뛰어넘어서.

하지만 멀리서 하늘을 본 자가 있다면 알아볼 수 있었을 것이다.

마치 땅에서 하늘로 돌아가는 두 유성의 모습을.

그러나 천지가 뒤집어진다 하더라도 유성은 유성.

언젠가는 흘러간 끝에 사라질 운명.

『KYAAAAAAAAAAAAAAAAAAAAAAAHAAAAAAAAAAAA!!』

날아오른다. [모노크롬]은 날아오른다.

자신에게 남아 있는 MP 따위는 신경 쓰지 않고, 변환 따위에 쓸 여력도 없이.

그저 자신의 모든 기관을 속도로 바꾸어 약간 뒤처져 있는 검은 유성으로부터 도망쳤다.

이미 생물의 한계는 돌파했다.

하지만 검은 유성이 멈출 것 같은 기색은 전혀 보이지 않았다.

데드 체이스는 멈추지 않았고, [모노크롬]도 지금까지 가장 높게 도달했던 고도를 넘어섰다.

고도 35000메텔 이상. 이 앞부터는 [모노크롬]에게도 미지의 세계.

[모노크롬]의 금간 몸이 언제까지 버틸지도 모른다.

하지만 [모노크롬]은 계속 날아갔다.

왜냐하면 멈춘 곳에는 확실한 소멸만이 기다리고 있었기 때문에.

——도망쳐야 해.
——도망쳐야 해, 도망쳐야 해.
——안 그러면 끝나게 돼!!

그때 [모노크롬]의 심정은 [모노크롬]이 계속 만들어왔던 것과 똑같은 것이었을지도 모른다.

그렇다, 절망, [모노크롬]이 기쁨의 원천으로 삼고 있던 것과.

……아니, [모노크롬]은 아직 절망하지 않았다.

[모노크롬]에게는 아직 희망이 있었다.

──저런 속도로 한없이 날 수 있을 리가 없지.
──이것에도 한계는 있어.
──저것도 언젠가 한계를 맞이하겠지.
──저것이 먼저 한계를 맞이하면 이것은 끝나지 않아!!

그것이야말로 [모노크롬]이 품은 희망.

그리고 그것은 정확한 예측이었다. 유성풍차에는 한계가 있다. 축적된 대미지를 변환하여 날아갈 수 있는 거리, 65000메텔이라는 한계가.

이미 고도는 5만 메텔을 넘어섰다.

이제 남은 시간을 따지면 10초 정도.

그 시간 동안에만 도망치면 유성풍차의 추진력은 사라진다.

결판은 이 5만 메텔 이상의 고도…… 유성이 전부 다 타버린다는 열권에서 반드시 나게 된다.

『……참 예쁘구나.』

자신이 얻은 최고속도로 [모노크롬]을 쫓아가며 네메시스는 그렇게 생각했다.

네메시스는 위쪽으로 도망치는 [모노크롬]을 바라보며 무기 형태, 암즈 특유의 넓은 시야로 세계를 보고 있었다.

지상에서는 지평선으로 인해 가로막혀 있던 세계, 지금 네메시스는 모든 세계를 보고 있는 것 같았다.

  자신들이 지금까지 지내왔던 왕국뿐만이 아니었다.

  이웃나라의 시끌벅적한 분위기, 멀리 있는 나라들의 이색적인 경치.

  남쪽 끝에 보이는 거대한 무언가.

  넓은 세계, 다양한 세계를 네메시스는 지금 보고 있었다.

  그것이 그저 순수하게 예쁘다는 생각이 들었다.

  언젠가 지금 보이는 경치를 레이와 함께 실제로 보고 싶다는 생각도 들었다.

  『그 전에…… 해야만 하는 일이 있다.』

  그것은 레이 앞을 가로막은 지금의 비극을 헤쳐 나가는 것.

  레이가 맡긴, 네메시스 자신이 원한, 지금 네메시스가 해야만 하는 일.

  유성풍차의 한계는 얼마 남지 않았다.

  그럼에도 불구하고 반드시 닿게 만들겠다, 네메시스는 그렇게 마음속으로 맹세하며 날아올랐다.

  그리고 갑자기 입 밖으로 나온 말이 있었다.

  『……너도 이곳에서 세계를 보고 있었다면 좋았을 터인데.』

  눈앞에 있는 [모노크롬]을 보고 그런 생각을 하면서, ……네메시스는 마지막 힘을 쥐어짜냈다.

  ──끝나버려!

——끝나게 되어버려!

[모노크롬]은 뒤쪽에서 서서히 다가오는 유성을 보고 공포에 사로잡혔다.

끝까지 도망치면 된다는 희망도 이미 마음속에서 사라졌다.

이대로 가다가는 자신이 끝난다, 그런 공포가 마음을 지배하고 있었다.

수백 년에 걸쳐 살아온 〈UBM〉은 눈앞으로 다가온 죽음을 두려워하고 있었다.

그렇기 때문에 지금까지 생각하지 않았던 것조차…… 생각하게 되어버렸다.

——끝나버려! 끝나면, 끝나면…………?

그렇다, 한 번도 생각해본 적이 없었던 것.

——이거, 끝나면 어떻게 되지?

'끝나면 어떻게 되는가', 지성이 있는 존재라면 가장 초기에 생각할 만한 의문을…… 지금 이 순간에 처음으로 생각했다.

식물처럼 살았을 때는 그런 의문조차 들지 않고, [모노크롬]이 된 뒤로는 끝내기만 했으니까.

그리고…….

──어라?

──이거, 왜 끝나고 싶지 않았던 거였지?

애초에 아무런 생각도 없이 하늘에 별처럼 떠 있던 것.

자신의 끝에 대해 원래 아무런 생각도 없었다.

예전에 별 같은 존재였던 [모노크롬]은 자신의 유무조차 고려하지 않았다.

사람들의 투쟁을 보고 절망에 대해 알게 되었고, 절망을 보고 마음이 흔들린 것을 기쁨이라 느꼈고, 절망을 계속 양산하며 절망을 보고 기뻐했다.

──그래. 끝나면 절망을 볼 수가 없어.

──절망을 볼 수가 없으면 기뻐할 수 없어.

아직 기뻐하고 싶으니까 끝내고 싶지 않다, 바로 직전까지는 그렇게 생각했는데.

──왜 기뻐하고 싶었던 거였지?

자신이 수백 년 동안 행동원리로 삼아왔던 것까지 의문을 품게 되어버렸다.

그것은 처음 절망을 보았을 때…… 눈치챘어야만 하는 거였는지도 모르는 의문.

절망을 보고 기뻐했던 것은 [모노크롬]이 아니라 지상의 어떤 인간이었으니까.

[모노크롬]이 품은 기쁨은 빌려서 모방한 것에 불과했고, 자신에게 존재하지 않았던 욕구를 '얻었다'고 착각한 것에 불과했던 것이다.

원래…… 그런 것으로 기뻐할 필요가 없는 존재였는데.

그렇게 수백 년 뒤늦게 찾아온 의문은 [모노크롬]이 날아가는 속도를 약간 늦추었고…….

그 순간, 유성풍차(네메시스)는 [모노크롬]에 도달했다.

유성풍차는 날개 다섯 장 중 하나를 [모노크롬]의 본체인 수정에 박아 넣었고.

『……작별이다. 흑천의 별이여!!』

[모노크롬]에게서 입은 모든 아픔을── 세 배로 되갚으며 때려 넣었다.

《응보는 별의 저편으로》. 그 스킬로 인해 날아간 막대한 대미지량은 아무리 고대전설급 〈UBM〉이라 해도 견뎌내기 쉽지 않다.

그러니 내구도를 희생한 [모노크롬]이 버틸 수 있을 리가 없었다.

──아…….

마지막 순간에 [모노크롬]이 어떤 생각을 했는지는…… 아무도 알 수 없었다.

◇

　그날, 하늘에 눈부신 빛이 반짝였다.
　그것은 [모노크롬]이 붕괴된 순간에 모아두었던 빛이 방출된 것.
　하지만 그것은 [모노크롬]이 날려대던 열선의 빛이 아니라 그저 순수하게…… 빛나기만 하는 빛이었다.
　마치 [모노크롬]이 아니었던 무렵처럼…….

　왕국의 어떤 농촌에서 어린 남매가 그 하늘을 보고 있었다.
　"와~! 예쁘다, 그치? 오빠!"
　"응! 반짝반짝하네!"
　어린 남매는 순진무구하게 평소와는 다른 느낌으로 반짝반짝 빛나는 하늘을 보며 기뻐했다.
　그 남매와 비슷한 이야기는 그것을 볼 수 있었던 많은 지역에서 오갔을 것이다.
　그 빛에는 [모노크롬]이 만들어왔던 절망은 전혀 없었다.
　그저 '예쁘다'고 순수하게 서로 기뻐하는 말만 담겨 있었다.
　그 광경은 옛날 옛적에 존재했을 지도 모르는 광경.

수백 년 동안 거짓된 존재방식을 고수해왔던 것은…… 마지막으로 잠깐 원래의 존재방식으로 세계를 빛낸 뒤 소멸했다.

□[성기사] 레이 스탈링

[모노크롬]이 소멸한 것을 확인한 직후, 나는 [기절]했다.

상태이상 [기절]에 걸린 것과 동시에 나 자신도 긴장이 풀렸는지 의식을 잃었다.

그 수수께끼 같은 공간에 간 다음, 계속 자고 있었던 것 같다.

착각일지도 모르겠지만 검은색인지 붉은색인지 잘 알 수 없는 자그마한 사람이 '준비 다 됐는데……'라고 하며 삐진 모습이 보인 것 같기도 하고, 아닌 것 같기도 하고…….

그렇게 [기절]해 있다가 눈을 뜬 나는 몇 가지 변화를 보았다.

첫 번째는 특전무구.

뭐, 예상을 하긴 했지만…… [모노크롬]의 특전무구가 내 손 근처에 있었다.

특전무구는 [흑전투 모노크롬]이라는 수정처럼 투명한 외투였다.

그것을 본 네메시스는…… 아. 그렇지, 네메시스는 [모노크롬]을 쓰러뜨린 뒤 별문제 없이 내려온 모양이었다.

사람 형태가 아니라 유성풍차 형태로 돌아와서 내가 [기절]한 채로도 계속 쥐고 있었던 자루에 합체. 그런 다음 사람 형태로 돌아왔다고 한다.

네메시스는 [모노크롬]의 특전무구에 대해 '뜻밖이다'라고 했다.

'그대의 특전무구이니 새까맣고 무시무시하게 생긴 장비가 나올 줄 알았다'라고. 실례잖아. 왜 내 장비=무시무시한 장비인데.

그리고 그 [흑전투]에는 패시브 스킬로 《빛 흡수》라는 스킬이 달려 있다.

장비해서 스킬을 발동시키면 [흑전투]의 색이 투명한 색에서 검은색으로 바뀐다. 보아하니 스킬을 발동하는 동안에는 빛을 흡수하기 때문에 까맣게 보이는 모양이었다. 네메시스는 '역시나'라고 했다.

그러고 보니 이 [흑전투]에는 《빛 흡수》 말고도 스킬이 하나 더 있었다.

날아가는 스킬이나 목소리를 내는 스킬인가 싶었는데 《샤이닝 **디스페어**》라는 스킬이었다. 설명을 읽어보니 열선을 날리는 스킬인 모양이었다.

아마도 그 녀석이 날렸던 가장 강한 열선의 축소판일 것이다.

그런데 한 가지 의문이 남았다.

녀석이 그 열선을 날렸을 때, 내 귀에는 '《샤이닝 디스어피어》'라고 들렸다.

어째서 내게 맞는 특전무구가 되었을 때 변한 건지 약간 의문이 남았다.

……그러고 보니 예전부터 〈Infinite Dendrogram〉 안에서는 영어 단어를 사용하는 방식이나 발음이 현실과는 다른 경우가 좀 있었지.

번역 기능에 뭔가 있는 건가?

그리고 두 번째 변화.

내가 잠든 사이에 토르네 마을에서 다쳤던 사람들이 모두 완치되어 있었다.

온몸에 심한 [화상]을 입은 사람이나 몸의 어떤 부위를 잃은 사람들까지 멀쩡하게 완치되어 있었다.

그리고 모두라고 말한 사람들 중에는 나도 포함되어 있다.

지금 내 몸에는 [모노크롬]과 전투를 벌이다 입은 많은 상처가 남아 있지 않다.

그러기는커녕…… 이 사건 이전에 잃었던 왼손까지 돋아나 있었다.

현실과 마찬가지로 아무런 문제도 없이 부드럽게 움직이는 왼손이다.

네메시스와 선배의 말에 따르면 눈을 좀 돌린 사이에 완전히 나아 있었다고 한다.

이 신기한 미스터리는 뭐지……라고 하고 싶지만 누가 그랬는지는 대충 짐작하고 있다.

왜냐하면 이 왕국에 잃어버린 부위까지 낫게 할 수 있는 회복 마법 사용자는 한 사람밖에 없으니까.

"……와 있었어? 여자 괴물 **선배**."

◇ ◇ ◇

□어떤 두 사람

"피곤혀~. 암것도 안 했는디 엄청 지치네~."

"고생하셨습니다. 츠쿠요 님."

토르네 마을의 인기척 없는 한구석에서 전통복장을 입은 여자──〈월세회〉 교주 후소 츠쿠요는 들판에 드러누워 있었다.

낮게 자라난 풀밭 위를 자기 집 안방마냥 데굴데굴 굴러다니고 있었다. 신화급 전통 정장에 풀물 얼룩이 배었지만 딱히 신경 쓰지도 않았다.

"내는 암것도 안 했으니께~. 다들 멋대로 나아분 거여~. 아~, 아깝네~. 왼손을 회복시켜주겠다고 하믄서 레이양을 가입시켜불라고 했는디~. 왜 나아분 거여~?"

"……아뇨, 옆에 있던 저를 속이실 필요는 없지 않습니까? 그리고 말투가 너무 티가 납니다."

"몰러~. 내는 모른당께~."

"그러십니까."

츠키카게의 눈앞에서 마을 사람들을 치료하고 다녔는데도 불구하고 그렇게 둘러대는 주인을 보고 츠키카게가 먼저 물러섰다.

〈월세회〉의 톱과 넘버 투인 두 사람이 언제 이 토르네 마을에 왔는가 하면…… 사실 [모노크롬]이 나타나기 전이었다.

왜냐하면, 츠키카게가 어제 '레이 일행이 시지마의 양아들인 류이와 함께 토르네 마을로 향했다'는 이야기를 츠쿠요에게 했기 때문이다.

그때 츠쿠요는 '그랬당가~'라고 딱히 신경 쓰지 않는 듯이 말했다.

그런데 오늘 아침에야 '풍성제를 보러 가고 싶은디~. 레이양은 상관없어야~'라고 하면서 토르네 마을로 출발했다. 어젯밤에 뭔가 생각하다 내린 결론인 모양이었다.

시지마 가족의 문제에 대해 레이가 어떤 선택을 할지 직접 보고 싶었는지도 모른다.

함께 온 사람은 츠키카게. 그리고 이동 수단으로 〈월세회〉 소속이자 **천룡종 순룡**을 부리는 〈마스터〉를 데리고 왔다.

천룡의 비행속도로 인해 그들은 금방 토르네 마을에 도착했다.

그런데 도착한 직후, 현실에서 츠키카게의 휴대단말기에 비쓰리가 전화를 걸었다. 그렇다, 시지마와 〈월세회〉의 관계에 대해 캐묻기 위해 걸었던 그 전화다.

그 때문에 츠키카게는 로그아웃했고, 순룡의 〈마스터〉는 순룡을 돌봐야 한다는 이유로 츠쿠요는 혼자서 노점을 돌아다니고 있었다.

물론 눈에 띄는 전통 정장을 입은 미녀이고 악명도 널리 떨치고 있는 후소 츠쿠요가 돌아다니면 눈치채는 사람도 있을 법 한

데, 츠키카게가 로그아웃하기 전에 건 위장으로 정체를 감추고 있었다.

그렇게 츠쿠요는 나름대로 즐겁게 노점을 돌아다닌 다음 돌아온 츠키카게로부터 사건의 전말에 대해 들었다.

그런 다음 다시 로그인한 레이의 모습을 그늘…… 아니, **그림자**에 숨어서 관찰하고 있었다.

츠쿠요는 파리카와 류이에게 시지마에 대해 이야기하겠다는 것을 선택한 레이를 왠지 만족스러운 듯이 바라보고 있었다.

그런데 그와 동시에 '아, 저럼 못 쓰제. 애초에 카게양이 **어떻게 설명한** 거여?'라고 생각하고 말을 걸어서 말리려 했다.

[모노크롬]이 나타난 것은 그때였다.

레이는 곧바로 날아올랐고, 대기하고 있던 순룡 기수도 [모노크롬]을 향해 날아갔다.

츠쿠요는 한숨을 쉬면서 츠키카게와 함께 피해를 입은 지역을 중심으로 돌아다녔다.

목숨이 위험할 정도로 중상을 입은 자에게 회복마법을 걸어주기 위해서다.

'아~, 이거, 제1왕녀가 이짝에 있었으믄 거래를 해서 이것저것 받아낼 수도 있었을 것인디~. 공짜 노동 아니여~'라고 하면서도 그림자 안에서 치료를 하며 돌아다녔다.

결과적으로 〈마스터〉를 제외한 티안 중에서는 단 한 명의 사망자도 나오지 않았다.

그렇게 츠쿠요는 음지에서 구조활동을 하며 레이의 싸움을 지켜보고 있었다.

지켜보기만 했다.

"그 〈UBM〉은 이쪽에서 쓰러뜨려도 되는 것 아니었습니까?"

츠쿠요는 티안을 구해주었지만, 레이의 전투에는 전혀 관여하지 않았다.

츠키카게가 말했던 것처럼 그녀들이라면 [모노크롬]을 격파하고 특전무구를 손에 넣을 수도 있었을 것이다. 아니면 더 직접적으로 레이를 지원할 수도 있었다.

그러지 않은 이유는.

"뭐라고야~? 그라믄 흥이 깨지잖어."

그 한마디뿐이었다.

츠쿠요는 계속 레이를 보고 있었다. 그의 각오, 행동, 모든 것을 보고 있었다.

그것을 보고 상위에 있는 자로서 '도와주마' 같은 행동을 할 생각은 전혀 없었다.

그런 짓을 하면 레이의 행동에 불순물이 섞일 뿐이다, 츠쿠요는 그렇게 생각하고 있었다.

그녀가 보고 확인하고 싶었던 것은 있는 그대로의 레이니까. 츠쿠요에게 이번 건은 피가로의 난입으로 다 망친 레이의 관찰을 이어서 한 것이나 마찬가지다.

그리고 결론부터 말하자면, 츠쿠요는 레이를 납치했을 때 나눈 이야기 이상으로 레이가 마음에 들었다.

그래서 자기도 모르게 마지막 순간까지 거래의 대가로 삼으려

했던 《성자의 자비》를 레이에게 써버렸지만.

"아니~, 내는 암것도 안했는디 레이양이 나아부렀으니께, 레이양을 〈CID〉에 권유하는 건 레이양이 또 죽을 수도 있을 정도로 많이 다쳤을 때까지 연기해야제~."

"…………."

츠쿠요의 교섭 스타일은 기본적으로 커다란 조건을 제시하고 상대방이 그것을 받아들일 수밖에 없게 될 때까지 기다리는 것.

그런데 레이에게는 〈월세회〉에 가입하는 것에서 〈CID〉에 가입하는 조건으로 약해졌고, 공짜로 치료를 하면서까지 자신의 스타일을 굽히게 되어버렸다.

좀 전부터 츠키카게에게 '암것도 안했어야'라고 어필하는 것은 스스로 자신의 스타일을 굽히면서 레이를 도와준 것을 필사적으로 둘러대는 말이었다.

제대로 둘러대지도 못하는 말로 속아야 하는 쪽인 츠키카게는 마음속으로 '어렸을 무렵의 츠쿠요 님 같네요'라고 생각하면서도 더 이상 태클을 걸지 않았다.

"그래도, 응. 시지마네 가족도 도와주었고, 레이양은 좋은 걸 보여줬당께. 저것이 저 아이가 기적을 붙잡는 방법인 거여."

"기적 말인가요. 다른 사람들이 보기에는 상처가 멋대로 나은 것도 기적 중 하나겠죠."

"내는 몰러~."

"네, 네. 그건 그렇고……."

츠키카게는 억지를 부리는 츠쿠요를 보고 한숨을 쉬며 갑자기 이렇게 중얼거렸다.

"요즘에는 기적이 자주 일어나는군요."

◇ ◇ ◇

[성기사] 레이 스탈링

내가 잠든 사이에 또 하나, 어떤 일이 일어났다.

류이와 파리카 씨에게 시지마 씨가 보낸 편지가 도착했던 것이다.

시지마 씨가 수술에 들어가기 전에 두 사람에게 보낸 편지.

그링검의 장비에 붙어 있던 금속제 통 안에 들어 있었다.

보아하니 미리 그링검에게 맡겨둔 모양이었다.

만약에 반년이 지난 뒤에도 자신이 돌아오지 못했을 때, 그링검이 가져다줄 수 있도록.

그 소원을 야생으로 돌아간 그링검이 들어줄 것이라 믿고 맡겼다.

편지 안에는 시지마 씨가 저쪽에서 벌이고 있는 투병생활에 대한 내용이 적혀 있었던 모양이다.

지금까지 돌아오지 못한 것을 보니 투병생활이 오랫동안 이어지고 있다는 뜻이다.

하지만 언젠가 반드시 돌아오겠다는 내용이 적혀 있었다.

그리고 그 내용들과 함께 시지마 씨가 두 사람에 대해 어떻게 생각하는지, 그 마음도 담겨져 있었다고 한다.

[모노크롬]이 나타나기 전에 두 사람에게 시지마 씨에 대해 이야기하려고 했던 나는 그 이야기를 듣고 그러지 않기로 했다.

편지도 있다. 시지마 씨가 직접 말을 남긴 이상, 내가 할 이야기는 아무것도 없다.

무엇보다 이 건에 대해 결정적인 사실을 착각하고 있었다.

나와 선배는 츠키카게 선배에게 시지마 씨에 대한 이야기를 들었다.

시지마 씨가 어떻게 되었냐고 물은 내게 그때 그 비서왕은 무겁게 가라앉은 목소리로 이렇게 말했다.

'기적이라는 것은 그리 쉽게 일어나지 않으니까…… 기적이라는 겁니다'라고.

그때 나는 그가 한 말을 듣고 충격을 받았다.

하지만 잘 생각해보니.

……그 비서왕은 한 번도 '기적이 일어나지 않았다'라거나 '죽었다'는 말을 **한 적이 없었다.**

결정적으로 좀 전에 로그아웃한 다음 인터넷으로 '후소, 병원, 난치병'으로 검색해보니 두 달 전 날짜 기사 중 '세계적인 난치병 수술 국내 최초 성공!'이라는 의료 관련 기사가 금방 나왔다.

환자는 그 이후로도 몇 달 동안 집중치료실에서 경과를 관찰할 필요가 있긴 하지만 몸 상태가 안정되었다는 내용도 있었다.

개인 정보이기 때문에 환자의 이름이 적혀 있지는 않았지만 십중팔구 그 사람일 것이다.

기적은…… 일어난 것이다.

"……정말, 대단하네."

오늘이 현실에서 만우절이긴 하지만 완전히 속아 넘어갔다.

그렇다고 해서 지금 기분이 나쁘냐고 하면…… 결코 그렇지는 않지만.

그날 밤, 류이는 내가 류이와 그링검을 구해준 것을 고맙다고 한 다음 우리들에게 한 의뢰를 취소했다.

류이는 '나도 어머니와 그링검, 그리고 남동생 아니면 여동생과 함께 양아버지를 계속 기다릴 거야'라고 했다.

'양아버지는 분명 돌아와 줄 테니까!'라고.

나도 그러는 게 좋을 거라 생각했다.

왜냐하면 그 날은 그리 오래 기다릴 필요가 없을 테니까.

◇

[모노크롬] 사건이 일어난 다음 날 아침.

나와 선배는 류이와 파리카 씨, 그링검의 배웅을 받으며 토르네 마을을 나섰다.

아, 그렇지. 그링검은 파리카 씨가 테이밍했다.

테이밍되지 않은 몬스터가 있으면 착각으로 인해 사냥당할지도 모르니, 어제 [종마사] 직업을 얻어 테이밍했다고 한다.

[아리에스 레오]는 원래 이제 막 [종마사]가 된 사람이 테이밍할 수 있는 몬스터가 아니다.

하지만 그링검은 다르다. 그들은 가족이고, 그링검이 스스로 테이밍당하고 싶어 했다.

그래서 쉽사리 테이밍할 수 있었고, 지금은 자신의 침대였던 시지마 씨네 집 부지 안에 드러누워 있다. 그 모습은 마치 집에서 키우는 고양이 같았다.

그렇게 그링검도 원래 주인인 시지마 씨가 돌아올 때까지 가족과 함께 기다리게 될 것이다.

"이번에는 정말 감사합니다."

파리카 씨가 우리에게 고개를 크게 숙였고, 류이도 따라했다.

"류이의 의뢰도 받아주시고, 그 [모노크롬]에게서 구해주셔서……."

"아뇨, 양쪽 다 제가 하고 싶어서 한 일이니까요."

실제로 양쪽 모두 내가 그러지 않았다면 뒷맛이 씁쓸했을 것이다.

하지만 지금은 기분이 시원했다.

그러니 그러길 잘한 것 같다.

"아, 그렇지. 의뢰는 취소했지만, 돈을……."

류이가 그제야 생각났다는 듯이 그렇게 말했지만, 나는 손을 들어 말렸다.

"아, 그건 됐어."

곁눈질로 보니 선배도 고개를 끄덕이고 있었다.

"네. 딱히 금액을 정한 것도 아니었으니까요."

원래 보수 같은 것을 정하지 않고 받은 의뢰였고.

그리고…….

"이번 건을 진행하면서 들어온 임시수입도 있으니 돈은 충분해요."

……응, 〈K&R〉의 로자가 지불할 배상금만으로도 충분해.

그 서약서…… 잘 살펴보니 연체 이자 사항에 이것저것 이상한 내용이 들어가 있었다.

로자가 어서 전부 다 갚으지 않으면 채무지옥에 떨어지게 될 것이다.

이제 슬슬 출발할 텐데…… 그 전에.

"류이."

"왜? 레이 형."

류이에게…… 이제 태어날 남동생이나 여동생의 형, 오빠가 될 소년에게 한 마디 해두고 싶었다.

"태어날 남동생이나 여동생을 잘 받쳐줘. 동생은 말이지, 의외로 형에게 의존하는 법이니까."

"……응!"

그런 이야기를 주고받은 뒤, 우리는 시지마 씨네 집을 나섰다.

그렘린이라는 〈엠브리오〉의 스킬 효과를 회복한 실버가 선배의 마차를 끌었다.

나와 네메시스, 선배는 오늘 세 명 다 마부석에 앉아 있었다.

길을 가다 보이는 경치 안에는 [모노크롬]이 불태운 마을의 부흥 작업이 이미 시작되고 있었다.

보아하니 특히 그 모히칸 〈마스터〉 집단이 열심히 자원봉사를 하고 있는 것 같았다. 사람은 역시 겉모습으로 판단하면 안 되겠구나, 그런 생각을 하면서 경치를 바라보고 있자니.

"…………."

선배가 나를 지긋이 보고 있다는 것을 눈치챘다.

"선배, 왜 그러세요?"

"……아뇨, '갑주를 입은 저에 대해 한 마디도 언급하지 않네요'라고 생각했을 뿐이에요. 말투부터 시작해서 여러모로 다르니까 질문할 줄 알았는데요."

하긴, 말투가 좀 남자 같긴 했지.

그것이 예전에 말했던 '스위치'라는 거겠고.

하지만…….

"뭐, 익숙하니까요."

"익숙해요?"

"가족 중에 두 명, 그리고 친구 중에 여러 명, 선배처럼 때와 장소에 따라 말투와 행동이 바뀌는 사람이 있어서요. 딱히 신경 쓰이지는 않아요."

"……그렇군, 요?"

형과 누나, 마리, 유고, 그리고 아마 루크도.

아, 그렇게 생각하니 내 주위에는 양면성을 지닌 사람들밖에 없네…….

근본은 착한 사람들밖에 없지만.

"그런데 잠깐 괜찮겠는고?"

그때 네메시스가 이야기에 끼어들었다.

선배에게 질문하고 싶은 것이 있었던 모양이다.

"지금부터 그대를 비 쓰리와 바르바로이, 어느 쪽으로 불러야하는 겐가?"

"아, 갑주를 입지 않았을 때는 비 쓰리, 입었을 때는 바르바로이라고 불러주세요."

나눠서 불러달라고…….

"흐음. 왜 나누는 게지?"

네메시스가 다시 묻자 선배는 볼을 살짝 붉게 물들이고…….

"그야, 그러는 편이 귀엽고…… 멋지잖아요?"

그 말을 듣고 나는 무심결에 뿜어버렸다.

선배는 볼을 부풀리며 내 머리를 때리고는 마차 안으로 들어가 버렸다.

응, 역시 의외로 귀여운 사람인 것 같아.

……맞은 내 HP가 줄어들긴 했지만.

"자업자득이니라."

맞는 말이라 따질 수도 없네.

우리를 태운 마차는 토르네 마을을 나섰다.

마지막으로 뒤쪽을 돌아보며 작아지고 있던 토르네 마을을 보았다.

"그러고 보니 내년부터 풍성제는 어떻게 되려나."

축제의 기원이었던 [모노크롬]이 부활해서 큰 피해를 입힌 다음 사라졌다.

인적 피해는 적지만 마을은 꽤 많은 범위가 타버렸다.

부흥하려면 시간이 많이 걸릴 테고, 풍성제도 계속 치르게 될지 불확실하다.

"계속 할 게다."

하지만 내 왼쪽 옆에 앉아 있던 네메시스는 그렇게 딱 잘라 말했다.

"어째서?"

"사람은 말이다. 아픔과 슬픔을 과거에 새기고 앞으로 나아가는 법이다. 그러니 이번 사건도 과거에 새기고 앞으로 나아갈 게야."

"…………."

예전에 재해가 있었던 날에 영혼들을 달래고 부흥하려는 마음을 담아 축제를 벌이는 건가.

"그리고 그대나 나도 비슷하다 할 수 있으니 말이다."

"네메시스도?"

"그래. 나는 그대가 받은 아픔과 상처를 앞으로 나아갈 힘으로 바꾸는 〈엠브리오〉다."

네메시스는 그렇게 말하고 살며시 내 왼손…… 이제 막 나은 왼손을 잡았다.

"허나 앞으로 나아가려는 의지는 그대(사람)의 것. 그러니 저 마을 사람들에게 앞으로 나아갈 의지가 있다면 마을이 금방 부흥할 게고, 축제도 계속 할 게다."

"……그렇구나."

마차는 우리를 태운 채 토르네 마을에서 왕도로 돌아가는 길을 나아갔다.

그 길에는 왠지 기분 좋은 바람이 불어와…… 여전히 길에 장식되어 있던 풍성을 돌리고 있었다.

◇ ◇ ◇

그다음 해에도 토르네 마을의 [풍성제]는 개최되었다.

그런데 그 축제의 내용에 조금 변화가 생겼다.

종이인형이 풍성을 든 채 장식하게 되었다.

그것은 마치 흑천의 별을 없앤 누군가를 본떠 만든 것 같았다.

그렇게 다음 해에 개최된 축제의 풍성춤 현장에서는…… 어떤 가족이 춤추는 모습도 볼 수 있었다.

한 쌍의 부부, 그리고 소년과 과묵한 소녀.

사람들이 춤을 추는 옆에는 양털 같이 생긴 갈기에 갓난아이를 재우고 있는 사자도 있었다.

그것은 예전의 광경과 비슷하면서도 새로운 광경.

그때도 토르네 마을에서는 기분 좋게 불어온 바람이 풍성을 돌리고 있었다.

End & To Be Next Episode

여우 "아~, 굿 엔딩이었제~."

여우 "저번 권부터 내용을 계속 이어온 보람이 있었던 것 같은디!"

고양이 "그렇지~. 지금 엄청난 기세로 여운을 박살 내고 있긴 하지만."

여우 "어~? 누가 박살 내고 있당가~? 아, 늦었지만 여우, 후소 츠쿠요여~."

고양이 "네가 박살 내고 있다고. 고양이, 체셔입니다~. 이번에도 본편에 등장하지 못했지만."

여우 "우리 둘이서만 나온 거는 특이한 패턴인디. 곰양은?"

고양이 "⋯⋯투옥되었습니다."

여우 "⋯⋯⋯⋯뭐?"

고양이 "자세한 내용은 이 뒤로 이어지는 외전을 보시고~. 시점은 6권과 7권 사건이 벌어질 무렵이에요~."

여우 "⋯⋯이번에도 본편 뒤에 외전을 넣었당가?"

고양이 "여러모로 사정이 있거든요."

□[망팔(로스트 하트)] 루크 홈즈

그날, 나는 기데온 1번가의 벤치에 앉아 지나가는 사람들을 바라보고 있었다.

주위의 정보를 머릿속에 넣으며 깊게 생각하는 것은 아버지에게 배운 일종의 훈련.

그밖에도 독순술이나 자물쇠 따기, 특이한 것을 들자면 추리소설을 읽는 것도 있다.

세 번째는 작중의 트릭을 밝혀내는 것이 아니라 작가 자신의 인격이나 사고의 경향을 예측하여 전개나 어떤 트릭을 사용할지 추측하는 것…… 책을 올바르게 읽는 방법이라고 할 수는 없지만.

그런 훈련이긴 하지만, 어제와 그제는 쉬었다.

레이 씨가 유괴된 다음 날부터 다른 특훈 때문에 일정이 가득 찼기 때문이다.

그것은 형님과의 지옥 특훈. '지옥'이라는 단어는 가볍게 써먹을 수 있는 형용사가 아니지만, 실제로 그렇게 표현할 수밖에 없다.

우선 통각 설정을 켜게 되었다.

특훈 내용은 그 상태에서 몇 번이나 데스 페널티를 받기 직전

상황까지 몰리는 것. HP가 1포인트밖에 남지 않은 상태의 통각은 이루 다 말할 수가 없었다.

상식적으로 따지면 하는 쪽도, 시키는 쪽도 제정신이라고 하긴 힘든 특훈이지만, 형님의 말에 따르면 '그래도 루크는 이렇게 해도 괜찮은 타입이지?'라고 한다. 문제가 없긴 하죠.

그리고 형님은 '반드시 그렇다고 할 수는 없지만 사람과 비슷한 〈엠브리오〉는 〈마스터〉가 필요로 하거나 강한 마음에 감화되어 진화 방향을 결정하곤 하니까. 궁지를 많이 경험할수록 그런 상황에 맞설 수 있는 〈엠브리오〉가 되기 쉽다'고도 했죠.

그건 레이 씨를 보면 잘 알 수 있습니다.

하지만 그러기 위한 특훈 내용이 지옥 같은 것이었기 때문에 마를린 같은 아이들은 형님에게 좋은 감정을 품고 있지 않은 것 같네요. 어쩔 수 없는 건지도 모르죠.

오늘도 그런 식으로 지옥 특훈을 할 예정이었습니다.

그런데 형님에게 볼일이 생겨버려서 저는 기사단 초소 앞에 있는 벤치에 앉아 이렇게 생각을 하고 있습니다.

형님이 **체포당한** 건에 대해서.

"루크~."

"왜? 바비."

"바비는 그때 자고 있었는데, 그 곰 같은 사람은 왜 잡혀갔어? 식품위생법 위반?"

"아니야, 바비."

그 팝콘의 재료가 뭔지 잘 모르긴 하지만, 이유는 그게 아니다.

형님이 잡혀간 이유는.

"연속 강도살인사건 때문이야."

기데온을 떠들썩하게 만들고 있는 사건의 용의자로 형님이 지목된 것입니다.

이틀 전 밤. 어떤 상인의 집에서 주인이 끔찍하게 살해당한 시체가 발견되었습니다. 처음에는 누구 시체인지 알아볼 수도 없을 정도여서 시체를 수복하여 겨우 확인했다고 합니다.

척 보기에도 사고나 자살이 아니라는 생각이 들 정도로 시체의 상태가 끔찍했기에 곧바로 기데온의 관청이 움직였습니다.

수사를 시작한 뒤 곧바로 비밀 금고 안에 들어 있던 금품이 전부 도난당했다는 사실이 드러났습니다. 주인이 살해당하기 전에 이미 도난당했던 모양입니다.

하지만 수사 계열 센스 스킬을 가지고 있는 사람들을 총동원했는데도 누가 그랬는지 전혀 짐작할 수가 없는 상태였습니다.

그리고 상인의 집에는 상급 직업에 해당되는 마법 경보 시스템도 설치되어 있었지만, 반응한 흔적이 없었습니다.

범인이 남긴 물건과 증거가 될 만한 물건도 거의 발견되지 않았습니다.

──시체 옆에 떨어져 있던 기묘한 카드를 제외하면.

그것은 관청 수사원 중 그 누구도 읽을 수 없는 언어로 적혀 있었기에 중요한 증거임에도 불구하고 아직 단서가 되지 못하고 있었습니다.

그리고 다음 날 밤, 다른 상인의 집에서 마찬가지로 강도살인 사건이 벌어졌다고 합니다.

이쪽도 시체가 끔찍한 상태였고, 금품을 도난당했습니다.

역시 경보가 작동된 흔적은 없었고…… 또 그 카드가 놓여 있었습니다.

그 시점에서 관청은 그 두 건의 강도살인사건이 동일범의 소행이라는 것을 확신했습니다.

두 번째 사건이 일어난 시점에서는 수사정보가 비공개였기 때문에 모방범일 가능성은 없습니다.

그리고 두 현장에 남겨져 있던 카드, 두 장 모두 표면에 같은 문구가 적혀 있었고 뒷면에 해당되는 부분의 문장은 달랐습니다.

하지만 앞뒤 모두 수사원이 알지 못하는 언어로 적혀 있어서 내용을 파악하지 못했다고 합니다. 여러 곳에 사본을 돌렸지만 티안 중 그 누구도 그 글자를 알지 못했습니다.

그런데 그때, 한줄기 빛이 보였습니다.

우연히 엘리자베트 쪽 볼일이 있어서 초소에 왔던 마리 씨.

그녀는 [기사]들이 들고 있던 카드를 보고 이렇게 말했습니다.

『"I am Unknown(나는 '정체불명')?』

'정체불명'이란 형님…… [파괴왕]의 별명입니다.

저번 사건으로 인해 정체가 널리 알려져 있지만, 새로운 별명이 정해지지는 않았습니다. 얼굴은 여전히 가리고 있으니 그냥 계속 '정체불명'이라 해도 될지도 모르겠네요.

"아, 그런데 뒷면의 이상한 글자도 잘 살펴보니 곰 모양이네요. 이거 그 모피가 쓴 건가요?"

그렇게 암초에 걸려 있던 사건에 새로운 정보가 더해졌고…… 형님이 잡혀갔습니다.

형님은 '누명이다곰~!'이라고 하면서도 저항하지 않고 연행되었습니다.

죄를 인정한 것이 아니라 '〈초급〉을 체포한다', 그렇게 말도 안 되는 임무로 인해 각오와 비장함을 가득 담은 표정으로 맞선 수사원들을 배려했는지도 모르겠네요.

가끔 로그아웃을 하는 것 같은데, 성실하게 기사단 초소 안으로 돌아오는 모양입니다.

지금은 취조가 이루어지고 있고, 여러 가지 스킬을 사용하여 조사를 받고 있습니다.

당연히 사법 수사의 중요한 요소인 《진위감정》도 사용하지만, '〈초급〉이라면 그것도 속일 수단을 가지고 있을지 모른다'라는 이유로 판단재료로서는 비중이 낮은 모양입니다.

아이러니하지만 형님이 〈초급〉으로서 뛰어난 능력을 지니고 있다는 점과 정체를 잘 모른다는 점이 오히려 용의자 신분에서 벗어나는 것을 막고 있습니다. 《진위감정》이라는 이 세계 사법의 핵심조차 〈초급〉이기 때문에 완전히 적용되지 않고 있고요.

그런데 정황증거만은 잔뜩 있습니다. 관련되어 있다는 것을 나타내는 카드의 문구. 경보 시스템이 있다 해도 침입할 수 있는 신화급 무구 [키문카무이]의 미채, 기척조작 스킬.

동기도…… 형님은 돈 때문에 곤란한 상황이라 그것이 동기라
고 할 수도 있겠고.

결과적으로 형님은 용의자가 된 모양입니다.

그리고 이런 정보는 구류 중인 형님에게 [텔레파시 커프스]로
들은 겁니다. 물건을 몰수당하지는 않은 모양이네요.

"증거로 보이는 것, 범행수단으로 보이는 것, 동기로 보이는
것. 형님 말고는 수사선상에 아무도 올라오지 않은 지금, 가장
유력한 용의자겠지."

"하지만 곰돌이는 그런 짓을 안 할 텐데~? 루크는 그렇게 생
각 안 해~?"

"바비. 탐정도 사람이니까 다른 사람에 대해 호불호 감정을
품긴 해. 그런데 그건 인물평가에 포함시켜도 되는 항목이긴 해
도, 추리에 포함시켜도 되는 항목은 아니야."

'그렇게 착한 사람이 범인일 리가 없다'는 신뢰가 무너지는 경
우는 현실과 허구, 양쪽 다 얼마든지 있다.

"그럼 루크는 어떻게 추리하는데~?"

"형님은 범인이 아니야. 당연하지."

그렇다, 형님이 범인일 수가 없다.

"돈을 노린 거라면 집에 있던 사람을 죽일 필요가 없지. 그리
고 자기가 범행을 저질렀다는 카드 같은 걸 남길 리가 없어. 괴
도도 아니고."

어머니도 그런 어이없는 짓을 하진 않았겠지만.

"그러니까 이번에는 형의 범행으로 보이게 하고 싶었던 누군

가의 범행. 진범은…… 따로 있어."

정체불명의 살인범이 남에게 죄를 뒤집어씌운 채 웃고 있다. 그 정체를 파헤치고 사건에 이의를 제기하고 싶어지는 것은…… 아버지에게 물려받은 탐정의 본능이다.

그래. 이미 내 마음속에서 해야 할 일은 정해져 있다.

분명 형님도 내가 이렇게 할 거라 생각했기에 정보를 전해주었겠지.

그렇다면 이것도 특훈의 일부일지도 모른다.

어찌 됐든 오랜만에 지침이 보였다. 요즘에는 어머니에게 배운 괴도의 테크닉을 엘리자베트에게 가르쳐주기만 했는데, 이번에는 아버지에게 배운 것을 실천할 차례다.

"이 사건의 진범…… 그 정체는 내가 파헤치겠어."

──아버지의 이름을 걸고.

"루크~. 그 대사는 좀……."

"응, 나도 말하고 나서 후회했어."

어찌 됐든, 조사를 시작한다.

"우선 범인이 어떻게 숨어들었다는 지부터지~."

"아니야, 바비. **어떻게** 실행했는지는 의미가 없거든."

이 세계에는 스킬이 있고 무엇보다 〈마스터〉 개개인에게 온리 원인 〈엠브리오〉가 있다. 경보 시스템을 빠져나갈 수 있는 방법은 얼마든지 있을 것이다.

형님이 아니라 마리 씨라 해도 그 정도는 할 수 있다.

"그러니까 범행수단을 알아내는 건 마지막. 제일 먼저 알아내야 할 건 범인의 심리야."

"어떻게 알아낼 건데~?"

"그걸 생각하면서 감을 되찾고 있는 거지."

지금 나는 1번가의 기사단 초소 앞, 벤치에 앉아서 지나가는 사람들을 관찰하고 있다.

그것은 훈련이자 오랜만에 탐정으로 활동할 준비. 그와 동시에 조사이기도 했다.

초소 앞 게시판에는 그 사건에 대해 관청이 내건 간단한 설명문이 게시되어 있었다.

다른 사건과 마찬가지로 기본적으로는 '이런 사건이 발생해서 누구누구라는 범인을 체포했'라고 시민에게 알리기 위한 것.

내가 보고 있던 것은 그 게시물을 본 사람들의 반응.

만약 범인이 사건의 동향을 신경 쓰고 있다면, 이곳으로 게시물을 보러 올 수도 있다. 그때 보인 반응에 따라 범인을 예측할 수 있을지도 모른다.

하지만 범인이 보러 오지 않을 가능성도 크기에 확률은 희박하다.

그래서 주요 목적은 감을 되찾으며 내 생각을 정리하는 것이다.

"…………용의자인 남성이라."

벤치에 앉은 채 몇 미터 앞에 있는 게시판에 적혀 있는 내용을 훑어보았다.

이번 사건에 대한 설명문에는 사건의 내용과 '용의자인 남성을 체포했다'고 적혀 있긴 하지만 형님의 이름까지 공표되진 않았습니다.

아직 형님이 범인이라는 것이 확정되지 않았다는 점과…… 무엇보다 왕국의 〈초급〉이 체포되었다는 뉴스가 너무 큰 충격을 줄 수도 있기 때문입니다.

저번에 [대교수]가 일으킨 사건 때 형님이 [파괴왕]이라는 정체를 드러내고 기데온을 습격했던 몬스터 군단과 판데모니엄을 쓰러뜨렸던 행동이 지니고 있는 의미는 크니까.

[RSK]를 쓰러뜨린 레이 씨와 마찬가지로 열세에 몰린 왕국이 본 희망 그 자체라 할 수도 있겠죠.

그렇기 때문에 진범이 형님에게 누명을 씌우려고 하는 건지도 모르고.

체포된 것만으로는 '감옥'으로 보내지지 않는다. 다른 나라에 세이브 포인트가 있다면 그쪽으로 복귀할 수 있다. 형님은 일곱 나라의 모든 세이브 포인트를 사용했다고 했으니 그쪽은 문제가 없다.

하지만 왕국에서 지명수배를 당해 왕국의 국적을 잃게 되면…… 당연히 왕국의 랭킹에서도 사라지게 된다. 토벌 랭킹의 톱 랭커인 [파괴왕]이 전쟁에 참가할 수 없게 된다.

왕국의 희망인 [파괴왕]의 퇴장은 전력이 줄어드는 것 이상으로 커다란 의미를 지니고 있다.

그렇다면 이번에도 마찬가지로 [대교수]의 책모인가?

"······아니야."

전쟁에서 배제하기 위해 이 사건을 일으켰다면 이해가 되지 않는 부분이 있다.

만약 정말 형님을 전쟁에서 배제하고 싶다면······ 국제 지명수배가 될 정도의 범죄를 저질러서 누명을 씌워야 한다.

만약 내가 그런 목적을 가지고 있고, 가능한 수단을 지니고 있다면······ 기데온에 머무르고 있는 엘리자베트를 죽일 것이다.

그 죄를 형님에게 뒤집어씌우면 확실하게 국제 지명수배. 데스 페널티를 받으면 곧바로 '감옥'에 가게 될 것이고 자국의 〈초급〉이 왕녀를 살해함으로써 국민감정도 최악의 상황이 될 것이다.

전쟁도 대폭 유리하게 진행시킬 수 있을 테고.

"하지만 지금 상황은······."

확실히 말해 '상점 주인 두 명이 살해당하고 금품을 빼앗긴'정도라면 나라에서 덮을 가능성이 높다. 중범죄이긴 하지만 코앞으로 다가온 전쟁에서 최대의 전력이 사라지는 미래와 비교하면 눈을 감아줄 만도 하다. 레이 씨와 형의 출신 지역인 일본의 속담(이디엄)으로 말하자면 '배를 등하고 바꿀 수는 없다'라는 거겠죠.

하지만 형님이 생각하기에는 '원래 누명을 쓴 건데 관청에서 봐주며 무죄로 만들었다'라는 식의 불명예스러운 석방일 테고.

기분이 상할지도 모르지만 풀려날 수는 있습니다.

진범이 그 사실을 모르진 않을 텐데.

그렇다면 진범의 목적이 무엇인지······ 아직 알아내기 위한 정보가 부족하다.

해답에 도달하기 위해서는 알아야만 하는 정보가 많다.

우선 정보를 제공해줄 만한 곳으로 가자.

나는 〈DIN〉을 방문하여 대가를 지불한 뒤 사건 관련 자료를 복사하고 현장에 남겨져 있던 카드의 사본을 얻을 수 있었다. 진행 중인 중대 사건의 자료를 쉽사리 입수한 것을 보고 그 조직에 대한 경계심을 한 단계 끌어올렸지만…… 앞으로도 잘 이용하도록 하죠.

그리고 아무리 〈DIN〉이라 해도 진범은 아직 알아내지 못한 모양이라 창구에서 '만약 알아내면 거액으로 사겠다'는 말도 들었습니다. 보아하니 〈DIN〉도 형님이 범인이라고 생각하지는 않는 것 같네요.

그리고 자료를 보니 비슷하게 생각하는 사람이 기사단 안에도 있었습니다.

이 사건의 용의자가 〈초급〉인 형님이고, 사건이 벌어진 곳이 제2왕녀가 머무르고 있는 기데온이기 때문인지 근위기사단도 관청과 합동으로 수사를 진행하고 있다.

그중에서 릴리아나 씨를 비롯한 몇 명이 '범인은 형님이 아니다'라고 강하게 주장하고 있는 모양이네요.

"루크가 말한 그거야~? 안 되는 거~?"

"그렇긴 한데, 아니야. 바비. 안 되는 건 탐정이 호불호로 추리를 일그러뜨리는 것. 사람은 좋아하는 사람을 믿어야만 하는 법이니까, 릴리아나 씨 같은 사람들은 전혀 잘못한 게 없어."

그러니까 나는 범인을 찾아내는 입장에 선다. 지금은 형님이 범인이 아니라고 추리하고 있지만, 그것을 뒤엎는 무언가가 발견되었을 때 추리를 일그러뜨리지 않게끔 조심하기로 했다.

"루크~. 오늘 밤에는 잠복조사할 거야~?"

"안 해. 어디에 잠복해야 하는지 짐작되는 곳도 없고, 오늘 밤에는 사건이 일어나지 않을 테니까."

"어째서~? 오늘 밤에도 사건이 일어날 수도 있잖아~?"

"지금은 형님이 갇혀 있으니까."

내가 범인이라면 형님이 경찰에 잡혀 있는 동안에는 사건을 일으키지 않을 것이다.

그런 짓을 하면 형님이 무죄라는 심증을 더욱 강하게 만들어 버리니까.

다음 사건을 일으키려면 일시적이나마 석방되었을 때나 형님이 로그아웃해서 유치장 안에서 사라졌을 때가 좋을 것이다. 형님도 그 사실을 짐작하고 오늘은 얌전히 갇혀 있을 테고.

"그러니까 오늘 밤에는 숙소에서 이 암호를 푸는 것에 전념할 거야."

내 손 안에는 범인이 뒷면에 암호 같은 문구를 적어 남긴 카드가 있다.

이 암호에 어떤 힌트가 숨겨져 있을지 모르니 오늘 밤에는 이것을 풀어보자.

자, 암호에 어떤 비밀이 숨겨져 있을까.

◇

　다음 날 아침. 예상대로 어젯밤에는 아무 일도 일어나지 않았다.

　그동안, 나는 하룻밤 내내 카드에 적혀 있던 암호를 풀고 있었는데……

　"기분이 안 좋아 보이다니, 신기하네. 루크."

　기분이 안 좋을 만도 하지.

　그 암호는 한 글자마다 '사용하는 언어'를 랜덤으로 변경하는 골치 아픈 암호였다. 생각해낸 쪽은 휴대단말기의 사전 어플을 보면서 적당히 입력하기만 하면 되겠지만, 푸는 쪽은 한 글자를 풀 때마다 온 힘을 다해야 한다.

　게다가 기본은 알파벳이고 거기에 다른 언어에 대응되는 글자를 넣은 것 같은데…… 군데군데 변환 법칙이 바뀌기도 했고, 애초에 잘못 적은 것조차 있었다.

　그전까지 읽는 방식이나 순서에 맞게 넣다가도 E에 해당하는 글자에 'ㅇ'를 넣었다. 다른 문자의 법칙에 따르면 '이'나 로마자 발음으로 '에', 아니면 다섯 번째 글자라는 의미로 'ㅁ'을 넣는 게 맞을 텐데.

　그것이 **진범**의 실수라는 것을 이해하기까지 꽤 시간이 오래 걸렸다.

　그런 실수가 여러 개 있었고, 그 실수 자체가 뭔가 의미를 담고 있는 것이 아닌가 싶어서 한참 고민하다가, 결국 진범의 무의미한 실수라는 것을 깨달았을 때는 저번 사건 때 그 아가씨와 대결했을 때보다 더 짜증이 났다.

이 범인은 암호를 정말 불성실하게 만들었다.

풀게 만들 생각이 있으면서도 푸는 방법에 대한 확인을 대충한 암호는 하급 중에서도 하급이다.

하지만 그렇게 불성실한 암호를 풀면서 알게 된 것이 있다.

진범에게 이 암호는 딱히 상관이 없다.

그래서 실수도 여러 번 했고, 적혀 있던 내용도 다음과 같다.

『오늘 점심은 〈트리세라스〉의 햄버그 런치.』

『오늘 간식은 〈카페 수밀당〉의 푸딩 파르페.』

내용은 그게 전부다. 그 가게는 실제로 이 기데온에도 있긴 하지만…… 이 암호는 SNS에 한 마디 남기는 정도의 기록을 일부러 암호로 만든 것 뿐.

……사건과는 전혀 상관이 없고 고생해서 푼 사람의 신경을 건드리는 내용에 불과하다.

하지만 조금 알아낸 것도 있다.

이 암호는 지구의 언어를 여러 개 써서 만든 것이라 티안은 결코 풀 수가 없다.

그리고 티안 말고 이 카드를 볼 가능성이 있는 사람은…… 형님이다.

형님이 자신의 무죄를 증명하기 위해 암호를 풀다 보면 이 내용에 마주치게 된다.

신경을 건드리는 내용.

암호에 목적이 있다면 단지 그것뿐이다.

형님에게 죄를 뒤집어씌우고 이렇게 무의미한 암호로 화를 부추긴다.

그렇게 형님을 화내게 만드는 것이 진범의 목적.

형님이 입게 될 피해가 그것뿐이었기에 알게 된 것이 있다.

게시물에 나왔던 것처럼 형님의 이름은 가려진 상태다.

지금 형님이 용의자로 붙잡혔다는 것을 알고 있는 사람은 형님과 관청 관계자, 나와 마리 씨처럼 개인적인 지인, 〈DIN〉, 그리고 진범뿐.

형님에게 원한을 품어서 이런 사건을 저질렀다면 있을 수 없는 일이다.

만약 그 프랭클린이 원수인 레이 씨와 형님에게 누명을 씌우며 폄하하려 나선다면 용의자로 체포된 시점에서 그 사실을 기데온…… 아니, 왕국 전체에 퍼뜨릴 것이다.

그런 다음 없는 사실까지 날조해내고 인터넷까지 활용하여 철저하게 폄하할 것이다.

원한 때문에 누명을 씌우려 한다면 그 정도는 해도 이상하지는 않다.

하지만 그런 움직임이 없다. 누명도, 그 뒤로 이어질 불명예스러운 석방도, 암호의 수수께끼도, 파멸에 이르진 못한다.

그저 세간과 형님을 우롱하며 화내게 만들뿐.

"그렇게 해서 범인에게 어떤 이익이 있지?"

제일 먼저 생각나는 건 돈이지만, 돈을 원한 것뿐이라면 카드 같은 것을 남기지 않았을 것이다.

형님과의 관계를 나타내는 카드를 남겼기에 형님이 용의자가 되었지만…… 그러지 않았다면 용의자를 알 수 없는 미궁에 빠지게 된다.

그래서 형님을 끌어들인 것, 우롱한 것에 의미가 있다.

이 범인이 형님…… [파괴왕]을 우롱했다는 사실을 원하는 건가?

"마치 [파괴왕]이 자신의 손바닥 위에서 놀아나는 존재라는 것을 알리는 것 같은데…… 아니, 그 반대구나. 이 사건은 형님의 실력과 지명도가 없다면 성립되지 않았을 거야. 죄를 뒤집어씌울 수가 없어."

그러니 오히려 자신이 그런 강자를 뛰어넘었다, 그렇게 어필하는 게 목적인가?

"자신이 진범이라고 아는 사람에게 '내가 [파괴왕]을 가지고 놀았다'라고 알리기 위해서?"

마치 '영업' 같다.

이게 정답일지는 모른다. 점점 발상이 비약하기 시작했기에 아직 불확실한 추론에 불과하다.

하지만 그럴 가능성은 현재 상황에 들어맞으니까…… 무엇보다 감이 '그것이 정답이다'라고 알려주고 있다.

이 방향으로 범인을 좀 찾아보자.

"현재 단서가 될 만한 건 이 카드 정도지."

카드에 적혀 있는 암호는 범인이 직접 썼을 것이다. 티안에게

쓰게 하고 증거를 인멸하기 위해 살해했을 거라는 생각도 해보았지만, 그건 불가능할 테고.

지구의 언어를 여러 개 사용한 이 암호는 티안이 정확하게 받아쓰기가 힘들다. 그리고 적혀 있는 글자에도 '이게 맞나?'라는 망설임이 보이지 않았다. 근본적인 실수가 있긴 하지만.

그럼 공범인 〈마스터〉가 있다면?

그것도 아니다. 이 범인은 형님—— 강자로 널리 알려진 존재를 우롱하는 것으로 인해 부정적인 기쁨을 느끼고 있는 것으로 보인다.

그런 범인이 다른 〈마스터〉를 자신의 **위업**에 끌어들일 가능성은 낮다.

무엇보다 입막음을 할 수 없는 〈마스터〉는 인터넷 등에서 진상을 퍼뜨릴 우려가 있으니 역시 범인은 단독범일 가능성이 크다.

그리고 범인은 이 암호로 자신의 존재를 과시하면서도 숨기고 있다.

모순되는 것 같지만 범인은 암호로 숨겨져 있는 문구에 일부러 '내가 오늘 이런 걸 했다'고 자신의 존재를 과시하고 있다.

자신을 어필하고 싶긴 하지만 들키고 싶지는 않다는 심리가 보였다.

……암호의 내용이 좀 더 모이면 그것을 통해서도 추적할 수 있을 것 같은데, 더 이상 피해자가 나오는 것도 바람직하지 않으니 먼저 찾아내버리자.

"그럼 필적 감정 같은 걸 하는 거야~?"

"바비. 그건 비교할 필적이 있어야 할 수 있어."

범인이 쓴 글씨가 없으면 카드와 맞춰볼 수도 없다. 모험자 길드의 의뢰를 받을 때 서명을 하긴 하지만, 범인이 왕국에서 의뢰를 받은 적이 없다면 알아내기 힘들 것이다.

굳이 말하자면 현재까지 알아낸 건 카드 두 장의 필적이 완전히 일치했다는 정도뿐이다.

"필적을 보기만 해도 본인을 추적할 수 있는 〈엠브리오〉가 있으면 편하겠지만."

"루크~. 아무리 그래도 로망이 너무 없지 않아~?"

"바비, 로망은 괴도의 영역이야. 탐정의 영역은 진상을 밝히는 것뿐이고."

그러기 위해서는 따분한 일이나 힘든 일도 잔뜩 하기에 로망이 없어 보일 수도 있다. 이번에도 그런 〈엠브리오〉가 있었다면 바로 협력을 부탁했겠지. 공교롭게도 아는 사람 중에는 없지만.

"아는 사람……."

아니, 비슷한 걸 할 수 있는 아는 사람이 있었지.

이번 사건에선 그녀의 힘을 빌릴 필요가 있을 지도 모른다. 나중에 물어보자.

"범인의 수법을 알아내기 위해서 우선 사건 때 범인이 한 행동을 다시 확인해보자."

이번 강도살인사건, 비밀 금고 안에 있던 금품도 도난당했다.

그리고 순서를 따지면 금고 안에 있던 것을 훔치고 나서 집주인을 살해했다.

집주인을 나중에 살해한 것은 피비린내 등으로 인해 사건이 발각되었을 때 바로 떠나기 위해서.

그런데 하나 더 알게 된 것이 있다.

범인이 미리 비밀 금고의 위치까지 파악하고 있었다는 사실. 집주인에게 물어봐서 알아낸 뒤 살해한 것이 아니라 비밀 금고를 미리 알고 있었기에 금품을 꺼낸 것이다.

그러고 보니 저택 그 자체에 대한 정보는 경보 시스템과 비밀 금고 말고는 아직 자세하게 조사하지 않았었다. 그 부분부터 좀 살펴봐야지.

다시 〈DIN〉으로 가서 두 사건 현장에 관한 추가 정보를 얻었다. 이 조직은 정말 많은 것을 알고 있어서 탐정의 수고를 덜어주기 위한 존재가 아닐까 하는 생각이 들었다.

"비밀 금고는 양쪽 다 집의 장치와 연동된 거구나."

책장을 밀어 넣거나 조각의 눈에 보석을 끼워 넣으면 벽이 옆으로 밀려나고 금고가 나오는 구조다. 고전 게임 애호가인 형님이라면 '캡콤'이라고 했겠지.

그런 비밀 금고가 기데온의 자산가 사이에서 나름대로 유행하고 있는 모양이었다.

그리고 이 설비는 건물을 지을 때 넣을 필요가 있고…… 피해를 입은 상인의 집 건축을 담당한 것은 양쪽 다 같은 건축사무소였다.

……그렇구나. 비밀 금고를 빠르게 발견해낸 것을 통해 생각

해볼 수 있는 가능성은 세 가지.

첫 번째, 그런 능력을 가지고 있는 〈엠브리오〉였다. 단, 이 가설이 맞을 경우 추리의 여지가 없어지기 때문에 일시적으로 보류.

두 번째, 범행을 저지를 저택을 정한 다음 건축사무소의 설계도를 훔쳐보았다. 저택에 숨어들 수 있는 실력이라면 이상하진 않다.

세 번째, 범인이 저택을 설계한 건축사무소 직원이다.

그리고 나와 마찬가지로 〈DIN〉에서 정보를 샀을 가능성은 〈DIN〉에게 이미 확인을 했기 때문에 있을 수 없다. 이 정보를 산 것은 내가 처음이다.

자, 이번 사건, 피해자인 두 상인은 같은 건축사무소에서 담당한 저택에 살고 있었다는 것 정도밖에 접점이 없다. 사업의 종류와 규모도 전혀 다르다.

굳이 다른 공통점을 들자면 양쪽 다 법을 어기지는 않았지만 지독한 수법으로 유명했던 상인이라는 정도다.

'조금이나마 형님이 노릴 법한 녀석들'이긴 하지만 형님은 그런 짓을 하지 않을 테고…… 만약 한다고 해도 몰래 움직이지는 않을 것이다.

그러니까 이 사람들을 선택했다는 것은 형님을 충분히 관찰하지 못했다는 증거나 마찬가지다.

그리고 〈DIN〉에 따르면 현재 기데온에서는 암살자 관련 의뢰 살인 쪽 움직임도 없었던 모양이니 이 두 사람을 살해하는 것을 목적으로 범행을 저질렀다고 보긴 힘들다.

그리고 현재 기데온은 백작이 도입한 닌자 집단의 순찰과 정보망으로 인해 그런 사건이 매우 발생하기 힘들다. 암살 의뢰처럼 치안에 관련된 정보는 듣게 될 것이다. ……반대로 말하자면 범인이 저택의 경보 시스템뿐만이 아니라 닌자 집단의 경계망까지 뛰어넘었다는 뜻이지만.

의뢰 살인이 아니라면 개인적인 원한일 수도 있겠지만, 앞서 말했듯이 두 사람의 접점이 거의 없어서 두 사람을 연달아 같은 수법으로 죽인 것을 보면 가능성이 별로 없다.

그리고 앞서 입수한 정보대로 〈DIN〉을 통해 그 두 저택의 설계를 같은 사무소가 맡았다는 정보를 얻은 것은 내가 처음이다.

그러니까 범인이 외부인이라면 어떤 건축사무소에서 그 저택을 설계하고 어디에 비밀 금고가 나와 있는 설계도가 있는지도 알지 못했을 것이다.

이번에는 오히려 '간단히 금고를 열고 금품을 빼앗을 상대'로 금고까지 설계도에 나와 있는 저택을 고른 것 같다는 느낌이 들었다.

그렇다면 세 번째 가능성이 맞을 것 같다.

"이야기를 좀 들어보러 갈까."

그 건축사무소를 찾아가 이야기를 들었다.

그리고 이야기를 듣기 전에 연줄――엘리자베트에게 부탁해서 나를 임시 수사원으로 삼아달라고 했다. '선배의 부탁이니 들어주어야지'라고 하며 흔쾌히 승낙해주었다.

나는 건축사무소에서 소장에게 '직원 중에 〈마스터〉가 있나요?'라고 물어보았다.

대답은 '없다'였고, 표정을 보아하니 거짓말은 아니었다.

그런 다음 '재택근무하는 설계사가 있나요?'라고 묻자 '여덟 명 있다'라고 대답했다. 그 사람들의 주소를 가르쳐달라고 한 다음 건축사무소를 나섰다.

"루크~, 범인 없었네~."

"그건 아직 몰라, 바비."

"어~? 그래도 건축사무소에 〈마스터〉가 없었잖아~?"

그래. 적어도 사무소의 소장은 그렇게 생각하고 있었지.

"바비. 〈마스터〉도 티안인 척할 수 있어."

티안이 〈마스터〉를 사칭하는 것은 중죄이지만, 그 반대는 아무런 벌칙도 없으니까.

예를 들자면, 레이 씨는 지금 왼손을 잃어서 의수를 달고 있다. 그렇게 왼손을 절단하면 문장은 어깨나 팔뚝, 손목 윗부분처럼 '왼팔 중 아직 무사한 부분'으로 이동한다. 왼쪽 팔을 어깨까지 잃은 상황이면 어떻게 될지 모르겠지만, 분명 비슷하게 이동할 것이다.

그렇게 왼손을 잃은 다음 왼손에 의수를 단다. 레이 씨의 의수처럼 기능만 추구한 것이 아니라 겉으로 보기에도 진짜 몸인 것 같은 의수.

그러면 '왼손에 문장이 없는 사람'이 생겨나게 된다.

그런 다음 자신이 티안이라고 하면 티안 행세를 할 수 있다. 《간파》로는 이름과 직업, 스테이터스를 확인할 수 있지만 〈엠브리오〉 관련 정보는 볼 수 없으니까.

문장에서 〈엠브리오〉가 나오는 순간만 들키지 않으면 티안과 똑같다.

"그렇구나~. 그럼 재택근무하는 사람으로만 좁힌 이유는~?"

"아무리 티안 행세를 하더라도 〈마스터〉는 〈마스터〉니까. 로그아웃도 해야 하고, 그때 의심을 받으면 다른 걸 아무리 잘 꾸며대도 의미가 없어. 그러니까 다른 사람하고 같이 일을 할 수는 없지."

일을 하려면 혼자서 일하는 재택근무뿐.

그 경우에도 '일을 할 때 참고하려는데 지금까지 만든 설계도를 보여주실 수 있나요?'라고 하면 사건이 일어난 저택의 설계도도 파악할 수 있다.

"설계도만 보고 그만두지 않았을까~?"

"설계도만 보고 그만둔 사람이 있는 상황에서 나중에 그 설계도로 지은 저택에서 사건이 벌어지면 누구나 의심할 거야. 그 의심을 피하기 위해서 아직 남아 있겠지."

지금까지 한 추리가 빗나가지 않았다면 말이야.

"그리고 다른 이유도 있을 테고."

"다른 이유~? 티안인 척 하면서 건축사무소에 있는 거~?"

"〈마스터〉라 해도 그렇게 생산 계열 업무에 종사하는 사람도 있어. 하지만 이번 경우에는 이런 범행을 벌인 실력자니까, 그밖에도 뭔가 꿍꿍이가 있었을지도 몰라."

그리고 '자신의 힘을 증명하기 위해'라는 추측이 맞았다면……
범인에게는 자신의 사정을 알고 있는 상대가 있다는 뜻이다.

적어도 범인 자신이 '이번 범행으로 평가를 받겠다'라고 정한
상대가.

그렇다면 비밀결사 같은 것이 존재할지도 모른다.

"범인은 동료와 어떤 계획을 꾸미고 있었고, 사전준비로써 기
데온의 건축사무소에 들어갔어. 이번 건은 그 원래 꿍꿍이와는
별개의 개인적인 범행이라고 해야 하려나."

그렇다면 범인이 어떤 인물인지도 짐작이 된다. 조직에 소속
되어 있지만 지위가 결코 높지 않고, 현재 상황에 불만이 있고,
자신의 능력을 증명하기 위해 마음대로 움직일 정도로 인내심
이 없다.

자신의 행동을 암호로 만들었다고 해서 근처에 있던 설계도를
사용하여 범행을 저지른 것이 어떤 의미인지 깊게 생각하지 않
거나, 아예 생각하지 못했을 정도로 사려 깊지 못하다.

"…………."

골치 아픈 것은 그런 부분과 함께 능력 자체는 확실하게 갖추
고 있다는 점.

이번 사건은 바비에게 말했듯이 '어떻게' 해냈는지는 그다지
중요하지 않다.

하지만 내가 아는 한, 이번 사건을 해낼 수 있을 것 같은 사람
은 그에 맞는 신화급 무구를 가지고 있는 형님, 은밀 계통의 초

급 직업인 마리 씨, 그리고 레이 씨를 유괴한 [암살왕] 정도.

다시 말해 진범은 그들에게 필적할 정도의 능력을 지니고 있다는 뜻이다.

종합적인 범인의 인물상은…… 경거망동하고 자기를 과시하려 하며 〈초급〉 정도의 실력을 지닌 생각 없는 사람.

"……싫다."

내가 찾아낼 수는 있겠지만, 그 뒤처리는 하지 못할 것 같다.

싸움으로 번지게 되면 매우 위험할 것이다. 맞설 전력으로 마리 씨, 피가로 씨, 신우 같은 사람들이 떠오르긴 하지만, 전부 다 기데온을 떠난 상황이다.

남아 있는 전력은…… 역시 그 사람밖에 없다.

해결 직전까지는 내가 진행시킬 필요가 있겠지만, 역시 그 사람에게 정리해달라고 하자.

그러려면 엘리자베트에게 수속을 해달라고 할 필요가 있을 것 같다.

이번에는 그녀에게 자주 부탁하게 되는 것 같다.

다음번에 답례로 좀 더 수준이 높은 괴도 기술을 가르쳐줘야겠다.

릴리아나 씨 같은 사람들은 싫어할지도 모르겠지만.

"음……."

"왜 그래? 바비."

"아까부터 루크가 하는 생각이 빠르게 움직이거나 날아가곤 해서 이해하기 힘들어."

"나한테는 그렇지 않은데, 남이 보기에는 그럴지도 모르겠네."

내가 확신하더라도 다른 사람이 보기에는 아슬아슬하다고 생각하는 경우도 많다.

보통 그 다른 사람은 아버지와 어머니였지만.

"내 이야기는 제쳐두자. 지금은 재택근무를 하는 사람들에게 이야기를 들어야 해."

"알았어~."

맞아. 그 전에 그녀를 만나야지…….

나는 재택근무를 하는 직원들의 집을 돌아다니기 전에 미리 연락을 해두었던 그녀와 합류했다.

"안녕하세요, 카스미 양. 도와주셔서 기뻐요."

"으, 응. 나, 열심히 할 테니까……!"

합류한 사람은 몇 번 파티를 짠 적이 있는 카스미 양.

그녀의 〈엠브리오〉, 태극도는 이번 사건의 결정타가 될 것이다.

왜냐하면 그녀의 〈엠브리오〉는 〈마스터〉를 탐지할 수 있기 때문이다. 지금부터 돌아볼 직원들 중에서 출신을 사칭한 〈마스터〉가 있다면 이번 사건의 범인일 가능성이 매우 크다.

"……루크~. 미스터리에 엄청 편리하고 로망이 없는 아이템을 끌어들여버린 것 같은 느낌이 드는데~."

"바비, 저번에도 말했잖아? 진상을 밝혀내기 위해서 온갖 수단을 다 쓰는 것이 탐정이 할 일이라고. 너무 편리하더라도, 로망이 없더라도, 효과적인 수단이라면 써야 해."

무엇보다 미스터리에 불성실한 범인을 그렇게까지 신경 써줄 필요도 없다.

"그럼 가요. 아, 그렇지."

집을 돌아보기 전에 해둘 일이 있었다.

"바비."

"왜애~?"

"내 오른팔을 좀 부러뜨려줄래?"

"그래~."

"어?"

카스미 양이 놀란 표정을 짓자, 옆에서 바비가 내 오른팔을 두 손으로 잡아── 그대로 부러뜨렸다. 오른쪽 하완 가운데가 비정상적인 방향으로 휘었다.

"어, 어어어어어어어어어?!"

"이러면 되겠지."

"되, 되긴 뭐가 돼요?!"

"아뇨, 이러면 돼요. 왼손을 쓸 이유가 생겼으니까요."

상대방이 왼손을 의수로 만들거나 다른 어떤 방법으로 문장을 가리고 있을 경우, 직접 손으로 만져서 위화감이 없는지 확인할 필요도 있다.

예를 들면 인사할 때 악수를 하는 거라든지. 그때 오른팔이 부러져서 기브스를 하고 있다면 왼손으로 악수를 하더라도 부자연스럽지 않을 테니까.

악수, 질의응답, 카스미 양의 탐지, 그리고 **다른 한 가지**.

이렇게 네 가지 방법으로 확인하며 범인을 찾아나간다.

"구, 굳이 부러뜨리지 않아도 기브스만 끼면……"

"상대방이 《간파》로 제 스테이터스를 정확하게 파악했을 때 [우완골절] 상태이상이 없으면 부자연스러울 테니까요. 괜찮아요. 사건이 끝난 뒤에는 제대로 치료할 테니까요."

"…………"

카스미 양은 뭐라 하면 좋을지 모르겠다는 표정을 짓고 있었고, 실제로도 그렇게 생각하고 있는 모양이었다. 눈앞에서 아는 사람이 아는 사람의 팔을 부러뜨리는 광경은 카스미 양에게 충격이 너무 컸는지도 모르겠다. 미안한 마음이 드네.

도와준 것도 포함해서 다음번에 보답을 해야지.

그런 다음 우리는 재택근무를 하는 직원들의 집을 돌아다녔다.

우선 수사원이라는 것을 증명해주는 배지를 보여주고 인사하며 왼손을 내밀어 악수를 했다.

사흘 전부터 벌어진 연속 강도살인사건의 저택을 양쪽 다 그들이 소속되어 있는 사무소에서 설계했다는 사실을 숨기지 않고 말하며 그쪽으로 수사를 하고 있다는 사실을 전했다. 그런 다음 미리 생각해 두었던 '상대방을 용의자라 생각하고 있지 않은 것 같은' 질문을 몇 가지 던지며 상대방의 얼굴과 반응을 보았다.

바깥에서 대기하고 있던 카스미 양에게 〈마스터〉로 탐지되었는지 확인하는 것까지 포함해서 이런 흐름을 재택근무를 하고 있던 직원 여덟 명 중 일곱 명까지 반복했다. 그들 중에는 저택을 자신의 사무소에서 설계했다는 것을 모르고 있던 사람도 있었고, 애초에 사건이 일어났다는 것을 모르는 사람도 있었다.

그리고 거짓말하는 기색은 보이지 않았고, 그 뒤에 이어서 질문한 것에 대한 대답이나 그때 보여준 표정도 수상쩍지 않았다.

"이렇게까지 허탕을 친 걸 보니 내 추리가 빗나갔을 가능성도 있을지 모르겠는데."

아니면 생각했던 가능성 중 하나인 상대방의 〈엠브리오〉가 비밀 금고를 발견하는 능력을 가지고 있는 경우일지도 모르겠고요.

하지만 이제 남은 직원은 한 명이기에 추리를 새로 짜는 것은 그쪽을 방문하고 나서 해도 된다.

여덟 번째 직원의 연립주택 앞에 도착했다.

카스미 양을 보니 말없이 고개를 젓고 있었다. 〈마스터〉의 반응은 없는 것 같았다. 나는 그래도 확인은 하자고 생각하고 바비와 카스미 양을 바깥에 남겨둔 채 연립주택의 어떤 방, 목적지로 향했다.

초인종을 누르자 안에서 '네'라고 대답하는 소리가 들린 뒤 문이 열렸다.

"……저기, 누구시죠?"

그 사람은 젊은 여자였다. 10대 후반 정도 나이일 것이다.

이 나라의 티안이라면 충분히 성인이라고 할 수 있는 나이.

그리고 왼손에는 문장이 없었다.

"처음 뵙겠습니다. 저는 루크 홈즈예요. 임시 수사원으로서 사흘 전부터 발생하고 있는 연속 강도살인사건의 수사를 퀘스트로 받은 사람입니다."

"어머."

하지만 악수를 해서 왼손이 의수인지 확인할 필요는 없다.

굳이 확인하지 않아도 된다. 저 왼손은 진짜 손이다.

──하지만 이 사람이 범인이겠지.

나를 본 순간 깜짝 놀란 표정을 짓다가 금방 그것을 덮으려는 듯이 의아한 표정을 지었다.

원래 나를 알고 있었으면서도 그 사실을 감추려는 반응이다.

그야 그렇겠지. 형님을 함정에 빠뜨리려 했으니 당연히 주위 사람들도 조사했을 것이다.

그 안에는 최근에 형님에게 훈련 받은 나도 들어갈 테고.

내가 이런 말을 하긴 좀 그렇지만, 남에게 쉽사리 잊힐 정도로 인상이 희미하게 생기진 않았다.

그렇기 때문에 범인을 찾아내기 위한 네 가지 방법 중 마지막 하나는…… **나 자신의 얼굴.**

그리고 이 사람의 반응은 예전에 나를 보기만 한 사람치고는 강했고, 그것을 금방 숨기려 했다. 충분하고도 남을 정도로 수상하다 할 수 있다.

하지만 아직 확증은 없다.

"이번 사건 때 피해를 입은 저택 중에 두 채 정도를 당신께서 소속된 건축사무소에서 설계한 바가 있어서 직원 분들께 이야기를 들으러 다니고 있습니다."

"어머, 그러신가요? ……여기 서서 이야기하긴 좀 그럴 테니 안으로 들어오시죠?"

"……네."

나는 호랑이 소굴에 들어가는 심정으로 연립주택의 문을 지났다.

재택근무를 하는 그 여자는 자신의 이름이 가베라라고 했다.

"드세요."

가베라 여사는 소파에 앉은 내게 도넛과 홍차를 내주었다.

"아, 정말 감사합니다."

"후후, 〈카페 수밀당〉의 신작 선물용 도넛이에요. 맛있어요."

…………어?

그 가게, 암호에 적혀 있던 가게인데?

……그곳에서 산 과자를 일부러 내놓는다고?

"이거 맛있을 것 같네요."

"그렇죠? 그곳은 푸딩 파르페도 맛있는데요, 도넛도 최고예요."

내가 의심하고 있다는 걸 눈치채고 떠보는 건가?

표정을 보아하니 그런 것 같지는 않았다. ……나를 향한 흑심은 좀 보이지만.

설마 그 암호를 풀지 못할 거라 생각하는 건가?

그러기는커녕…… 암호와 방금 한 이야기가 이어지지 않을 거라 생각하는 건가?

……아니, 그렇게까지 경솔하지는 않겠지. 혹시나 정말 내가 착각하고 추리를 잘못한 거고, 그녀는 그냥 평범한 티안일 가능성도 있다.

"그 연속 강도사건을 조사하신다고요?"

"네. 몇 가지 질문해도 될까요?"

"네."

그렇게 나는 다른 직원들과 마찬가지로 미리 준비해두었던 질문을 순서대로 던졌다.

10분 뒤, 나는 표정이 굳어지는 것을 억누르는 데 필사적이었다.

왜냐하면 상대방이 경솔하게 대답하는 수준이 상상을 초월했기 때문이다.

초반에 질문할 때 '사건이 일어난 두 저택의 설계도를 본 적이 있나요?'라는 질문에는 '네'라고 대답했다.

그럼에도 불구하고 후반에 질문할 때 '지금까지 건축사무소의 설계도를 외부인에게 보여준 적이 있었나요?'라고 질문하자 '아뇨. 저는 이제 막 입사한 참이라 예전 설계도를 본 적이 없어요'라고 대답했다.

노골적으로 모순되었지만, 아마도 질문하던 동안 '모른다고 하는 게 낫겠지'라고 생각하며 대답을 바꾸었을 것이다.

경찰 조사에서도 자주 있는 일이다. 시간을 두고 같은 질문을 반복하여 들통 나게 하는 게 단골 수법이거든요. 이렇게 짧은 시간만에 모순된 경우는 처음이지만.

그리고 스스로 그 사실을 눈치채지 못하고 있다.

……커버 스토리 정도는 제대로 짜뒀어야지.

"……시간을 내주셔서 감사합니다."

"네, 도움이 되었다면 다행이네요. 그런데 이제부터 참 힘드시겠어요. 그 사건 때문에 [파괴왕]이 붙잡혀버렸으니까."

"………………네."

그리고 마무리.

또 떠본 건가 싶었는데, 역시 상대방은 그런 기색을 보이지 않았다.

그냥…… 자연스러운 이야기라 생각하고 '[파괴왕]이 체포되었다'는 '외부인에게 공개되지 않은 정보'를 입 밖으로 흘려대고 있다.

아마 어떤 정보가 공개되었는지까지는 확인하지 않았기 때문일 것이다.

'내가 [파괴왕]을 함정에 빠뜨려서 체포되었으니 세간에서도 화제가 되었겠지'라는 생각만으로 나온 발언.

만약 그렇다 하더라도 [파괴왕]이 체포되었다면 세간에서 더 큰 반응을 보였을 거라는 사실은 당연히 알고 있어야 하는 건데, 그것조차도 상상하지 못하기에 지금처럼 아무런 변화가 없는 세간의 분위기에도 위화감을 품지 못한다.

암호를 본 시점에서 미스터리에 불성실하다는 것은 알고 있었다.

하지만 이 정도일 줄은⋯⋯ 나도 추리하지 못했다.

내 추리는 틀렸다. 나는 범인의 인물상을 '경거망동하고 자기를 과시하려 하며 〈초급〉 정도의 실력을 지닌 생각 없는 사람'이라 추리했지만, 아니었다.

거기에 덧붙여서 '자신이 실수를 저질렀는데도 눈치채지 못하고 차례차례 실수를 계속 저지를 정도로 매우 경솔한 사람'이었다.

아버지⋯⋯ 탐정 훈련을 할 때는 이렇게까지 글러먹은 범인이 없었어요. 내 상상을 초월했는데.

"⋯⋯⋯⋯."

하지만 이제 확정이다.

가베라라는 이 여자가 진범이다. 문장은 없지만 외부에서 카스미 양이 탐지했는데도 반응이 없는 것으로 보아 은폐하는데 매우 특화된 〈엠브리오〉일 것이다.

이제 이 방을 나간 다음 준비를 하고 나서 몰아붙이기만 하면 된다.

"설마 그 [파괴왕]이 그런 짓을 하다니⋯⋯."

하지만 가베라의 입에서 나온 말을 듣고 나도 모르게 참견을 해버렸다.

"그 사람은 범인이 아니에요."

마음속으로 냉정하지 못했다는 생각을 했다. 흘려들으면 될 것을 흘려듣지 못했다.

그녀가 아무리 경솔하다 해도 티안을 두 명 살해하고 그 죄를 형님에게 뒤집어씌운 것은 사실이다. 그럼에도 불구하고 아무것도 모른다는 표정을 지으며 그런 말을 늘어놓자 나도 열받았던 모양이다.

그녀는 내가 한 말의 내용이 자신의 의도에 맞지 않았다는 것이 마음에 들지 않았는지 살짝 얼굴을 움찔거린 다음 이렇게 물었다.

"그럼 당신은 어떤 사람이 진범이라 생각하시는데요?"

"바보요."

곧바로 대답해버렸다.

생각해서 말을 할 시간이 없을 정도로 말이 반사적으로 입 밖에 나와 버렸다.

아무래도 나는 미스터리에 불성실한 이번 범인을 보고 진심으로 화가 났던 모양이다.

그녀도 내가 한 말이 너무 뜻밖이었는지 눈을 동그랗게 뜨고 있었다.

하지만 입 밖으로 나온 말은 취소할 수가 없으니 이대로 돌진해버리자.

"우선 형님에게 죄를 뒤집어씌우려고 했는데도 그 사람에 대한 파악이 너무 어설펐던 바보죠. 돈을 훔치는 행위와 집주인을 살해하는 행위, 카드를 남긴 행위가 너무 제각각이라 바보예요. 어린애라도 형님에게 죄를 뒤집어씌우고 싶어 하는 범인이 한 짓이라는 사실을 알아챌 수 있을 것 같은데 그런 것조차 눈치채지 못한 바보입니다. 카드도 암호문의 내용이 너무 치졸한 바보고요. 암호문을 푸는 방식에 실수를 했는데도 확인조차 하지 않은 바보네요. 아니, 그렇게 했는데도 정말 죄를 뒤집어 씌울 수 있다고 생각한다면 정말로 바보죠. 아무리 그래도 다른 사람을 너무 바보 취급한 바보예요. 자신이 실수투성이라는 것도 눈치채지 못하고 다른 사람을 바보라고 생각하는 바보입니다. 지금부터는 추측인데요, 그렇게 다른 사람에 대해 큰 착각을 하고 있는 사람은 자신이 왜 바보 취급받는지도 모르면서 자기 시점만으로 '나는 잘못하지 않았어'라며 이유를 내세우고 멋대로 허탕만 치는 바보예요. 종합적인 평가를 내리도록 하죠. 바보입니다."

암호를 해독할 때부터 계속 응어리처럼 쌓여 있던 사건에 대한 울분을 단숨에 쏟아냈다.

……응, 나도 이 정도일 줄은 몰랐네.

하지만 말해버린 건 어쩔 수 없지.

상대방도 뜻밖의 반응이었는지 넋이 나갔으니 바로 방을 나가자.

"실례했습니다. 그럼 다음 조사를 해야 하니 이만 실례하겠습니다. 도넛과 홍차는 잘 먹었습니다."

나는 그렇게 말한 다음 가베라의 방을 나섰다.

내가 연립주택 방을 나선 직후, 방 안에서 분노로 가득 찬 외침과 도자기를 힘껏 때려 부수는 듯한 소리가 들렸다.

나는 그 소리를 듣고 '조금만 늦게 나왔다면 정체를 들키는 것도 아랑곳하지 않고 덤벼들었겠지'라고 추측했다.

연립주택의 창문으로 볼 수 없는 골목으로 들어가자 카스미 양과 바비가 다가왔다.

"어, 어떻던가요?"

"저게 범인이 아니라면 저는 탐정의 길을 접겠어요."

저 사람은 그 정도로 추리할 보람이 없는 사람이었다.

"그리고 추측이지만, 오늘 밤에는 제가 습격당하겠죠."

"네? 괜찮은가요?!"

"밤까지 준비를 해두는 편이 좋겠죠. ……골치 아픈 실력자인 모양이니까."

"어~? 그래도 쉽사리 범인이라는 것을 알 수 있을 정도로 글러먹은 사람이잖아~?"

응. 저 사람은 정말 범죄와 맞지 않는다. 마음이 착해서 맞지 않는 게 아니라 본인이 너무 못난 게 원인이지만.

"그래도 경보 시스템을 빠져나갔고, 많은 수사원의 센스 스킬도 속였지. 본인은 범죄와 전혀 맞지 않지만 아마도…… 〈엠브리오〉는 본인과는 딴판일 거야."

아마도 카테고리는 가드너 계열.

다른 카테고리라면 본인이 직접 나설 필요가 있을 테니 더 티가 났을 것이다.

그리고 그 가드너의 도달 형태는…….

"······프랭클린이 일으켰던 그 밤보다 더 위험한 사태가 될지도 모르겠는걸."

최악의 경우, 〈초급〉 정도가 아니라 〈초급〉 그 자체일 가능성도 있다.

"그렇다 해도 그 범인을 상대한다면 방법이 전혀 없는 건 아니지. ······바비."

"왜애~?"

왠지 즐거운 듯한 표정을 짓고 있던 바비에게 말을 걸자, 그녀가 웃으며 대답했다.

"부탁할 게 좀 있는데."

그런 그녀에게 나는 **두 가지**를 부탁했다.

■[흉수(데드 핸드)] 가베라

"빌어먹을 피라미가아아아아아아아아아!!"

나는 내용물이 남아 있던 홍차 컵을 벽에 내던지며 절규했다.

"〈초급〉도 아닌 주제에 얼굴만 반드르르한 빌어먹을 피라미······! 멋대로 나불대기는······!!"

얼굴은 정말 내 취향이지만, 그건 글러먹었다.

과자와 홍차로 꼬셔서 은근히 유혹하려 했지만, 그건 글러먹었다.

엉망진창으로 만들어주고 싶었지만, 지금은 내장을 마구 헤집어버리고 싶다.

"후후, 수사한다면서도 아직 내 정체를 **눈치채지 못한 모양이네.**"

그렇지 않다면 그렇게까지 대놓고 매도할 수 있을 리가 없다.

하지만 이대로 가다간 [파괴왕]을 몰아붙이는 것을 방해할지도 모른다.

"그쪽을 마무리하려면 며칠 남았지. 그렇다면 그동안에는 데스 페널티를 받아줘야겠어."

나를──, 진범을 근거도 없이 매도한 것을 후회하게 해주지.

그쪽은 자신이 왜 데스 페널티를 받은 건지 모르겠지만.

그래, 그 누구도 내 〈엠브리오〉의 정체를 알 수 없어. 아무도 쓰러뜨릴 수 없어.

"내 〈엠브리오〉는…… 최강이니까."

나는 옆을 돌아보았다. 평범한 사람들은 아무것도 보이지 않겠지만, 내게는 보인다.

딱딱한 가죽으로 뒤덮인 온몸이. 수소처럼 생긴 뿔이. 육식짐승 같은 송곳니가. 두 눈이 없는 머리가. 사마귀를 연상케하는 한 쌍의 팔이. 사람과 마찬가지로 이족보행을 하는 하반신이.

공포영화에서 튀어나온 괴물처럼, 그 존재방식에 가장 어울리는 모습이.

이 아이야말로 내 〈**초급 엠브리오**〉.

나만 볼 수 있다.

나만 들을 수 있다.

나만 냄새를 맡을 수 있다.

나만 맛볼 수 있다.

나만 느낄 수 있다.

나만 눈치챌 수 있다.

나만의—— [유아육존 알하자드].

그 누구에게도 질 리가 없는 나의 최강.

"아하하하하하하하! 산산조각 내줄게, 빌어먹을 피라미이!!"

　나는 설욕할 수 있게 되는 오늘 밤을 생각하며 큰 목소리로 웃어댔다.

□[망팔] 루크 홈즈

그로부터 몇 시간. 나는 인기 있는 레스토랑에서 혼자 저녁 식사를 하고 있었다.

손님이 많았지만 옆에는 아무도 없었다.

카스미 양하고는 그 이후로 헤어졌고, 일을 부탁한 바비도 없다.

마를린과 오드리는 주얼 안에 들어 있으니 함께 있는 것은 옷으로 의태한 리즈뿐이다.

그 리즈도 한 달 전부터 따뜻해졌기에 코트에서 재킷으로 변했다.

연립주택을 나선 뒤로는 계속 사람들이 많은 곳에 머물렀다.

그렇게 멍청하지만, 가베라 본인은 은폐하는 데 신경을 많이 쓰고 있다 생각할 것이다.

그러니 어떤 〈마스터〉가 있을지 모르는…… 추적능력에 특화된 〈엠브리오〉가 있을지도 모르는 상황에서는 나를 습격하지 않을 것이라 짐작했다.

습격할 타이밍은 내가 진짜로 혼자 남았을 때일 것이다.

실제로 지금까지 습격해 오지 않았다. 가드너로 감시하고 있을지는 모르겠지만.

그래도 잘 되었다. 가베라도 이렇게 많은 사람들 앞에서 생각 없이 습격할 정도로 경솔하지는 않은 모양이, 라………?

"……어라?"

'가베라도 그렇게까지 경솔하진 않을 것이다'라는 생각을 했을 때, 실제로 가베라와 만난 뒤로 지금까지 떠오르지 않았던 의문이 생겨났다.

──가베라는 얼마나 바보일까.

그녀를 욕하려는 것이 아니라 순수한 의문. **얼마나**라는 정도 이야기다.

그때, 내가 연립주택에서 그녀에게 퍼부었던 말은 '범인은 너다. 이미 다 알고 있다'라고 한 거나 마찬가지지만, 그녀는 매우 화를 내면서도── 연립주택을 나와 나를 추격하지는 않았다.

입막음을 위해서라도, 자신의 감정 때문이라도 그 자리에서 나를 공격한다. 아니면 이미 준비를 마치고 붙잡거나 쓰러뜨리고 기회를 엿보는 게 아닐까 하는 의심이 들 정도다.

하지만 그런 게 전혀 없다. 그 시점에서 나를 공격하지 않았던 것은 자신이 진범이라는 것을 숨기기 위해서다.

그렇다, 그녀는…… **아직 들키지 않았다**고 생각하는 것이다.

그런 말까지 듣고 눈치채지 못했다는 건 말이 안 되지만, 그때는 그 정도를 넘어선 바보일 거라 생각했다.

하지만 지금 습격하지 않을 정도로는 분별이 된다는 것을 알게 되자 의문이 생겼다.

"그때와 지금은 정도가 다른가?"

그녀는 경솔하고 바보다. 그녀가 미처 눈치채지 못한 채 내 앞에서 보여준 수많은 추태는 거짓말도 아니고 연기도 아니다. 그건 자신 있게 단언할 수 있다.

하지만 그때 확인했던 어설픈 상황 인식 수준은 그것만으로는 설명할 수가 없다.

그리고 그녀의 〈엠브리오〉도 있다.

사건의 내용을 통해 은폐능력에 특화된 가드너라는 예상은 되지만, 〈엠브리오〉의 능력은 〈마스터〉의 개인적인 특징에서 따오는 경우가 많다.

그녀가 단순히 경솔하기만 한 바보라면…… 그 개인적인 특징 때문에 그런 〈엠브리오〉가 생겨날 텐데.

물론 개인적인 특징과 〈엠브리오〉의 관계가 반드시 그런 것만 있는 건 아니지만…… 그녀가 자신을 매우 과시하고 싶어 하는 점을 생각하면 정반대인 〈엠브리오〉가 나오더라도 이상하진 않다.

"답은 맞지만…… 식이 틀렸다. 그런 인상이야."

2÷2든, 2X0.5든, 답은 1이다.

하지만 그것이 담고 있는 의미는 전혀 다르다.

그녀의 행동결과는 경솔하고, 어리석고, 바보라고 할 수밖에 없다.

하지만 결과에 이르는 과정에 대해서는 내 추리가 틀렸을지도 모른다.

"……좀 생각해볼까."

진상은 이미 분명했기에 사건을 해결하기 위해서는 더 이상 추리할 필요가 없다.

　이것은 그저 사족에 불과하다. 그녀라는 사람을 알기 위해서만 하는 추리.

　다행히도 그녀가 습격할 것으로 추측되는 때까지는 시간이 있다. 나는 생각에 몰두하며 지금까지 얻었던 모든 정보를 통해 가베라라는 〈마스터〉의 본질을 샅샅이 파헤치기로 했다.

■[흉수] 가베라

　해가 지고 몇 시간 정도 지났을 무렵, 내 시선은 알하자드를 통해 골목 반대편에서 걸어오고 있던 사람을 보고 있었다.

　그 사람은 얼굴은 괜찮게 생겼지만 머리가 나쁜 빌어먹을 피라미. 그쪽은 상상하지도 못했겠지만, 나는 오늘 마주치기 전부터 그쪽을 알고 있었다.

　사건을 일으키기 전, 그 [파괴왕]의 신변조사를 했을 때부터 보았으니까.

　그래서 돌아갈 숙소도 알고 있고── 이렇게 잠복도 할 수 있다.

　지금도 길 한가운데에 서서 빌어먹을 피라미를 보고 있지만, 상대방은 눈치채지 못한다.

왜냐하면 나의 알하자드는 최강의 〈엠브리오〉니까.

상대방의 오감에 일절 **포착되지 않고**, 《위험감지》나 《살기감지》 같은 센스 스킬조차 무효화시키는 궁극의 은폐특화.

그리고 생물뿐만이 아니라 기계식 센서나 마법의 경계망에도 걸리지 않는다.

그렇기 때문에 알하자드는 그 누구에게도 들키지 않는다. 어디든 숨어들 수 있고, 누구든 죽일 수 있다.

이게 최강이 아니면 뭐가 최강이라는 거지?

그 사실을 이해하지 못하는 **우리 클랜** 멤버들도 참 보는 눈이 없다.

……생각해보니 열 받는데. 좋아, 녀석들이 다시 보게 할 계획은 세워놓고 있으니까.

다음 단계는 그 [파괴왕]이 풀려나면 다시 사건을 일으키는 것.

그렇게 그 녀석에게 죄를 뒤집어씌우고 평판을 계속 떨어지게 만들면 그 녀석이 화가 나서 무조건 진범을 찾아내려 할 테고, 그때 거리에서 도전한다.

화가 치밀어 오른 녀석은 아랑곳하지 않고 싸움에 임할 테고.

그래, 녀석의 화력을 발휘할 수 없는 거리라는 환경에서.

내 알하자드에게 유일하게 약점이 있다면, 어디에 있는지 모르는 상태에서도 상관없이 랜덤하게 광범위공격을 날리는 것.

우연히도 그 [파괴왕]이 뛰어난 능력을 보이는 분야.

그렇기 때문에 내 알하자드가 녀석을 쓰러뜨리기 위해서는 녀석의 화력을 봉인할 필요가 있다.

거리에서는 녀석의 강한 화력을 사용할 수 없고, 만약 쓰더라도 그 시점에서 지명수배.

그렇게 [파괴왕]을 지명수배당하게끔 몰아넣는 것도 좋지. 책략으로 인해 화력을 봉인당하고 그저 바보 같은 힘만 쓸 수 있게 된 멍텅구리 [파괴왕]을 알하자드로 쓰러뜨리는 것도 좋고.

어느 쪽이든 [파괴왕]은 내 책략과 알하자드의 힘 앞에 패하게 된다.

클랜 멤버들도 반드시 나를 다시 볼 테지.

"그러기 위해서라도 우선 걸리적거리는 빌어먹을 피라미를 박살 낸다."

그 누구도 지각할 수 없는 알하자드는 천천히 빌어먹을 피라미를 향해 걸어가기 시작했다.

이대로 다가가 팔다리를 조금씩 잘라낸다.

그리고 영문도 모른 채 울부짖는 얼굴을 산산조각 내주지.

그 순간이 코앞으로 다가오자 들뜬 나는 알하자드를 달려가게 했다.

그렇게 빌어먹을 피라미와의 거리가 50미터 정도까지 줄어든 직후.

──빌어먹을 피라미가 알하자드의 반대쪽 방향으로 뛰었다.

[파괴왕]과 특훈을 할 때도 썼던 겉옷인 금속 계열 슬라임이 촉수를 뻗었고, 그것이 지면을 박차고 빌어먹을 송사리를 알하

자드로부터 멀리 보냈다.

마치 지각할 수 없는 알하자드의 접근을 알아차리고 도망치는 것처럼.

"……우연이겠지!"

지각할 수도 없는데 도망칠 수 있을 리가 없다.

다시 추적한 다음, 이번에는 다른 각도에서 공격을 가했다. 리소스가 은폐능력에 특화된 알하자드의 속도는 아음속 수준에 그쳤지만, 그럼에도 불구하고 빌어먹을 피라미를 따라잡기에는 충분했다.

곧바로 따라잡아서 공격을…….

"또?!"

공격을 가하기 직전에 다시 반대쪽 방향으로 뛰었다.

우연이 아니다. 상대방은 지각하는 것이 불가능한 알하자드를 지각하고 있다.

하지만, 어떻게……?

지각할 수 있다 해도, 어떻게 보이지 않는 적이 올 거라는 것을 예측하고…… 윽?!

"으윽?!"

그 순간, 내 시야는 빌어먹을 피라미를 쫓아가고 있던 알하자드의 시야로부터 내 아바타의 시야로 돌아와 있었다.

돌아온 시야 안에서는 방이 불타오르고 있었다. 창문도 깨져 있었고, 창문 옆에는 머리카락이 붉은 악마── 그 빌어먹을 피라미의 〈엠브리오〉가 서 있었다.

"《리틀 플레어》, 《석화 브레스》, 《그랜대셔》."

〈엠브리오〉는 인정사정없이 스킬로 연속공격을 날리고 있었다.

나를 완전히 적으로 간주한 공격.

──설마, 내가 진범이라는 것을 들킨 거야?!

낮에 이야기를 나눈 것만으로도 내가 범인이라는 것을 알아채다니…….

질문에 대한 대답도, 화제를 던지는 방식도 완벽했을 텐데!

그 빌어먹을 피라미는…… 천재라도 되는 거야?!

□몇 분 전 [망팔] 루크 홈즈

해가 떨어진 뒤 몇 시간, 햇빛이 데웠던 공기와 지열이 사라졌을 무렵.

가베라에 대한 고찰을 정리한 나는 숙소로 돌아가고 있었다.

인기척도 없었기에 나는 진짜 혼자서 밤길을 걷고 있었다.

"…………."

가베라는 내가 혼자 남았을 때 습격하리라 생각하고 있었다.

다시 말해, 지금.

"리즈."

목소리를 입 밖으로 내지 않고 입속에서만 맴돌게 중얼거리자, 소매 안쪽에서 리즈가 내 팔을 한 번 때렸다.

반응이 없구나.

……습격할 거면 숙소로 돌아가기 전에 해줬으면 좋겠다. 숙소를 부수게 되면 숙소 사람들에게 폐를 끼치게 되니까.

그렇게 생각하고 있자니…… 리즈가 내 팔을 두 번 때렸다.

그것은 사전에 정해두었던 신호── '보이지 않는 접근자가 있음'.

그 직후에 접근하는 자와 반대 방향으로 리즈가 뛰었다.

그날 밤 기데온에서 아가씨와 싸웠을 때와 마찬가지로 재킷 바깥으로 뻗어나간 리즈의 촉수가 지면을 박차고 빠르게 이동했다.

하지만 리즈의 몸에서 뻗어 나온 것은 그게 전부가 아니었다.

가늘고 반짝이는 실이 수없이 뻗어 있었다.

지금 리즈의 몸은 내 재킷 부분을 제외하면 실 형태로 거리 곳곳에 펼쳐져 있다. [미스릴 암즈 슬라임]의 몸을 무기화시키는 특성을 이용한 것이다.

그렇게까지 가늘고 길게 늘어뜨리면 공격능력이 사라지고 쉽사리 끊어지는 실에 불과하게 되지만…… 그걸로도 충분하다.

이건 끊어짐으로써 효과를 발휘하는 탐지기니까.

나는 상대방의 〈엠브리오〉가 은폐에 특화된 가드너라고 단정하고(조잡한 부분을 제외하면) 사건에서 보여준 솜씨를 볼 때 불가시, 무음, 무취 정도의 능력은 갖추고 있으리라 짐작했다.

그리고 〈초급〉이 얼마나 규격에서 벗어났는지를 감안하면,

닿아도 눈치채지 못할 수도 있다.

그렇기 때문에 리즈의 일부를 가늘고 약해서 끊어지기 쉬운 실로 만들어 펼쳐두었다.

아무리 보이지 않더라도, 만약 닿은 것을 눈치채지 못하더라도…… **몸이 끊어진다면** 리즈가 눈치챌 수 있다.

이것은 리즈가 슬라임이기에 가능한 재주다. 몸을 변형시키는 기능도 그렇고, 아픔을 느끼지 않는다는 것도 리즈만이 가능하다.

"하지만 내가 대책을 세웠다는 것은 문제가 안 되지."

이런 대책을 고안한 시점에서…… 가베라가 커다란 실수를 저지른 것이니까.

보이지 않는 〈엠브리오〉는 두렵다.

닿았는데도 눈치채지 못하는 〈엠브리오〉를 막을 방법은 없다.

하지만 그것은…… 존재 자체를 **알지 못했을 때**나 그렇다.

가베라가 보통 수단으로는 불가능한…… 매우 뛰어난 은폐, 은밀 능력이 전제되는 범행을 저질러버렸기 때문에 나는 가베라의 〈엠브리오〉의 능력을 예측할 수 있었다.

'완전한 은폐능력을 지닌 상대방이 있고, 그 상대와 적대시하고 있다'라는 정보를 이쪽에서 지니고 있는 시점에서 대책을 세울 수 있게 된다.

완전은폐능력은 '있다'라고 들킨 시점에서 그 가치가 반감된다.

아마도 그것이 증거를 계속 흘리고 다녔던 것 이상으로 커다란 가베라의 실수.

그녀는 자신의 〈엠브리오〉가 '정체불명'이라는 것을 과신하고 '정체불명'이 될 수 있다는 존재에 대해 알게 해버렸다.

무색인 존재의 주위에 색을 칠해버리면 자연스럽게 그 모습이 드러나게 된다.

아무런 사건도 일어나지 않은 상태에서 누군가를 암살하려 하는 경우, 그녀의 〈엠브리오〉는 확실하게 해낼 수 있을 것이다. 그야말로 내가 예상했던 것처럼 왕족이라도 간단히 죽일 수 있었을 것이다.

하지만 이미 무색은 보이지 않는 것이 아니게 되었다.

"지금쯤…… 바비가 가베라를 습격하고 있겠지."

이번에는 바비에게 미리 두 가지 부탁을 해두었다.

그중 한 가지는 가베라를 감시하는 것. 바비가 《드레인 러닝》으로 몬스터로부터 얻은 《광학미채》 스킬을 사용하면 쉽게 감시할 수 있다.

그 연립주택을 감시하며 가베라가 집을 나서면 미행하라고 부탁했다.

그리고 상대방의 가드너가 나를 습격한 타이밍에…… 바비가 가베라를 노린다.

〈초급 엠브리오〉라 해도 가드너인 이상 피할 수 없는 약점이 있다.

그것은 〈마스터〉 자신.

가드너가 아무리 강인하고 강력하다 해도…… 곁에 있지 않으면 주인을 지킬 수 없다.

그래서 나와 가베라의 조건은 호각.

하지만 나는 습격을 예상하고 미리 손을 써두었다.

그에 비해 가베라는 예상도 못했을 것이다.

"이제 어느 쪽이 먼저 〈마스터〉를 해치울 수 있을까."

물론 종합적인 힘만 따지면 상대방이 압도적으로 강하다.

하지만 역시나 은폐능력에 특화되어 있기 때문에 속도와 힘은 그렇게 강하지 않다.

이대로 도망치는 것에만 전념하면 어느 정도는 시간을 벌 수 있을지도 모른다.

문제가 있다면.

"그동안 바비가 가베라를 해치울 수 있을까."

바비도 강력한 가드너는 아니다. 매료와 드레인, 러닝, 그리고 융합능력에 리소스를 할당하고 있는 만큼 기본 스테이터스는 제4형태의 평균보다 떨어진다.

그녀는 잠복하기 위해 [목수] 또는 [설계사(아키텍트)], 그리고 [사기꾼] 등의 직업을 가지고 있겠지만, 그래도 〈초급〉이니 만렙 정도는 찍었을 것이다.

바비 혼자서 쓰러뜨릴 수 있을지는 도박……이라기보다는 불가능할 것이라고 생각하는 편이 낫다.

그러니까 바비가 습격하는 것은 책략의 핵심이 아니다.

"……!"

리즈가 접촉을 통해 '상대방이 쫓아오지 않는다'라고 전했다.

보아하니 〈마스터〉가 위험하다는 것을 알아채고 돌아간 모양이었다.

당연하다고 할 수 있는 판단이니 그 패턴도 예상하고 있었다.

그렇다면 핵심 전략으로 넘어가기 위해서라도 가베라가 있는 연립주택으로 향해야겠다.

연립주택에 도착하자, 그곳에는 상처투성이가 된 가베라가 있었다.

그 발치에는 부서진 [브로치]가 떨어져 있었다.

보아하니 그 정도까지는 몰아붙인 모양이었다.

"으~!"

바비가 공격을 계속 가하고 있긴 했지만, 그 공격은 전부 가베라의 앞쪽에서 보이지 않는 무언가에 튕겨나가고 있었다. 보이지 않는 가드너가 그곳에 자리 잡고 〈마스터〉를 지키는 데 주력하고 있는 모양이었다.

그런 모습도 실수라는 느낌이 들었다. 방어하지 말고 곧바로 바비를 쓰러뜨리면 될 텐데.

"왔구나…… 루크, 였던가?"

보이지 않는 가드너 너머로 가베라가 이쪽을 보고 있었다.

"어떻게 알아냈는지는 모르겠지만, 내가 진범이라는 답을 이끌어낸 모양이구나."

"…………네, 당신이 기데온에서 벌어진 연속 강도살인사건의 범인이에요."

들키지 않았다고 생각하는 게 아니라 그나마 다행이지만, 왜 들켰는지는 모르는 모양이었다.

아니, 그게 아니다. 모르는 **척**하고 있다.

……**머리로는** 진짜 모르는 거겠지만.

"그래, 맞아. 내가 이 사건의 진범, '정체불명'이야."

……자기소개를 할 때 댈 별명은 아닌 것 같은데.

하지만 범인의 자백은 받아냈다. 이제 탐정의 역할은 끝났다.

"설마라고 생각했지만, 〈초급 엠브리오〉인 알하자드의 능력까지 알아차린 거지?"

보이지 않는 〈엠브리오〉의 이름은 알하자드구나.

……이쪽에서도 예상하고 있긴 했지만, 스스로 〈초급〉이라는 것을 드러내다니.

"뭐, 아마도 오감…… 아니, 육감으로 인식할 수 없는 거겠죠."

"그래. 알하자드는 나만 느낄 수 있는 〈엠브리오〉야. ……후후후후후."

왠지 모르겠지만 가베라가 웃기 시작했다.

그 웃음소리는…… 매우 기분이 나빴다.

"이 정도까지 내 책략을 간파하다니…… 너는 분명 천재겠지."

그것은 나를 칭찬하는 것이…… 아니다. 완전히 정반대다.

"저를 띄워주더라도 당신이 루키인 제게 밟혔다는 사실이 변하지는 않아요."

"…………."

나를 천재라고 띄워주지 않으면 **자신이 열등해지기 때문이다.**

내가 그렇게 말하자, 그녀가 짓고 있던 기분 나쁜 미소가 굳었다.

아, 그렇겠지. 당신의 심리를 생각하면.

당신의 경솔한 생각과…… 그 안쪽에 있는 마음의 **본질**을 생각하면.

"이 사건과는 상관없이 당신 자신에 대해 생각해봤어요. 저는 낮에 여기에 왔을 때, '진범은 바보예요'라고 했죠. 하지만……."

그것은 잘못된 답이 아니었지만, 완전한 정답도 아니었다.

"당신은 그저 경솔한 바보가 아니었어요."

내가 도달한 것은 어떤 해답.

그것은 그녀의 행동 중에서도 특히 경솔했던 말과 행동의 이유.

형님에 대해 어설프게 파악했던 것.

암호와 그것에 대해 했던 말이 너무나도 경솔했던 것.

정체를 눈치챘다고 말한 것이나 다름없었던 내 말을 듣고도 눈치채지 못했던 것.

이런 점들은 어떤 하나의 문제로 인해 생겨난 것들이다.

"당신은—— 세계를 자신의 생각대로만 보고 있죠."

그녀는 다시 입을 다물고 나를 보았다.

하지만 그 눈은 좀 전과는 다른 빛을 띠고 있었다.

"자신이 실패하지 않을 거라 생각하고 있으니 자신이 실패한 이유를 알 수 없고. 다른 사람이 자신보다 뛰어날 거라는 생각을 하고 싶지 않으니 다른 사람들을 자신보다 뒤처진다고 생각하고. 자신의 책략이 성공할 거라 생각하니 엇나간 부분을 확인하지 않고."

자신의 마음속(세계)에서 자신을 과대평가하기 위해서 **현실을 직시하지 않는다.**

실제로 어리석은 부분도 있긴 하지만, 그것 이상으로 자신의 불합리한 부분을 일절 직시하려 하지 않는 그 성격이 그녀의 행동을 망가뜨렸다.

그렇기 때문에 다른 사람들이 볼 때는 어처구니없는 바보로 보이고, 계획은 엉터리이며, 말과 행동 전부가 경솔해진다.

그리고 분명…… 다른 사람이 한 말도 일그러진 채 머릿속으로 들어왔을 것이다.

예를 들면, 정곡을 찌른 충고라 해도 말도 안 되는 소리로만 받아들인다든가.

"하지만 당신은 저를 제대로 봤어요. 저는 당신보다 뒤처지는 피라미였을 테니까요."

나를 보고는 현실을 일그러뜨리지 않았다. 정말 자신보다 뒤처지는 상대였다.

그렇기 때문에 그때 내가 한 매도…… 그녀의 진실 중 대부분을 잡아낸 말은 잘 통했을 것이다.

일그러뜨리지 않은 채 자신의 뇌로 들어와 버린 그 말은, 그녀에게 독이었다.

그렇기 때문에 서둘러서 자신을 꾸며댔다. 필사적으로 내가 한 말이 엉터리라는 생각을 했고, 결과적으로 '아직 들키지 않았다'는 생각으로 일그러뜨렸다.

"방금도 어떻게 둘러댈 수 없을 정도로 뒤처지는 상대에게 밟히니까…… 상대방이 뒤처지는 상대가 아니라고 생각하려 했고."

자신이 보고 있는 세계가 자신이 생각한 이상적인 세계로부터 엇나가게 하지 않게끔. '아, 이건 어쩔 수 없지. 나는 실수하지 않았지만 상대가 너무 안 좋았어'라고, **나는 아무런 잘못을 하지 않았어**'라고 생각하기 위해서.

처음부터 끝까지, 그녀는 그것밖에 없었다.

"그러니까 당신의 〈엠브리오〉는 당신만 볼 수 있는 거죠."

그런 부분은 그녀의 개인적 특징을 기반으로 삼고 있는 알하자드에게도 나타나 있다.

"세계를 당신 생각대로만 보려고 하니, 세계에서 당신만 볼 수 있는 〈엠브리오〉가 되었죠."

자신 홀로 존재하는 세계에서 생겨난 친구, 마치 상상속의 친구 같은 존재.

그러면서도 그녀의 생각에 따라 세계 그 자체에 간섭하는——공상의 괴물.

그것의 그녀의 〈엠브리오〉의 정체.

그것을 만들어낸 정신이야말로…….

"그것이 당신과 당신의 〈엠브리오〉의 정체입니다."

그런 그녀에게 나는 딱 잘라 말했다.

"당신은 '정체불명' 같은 게 아니에요. 자신의 정체, 감각, 마음의 본질조차 계속 속여왔던, 단순한…… 바보죠."

말이 사람을 상처입힐 수 있다면, 분명 그것은 양날의 검일 것이다.

그와 동시에 나 자신도 상처를 입는다. 정체나 나아갈 길을 속이고 있는 것은 나도 마찬가지니까.

……그럼에도 불구하고 나는 그녀에게 그 말을 건넸다.

"…………어, 아니…………아니, 야…………."

가베라는 말로 따지지 못하고 있었다.

어떤 말을 하려고 해도 금방 그것을 삼키고 있었다. 지금까지처럼 자신에게 불리한 것을 보지 않으며 둘러대려 해도 내가 한 말 자체가 쐐기가 되어서 그렇게 도피할 수가 없었다.

내가 말한 그녀의 마음, 그 정체는 그녀 자신이 지금까지 무의식적으로 거듭하고 있었던 '자신의 실수에서 눈을 돌리는 것' 그 자체에 '타임'을 외친 거나 마찬가지다.

한 번 새겨진 말은 무의식으로 도피하려 했던 순간을 떠올리게 만들면서 그녀가 현실을 직면하게 만들었다. 마음이 눈을 돌려왔던 현실, 내 말을 들어버린 두뇌가 그것을 수정해버렸다.

아니면 지금 이 순간뿐만이 아니라 그녀가 지금까지 살아온 인생에서 눈을 돌려왔던 실수까지 기억에서 떠올리고 있는지도 모른다.

형님이 보았다면 '흑역사를 헤집는다'라고 하려나.

"아아, 아아, 아아아아······!!"

가베라는 두 눈을 손바닥으로 세게 누르며 통곡했다.

보지 않고 싶다는 듯이 그녀가 두 눈을 눌러댔다.

하지만 마음은 이미 현실을 봐버렸다.

현실이 보여버렸다.

이미 '자신이 최고다', '한 번의 실수도 없다'라고 생각했던 시절로 돌아갈 수는 없다.

"······························아아."

그녀는 갑자기 두 손을 치우고 그 두 눈으로 나를 보았다.

그곳에는 내가 읽어낼 수 있을 정도로 알아보기 쉬운 감정이 전혀 없었다.

그저 수많은 감정이 한데 섞여 어떤 방향으로 모여들고 있었다.

──없애야 해.

눈앞에 있는 나를 없애겠다는 의지만이 그곳에 있었다.

"──Who(나) am(는) I(누구지)?"

입이 의미 있는 말을── 의미가 있긴 하지만 남에게 한 말이 아닌 문장을 만들어냈다.

"······당신은 가베라잖아요?"

"No(아니)."

내가 한 말을 듣고 고개를 저은 뒤.

"——I am Unknown."

그렇게 말한 직후—— 그녀의 몸이 없어지기 시작했다.

마치 공간 그 자체를 파먹는 것처럼, 가베라의 몸이 피도 흘리지 않은 채 없어지기 시작했다. 아니…… 보이지 않게 되어갔다.

마치 알하자드의 모티브로 예측되는 마술사가 죽은 순간처럼, 보이지 않는 괴물에게 먹히는 것처럼 사라지기 시작했다.

"——《개기육식(알하자드).》"

그 뒤로 이어진 것은 필살 스킬의 선언.

그것이 완료된 직후, 가베라의 몸은 완전히 소실되었다.

"……!"

바비의 《유니언 잭》과 마찬가지로…… 가드너와 〈마스터〉의 융합?

유일한 약점이었던 그녀를 흡수해서 양쪽 다 지각하지 못하게 만드는 스킬?

"바비! 리즈!"

두 사람에게 지시해서 그녀들이 방금 전까지 있었던 곳에 원거리 공격 스킬을 집중적으로 날렸다.

리즈의 실은 이미 이 방에 펼쳐져 있다.

그 실에 반응이 없는 걸 보니 아직 이곳에 있다는 뜻이다.

공격을 피하려 한다면 그쪽으로 화력을 집중한다.

피할 수는 없다.

"……윽!"

그럼에도 불구하고 어떤 공격도 맞은 기척이 없었다.

그러기는커녕…….

"이거, 보이지 않기만 하는 게……?!"

[I am Unknown], [I am Unknown], [I am Unknown], [I am Unknown], [I am Unknown], [I am Unknown], [I am Unknown], [I am Unknown], [I am Unknown], [I am Unknown], [I am Unknown], [I am Unknown], [I am Unknown], [I am Unknown], [I am Unknown].

어느새── 주위의 광경이 완전히 변했다.

벽 전체에 'I am Unknown'이라는 글자가 새겨져 있었다.

잔뜩, 잔뜩, 내게 주장하려는 듯이, 내게 말하려는 듯이, 'I am Unknown'이라는 글자가 새겨져 있었다.

그런데 정말 어느새.

나는 그것이 새겨진 순간을 보지 못했고, 새기는 소리도 듣지 못했다.

그리고 마치 당연하다는 듯이 리즈의 실도 전부 잘려나간 상태였다.

"은폐능력이 훨씬 더 강화되었어……!"

원래 능력은 알하자드만 은폐시키는 것이었다.

하지만 지금은 알하자드가 **영향을 미친 것**에까지 작용하고 있었다.

변화한 순간을 감지할 수 없다.

이것이 은폐능력의 극치, 이상을 일절 느끼지 못하게 하는 세계에 대한 은폐능력.

"……정말."

그 〈엠브리오〉의 성능은 내가 지금까지 봐왔던 것들 중에서도 최악에 가깝다.

……하지만 이 정도의 힘을 발휘하면서도 여전히 그녀라는 생각이 들었다.

왜냐하면, 벽에 글자를 새길 필요는 없으니까.

얼른 내가 데스 페널티를 받게 만든 다음 도망가면 될 텐데, 그렇게 쓸데없는 짓을 한다.

그렇게까지 예전의 자신에 달라붙어 되찾으려 하고 있다.

자신을 과시하며 이상적인 자신을 다시 무의식에 새겨 넣으려 하고 있다.

……내게는 그 모습이 매우 애처롭게 보였다.

"……윽!"

정신을 차리고 보니 내 왼손에 찢어진 상처가 나 있었고, 피가 줄줄 흐르고 있었다.

하지만 지금 이 순간에 난 상처가 아니라 몇 초 전에 베였다는 것을 지금 눈치챘다는 형태다.

"이게 뭐야~?!"

바비도 마찬가지로 어느새 늘어난 상처로 인해 괴로워하고 있었다.

바비와 리즈가 모든 방향으로 무차별 랜덤 공격을 가하고 있지만 명중한 것인지, 통하고 있는 것인지도 알 수가 없었다.

애초에 상대방은 은폐에 특화되었다고 해도 〈초급〉 가드너다. 융합함으로써 스테이터스가 더욱 올라갔을 것이다. 그에 비해 원래 이쪽은 약하다. 화력을 집중하지 않으면 만에 하나라도 승산이 없을 텐데…… 그것조차 못하고 있다.

한순간, 《유니언 잭——강마인》을 사용할까 생각했지만…… 그것을 사용해봤자 상황은 마찬가지다. 애초에 사용하게 내버려 두지도 않을 것이다.

우리에게 승산은 없다.

"여기까지, 인가."

지금 나는 더 이상 아무것도 할 수 없다.

정신을 차리고 보니 목에서 [구명의 브로치]가 부서져 떨어졌다.

보아하니 가지고 노는 것을 멈추고 목숨을 노리기 시작한 모양이었다.

그러니까 정말 여기까지.

하지만…… 한 가지는 말할 수 있다.

"역시, 경솔하네요."

가베라는 이렇게 나를 몰아넣은 시점에서 이미…… 최악의 수를 쓴 상황이다. 융합해서 스테이터스와 은폐능력이 올라갔으니 곧바로 죽인 다음 도망쳤으면 좋았을 텐데.

나 같은 녀석에게 시간을 투자하고 있었으니…… **제때 맞출
수 있었다.**

"——미안하다. 최단거리로 왔는데, 생각했던 것보다 시간이
좀 걸렸어."

그 순간—— 도로쪽 벽을 분쇄하며 사람 크기의 무언가가 실
내로 날아들었다.

그것이 무엇인지…… 아니, 누구인지 나는 알고 있다.

내가 사전에 바비에게 부탁했던 것은 두 가지.

한 가지는 가베라의 감시, 다른 한 가지는…… 전언.

엘리자베트를 통해 관청에 전한 말.

'진범을 밝혀낼 테니 그게 끝나면 바로 그 사람을 풀어줬으면
한다'.

창문을…… 정확히는 창문이 있던 벽 너머를 보았다.

그곳에는 박쥐 날개가 날린 **눈알**이 날아다니고 있었다.

그것은 [브로드캐스트 아이]. 프랭클린이 만들었고, 지금은
기데온이 압수한 통신용 몬스터.

좀 전까지 가베라와 이야기를 주고받았던 상황은 그것을 통해
초소에 음성과 함께 흘러갔을 테니 가베라가 진범이라는 사실
은 관청의 수사원들도 알고 있다.

이미 왕국에서 지명수배도 되었을 것이다.

무엇보다—— 풀려난 형님이 이곳에 있다.

"진짜배기가, 등장하셨군요."

"그래. 오래 기다렸지."

가베라가 〈초급〉일 가능성이 생긴 시점에서 나는 사건을 해결하는 역할을 형님에게 맡겼다.

그러기 위해서는 가베라가 진범이라는 것을 증명하여 형님이 풀려나게 할 필요가 있었기 때문에 상대방의 자백을 받아냈다.

내가 한 일은 여기까지. 탐정이 하는 일은 진실을 밝히는 것.

범인을 체포하는 것은…… 쓰러뜨리는 것은 내 역할이 아니다.

형님의…… 진짜 '정체불명'의 역할이다.

"이야기는 통신으로, 텔레파시 커프스로도 들었다. 아직 있는 거지? 자칭 '정체불명'."

형님은 인형 차림이 아니었다.

그날 프랭클린과 싸웠을 때와 마찬가지로 신의 차림.

그것은 형님이 [파괴왕]으로서, 〈초급〉으로서, 온 힘을 다해 싸우겠다는 증명.

"잘 아는 대로. 전 '정체불명' 슈우 스탈링이다."

형님이 한 말에 아무런 반응도 없었다. 뭔가를 하고 있지만 우리가 감지할 수 없는지, 아니면 정말 아무것도 하고 있지 않은 건지.

하지만 그 말을 듣고 있다는 것은 확실하다. 형님이 등장한 것과 동시에 도망칠 성격이었다면 이런 상태가 되지 않았을 테니까.

"하고 싶은 말은 산더미처럼 쌓여 있지만, 아무래도 이야기를 나눌 수는 없을 것 같으니까. 한 마디만 하지."

형님은 자신의 목을 엄지손가락으로 가리키면서.

"도망치지도, 숨지도 않을 거고 여기서 싸워줄 테니 얼른 덤벼라."

도발하는 것이 아니라 진심으로 그렇게 말했다.

어찌 됐든 그 말로 인해 싸움이 확실하게 시작될 것이다. 완전 은폐능력을 지니고 있는 가베라에게 형님이 가지고 있는 전력 중 가장 경계해야 할 것은 강한 화력과 넓은 범위를 공격할 수 있는 전함이다.

그것을 쓸 수 없는 마을 안이라는 상황, 그녀가 기다리고 기다리던 전개일 것이다.

하지만 형님이 그렇게 말한 뒤로 1분 정도가 지났는데도, 가베라는 덤비지 않았다.

도망쳤나…… 아니, 그렇지 않다.

"그래, 경계하고 있구나."

가베라가 경계하고 있는 것은 형님이 카운터를 날리는 것.

형님이 STR 특화라 해도 한 번의 공격만으로는 치명상을 입힐 수 없고, 만약 치명상을 입힐 수 있다 해도 형님에게는 [브로치]가 있다.

반대로 운 나쁘게 한 방이라도 공격을 맞으면 가베라는 끝장이다.

이미 [브로치]를 잃은 가베라는 그 모 아니면 도 같은 도박에 나설 수가 없다.

"아, 이게 신경 쓰여서 덤비지 못하는 건가?"

형님도 가베라가 덤비지 않는 이유를 눈치챘다.

그런 다음 형님은 장비하고 있던 [브로치]를 집어 들고.

"영차."

──그대로 쥐어서 뭉갰다.

"이제 내 목숨은 한 번뿐이야. 사양하지 말고 내 목숨과 '정체 불명'이라는 이름을 빼앗으러 오라고."

[브로치]는 파손되면 24시간 동안 다시 장착할 수가 없다.

이제 정말로 형님과 가베라의 조건은 호각이 되었다.

형님은 곰의 모피 너머로 보이는 입가로 씨익 웃었다.

"──와라."

그 말이 계기가 된 것인지── 상황이 크게 움직였다.

하지만 내게 보인 것은 형님의 움직임뿐.

펼치고 있었던 형님의 왼손이 떨렸고.

"──────."

그다음 순간에는 목옆에서 주먹을 쥐고 있었다.

"──**거기냐?**"

형님의 온몸이 빠르게 움직였고, 특훈을 할 때도 몇 번 봤던 나무 베기라는 돌려차기를 날렸다.

나는 뭐가 붙잡혔는지도 볼 수 없었고, 뭘 걷어찼는지도 볼 수 없었다.

──그 직후에 주위의 광경이 크게 변했다.

형님의 목덜미에서 피거품이 뿜어져 나왔고, 벽 한쪽에 커다란 구멍이 뚫렸고, 벽 너머 저편에서 누군가의—— 가베라의 비명이 들렸다.

그 뒤로는…… 아무것도 없었다. 가베라가 추격타를 가하지도 않았고, 어딘가가 부서지지도 않았다.

그저 형님이 '아야야'라고 하면서 목덜미를 눌렀을 뿐.

"…………."

그 상황을 통해 추측되는 것이 있긴 했지만, 현실로 이해하는 것이 힘들었다.

형님의 목덜미에 난 상처는 가베라가 가한 공격.

벽에 뚫린 커다란 구멍은 형님에게 걷어차인 가베라가 만들어 낸 것.

그리고 비명은 융합이 해제될 정도로 큰 대미지를 입은 가베라의 단말마.

다시 말해 형님은 목덜미에 날아든 공격을 감지하고 손으로 막은 다음 일격에 가베라를 쓰러뜨렸다는 것이다.

감지하는 것이 불가능한 존재를 감지한 수단은 형님이 한 말이…… '아야야'라고 한 말이 어떤 해답을 제시하고 있었다.

"……**통각을 켠 건가요?**"

"그래, 감지되지 않는 능력이라는 말을 미리 들었으니까. 그리고 자신이 일으킨 영향까지 착각하게 만든다는 것도 왠지 알 수 있었고. 그럼 통각도 그런가 싶어서 시험해보니 아프길래 알 아챌 수 있었지."

통각. 〈마스터〉들은 기본적으로 꺼두는 감각이고 임의로 켜지 않으면 이 〈Infinite Dendrogram〉에서 맛볼 수 없는 감각.

나도 지옥 특훈 때 켤 때까지 그런 아픔은 알지 못했다.

가베라도 그 감각을 맛보지는 못했을 것이다.

알하자드가 가베라만 느낄 수 있는 〈엠브리오〉이기 때문에 가베라도 **느끼지 못하는** 통각을 은폐하지 못했다는 것은 이치에 맞는 이야기다.

"어떻게 통각만 그대로라는 걸 알아낸 거죠?"

한 가지 알 수가 없었던 부분이 그거다. 시간을 들이거나 스친 상처를 입은 뒤 통각을 켜서 확인했다면 알아낼 수도 있었겠지만.

하지만 형님은 이제 막 온 참이었고, 마지막 일격을 맞을 때까지 상처도 입지 않았었다.

통각이 없는 리즈가 감지할 수 없었기에 나도 알 수가 없었다.

그런데 형님은 어떻게 알아냈냐고 물어보니…….

"여러 가지를 통해서인데…… 정리하자면 **감하고 경험**이겠지."

그렇게 구체적인 내용은 전혀 알 수 없는 대답을 했다.

"…………."

지각할 수 없는 적과 벌인 전투 때 통각을 켜는 것.

지각할 수 없는 상대에게, 정말 통할지 알 수도 없는 방법으로 모 아니면 도인 도박을 하는 것.

그리고 그것을 쉽사리 달성해버리는 것.

……이 사람은 역시 레이 씨의 형이구나. 터무니없는 구석이

닮았다.

"……후훗."

왠지 이번 사건 내내 계속 생각만 해댔던 내가 우스워져서 웃어버렸다.

『좋았어~, 진범도 날아가 버렸으니 밥이라도 먹으러 가자곰~. 오랜만에 바깥세상의 밥이다곰~.』

신의 차림에서 인형옷 차림으로 돌아온 형님이 그렇게 말했다.

"아, 그런데 저는 좀 전에 먹어서."

"루크~…… 바비는 아직 저녁밥 안 먹었는데~……. 잠복 열심히 했는데~…… 와구와구."

……바비가 엄청 원망스러운 눈초리로 바라보며 팔로 목을 조르기 시작했다.

응, 머리를 깨물지 말아줄래? 네메시스 씨 같잖아.

"……밥 먹으러 갈까요."

『그래! 내가 쏠 테니 내 단골 가게로 가자곰~!』

형님의 목소리는 좀 들뜬 것 같았다.

뭐, 거의 하루 종일 갇혀 있었으니 그럴 만도 하겠지.

어찌 됐든 이제 잘됐네, 잘됐어…… 아.

"……형님."

『응? 왜 그러냐곰?』

"저쪽에 **구멍 뚫린** 건물이 잔뜩 보이는데, 이유가 뭘까요?"

형님이 왔을 때 분쇄된 벽 너머에는 다들 하나같이 구멍이 뚫려 있는 건물이 잔뜩 보였다.

마치 사람 크기의 물체가 벽을 부수면서 이동해 온 것 같은 흔적.

……저거, 1번가에 있는 초소에서 이어지는 것 같은데.

『서두르다 보니 **최단거리 일직선**으로 왔다곰.』

최단거리라고 했었죠. 보통 벽을 부수면 그만큼 늦어질 것 같은데, 형님 정도면 아무렇지도 않게 돌파했을 것 같긴 하네요.

정말 일직선으로 와주셨네요. 바깥을 보니 잘 알겠어요.

구멍이 뚫린 건물에서 피난하는 사람들도 잘 보이고요.

"슈, 슈우 스탈링!!"

그때, 연립주택의 문을 열고 관청의 수사원들이 몰려들었습니다.

"기, 기물파손 현행범으로 체포합니다!"

『끄악~?! 긴급사태였으니까 좀 봐주라곰~!!』

……아무래도 형님은 다시 유치장 안으로 돌아가게 될 것 같다.

그쪽 사건은…… 나도 어떻게 할 수가 없을 것 같은데.

후일담.

그 이후로 기데온의 건물을 여러 개 파괴한 건은 다친 사람이 없었던 점과 엘리자베트의 중재, 사건 해결을 위해서였다는 이유라는 점으로 인해 피해를 입은 건물을 변상한다는 형태로 결판이 났다.

형님은 『벌어들인 돈이 다 날아갔다곰~?!』이라고 하면서 팝콘을 팔고 있다.

이렇게 기데온을 뒤흔든 연속 강도살인사건의 막이 내려가게 되었다.

……이 사건의 흑막, 가베라가 누구에게 과시하기 위해 사건을 일으켰는지는 여전히 알 수 없지만.

■'감옥'── [흉수] 가베라

내가 50시간 정도만에 로그인하자 보이는 풍경은 기데온이 아니었다.

마치 서부극 세트처럼 흙이 다 드러나 있는 길과 흙먼지를 뒤집어 쓴 나무 건물이 늘어서 있는 거리. 7대 국가 중 그 어떤 곳도 아닌 경치가 그곳에 있었다.

"뜻밖이네. '감옥'이라고 하길래 두꺼운 벽으로 둘러싸인 실내 시설인줄 알았는데."

올려다보니 푸른 하늘이 있었지만, 잘 살펴보니 새가 한 마리도 날아다니지 않았고, 구름도 없었다.

그리고 밝은데도 불구하고 해가 없었다. ……실내 시설이려나? 여기.

"생각했던 것보다 지내기 편할 것 같아서 다행이네. ──어차피 금방 탈옥할 거지만."

그렇다, 나는 '감옥'으로 보내졌지만 금방 나갈 것이다. 알하자드의 필살 스킬을 사용한 나라면 이런 '감옥' 따위는 쉽사리 탈출할 수 있을 테니까.

그렇게 하면 나는 '감옥'에서 탈옥한 최초의 〈마스터〉가 된다.

이것이 나의 차선책!

"……이라고 **생각하는 것**도 그 녀석 말에 따르면 '내가 원하는 방향으로 현실을 일그러뜨리고 있는 것'이려나."

차선책이라는 발상은 방금 생각한 것이다. 나는 내가 실패할 거라는 생각을 요만큼도 하지 않았으니 사전에 그런 생각을 할 리가 없다.

형편 좋게 일그러뜨렸다는 것을 자각하게 되어버렸다. 그 녀석 때문에.

"아, 진짜! 엉망진창이잖아!!"

내가 어떤 기분 좋은 생각을 하더라도 금방 '그거 정말 맞는 건가?'라는 의문이 머릿속에 떠올라버린다.

지금뿐만이 아니다. 즐거웠던 추억도, 내가 멋지다고 생각했던 기억도 무너져 내렸다.

그때부터 이런 마음이 계속 든다. 데스 페널티 기간이 끝난 뒤에 바로 로그인하지 못했던 것도 로그인 할 수 있을 정도로 마음을 정리하는데 시간이 걸렸기 때문이다.

"그 녀석…… 용서 못 해!"

말로 내 마음을 헤집은 루크. 그 녀석은 용서 못 한다.

무적이라 생각했던── 내 편애 섞인 관점을 제외하고도 무적이라 생각했던 알하자드를 나와 함께 파괴한 [파괴왕]도 불쾌하긴 하지만, 루크에 대한 원한은 그 정도가 아니었다.

그 이후로…… 나는 조금도 즐겁지 않다. 현실에서도 이상적인 내가 될 수가 없다.

루크가 찌른 말의 가시가 마치 저주처럼 나를 괴롭혔다.

그래서 결심했다. 반드시 '감옥'을 나가서 그 녀석을 역습해주겠어.

그러기 위해서 다시 로그인한 거니까!!

"우선 알하자드에게 '감옥'의 구조를 조사하라고 해야지…… 하지만 소문대로 다른 서버라면 탈출할 방법이…… 아니, 나라면…… 콜록."

생각을 하고 있자니 흙먼지가 목으로 들어와서 기침을 해버렸다.

진짜! 아무리 서부극을 모티브로 삼았다고 해도 흙먼지가 너무 심하잖아. 깔끔한 곳에서 쉬고 싶은데.

있겠지, 깔끔한 곳. 유료 형무소나 호텔 같은 거니까.

이곳도 〈Infinite Dendrogram〉이니까 제대로 된 시설이 있겠지.

없다면…… 건축 관련 〈엠브리오〉나 그쪽 직업인 녀석을 쥐어짜서 만들게 해야지.

이래 봬도 잠입하기 위해 건축 관련 직업을 가지고 있었으니까 설계라면 할 수 있고.

이제 노동력과 재료만 있으면 집을 지을 수 있다.

그래, 탈옥하기 전까지 임시로 지낼 곳이긴 하지만, 나는 〈초급〉이니까.

이곳의 정점에 설 수도 있을 거야.

후후, 탈옥하기 전에 '감옥'의 왕이 되는 것도 재미있을 것 같은데. 숨겨져 있는 초급 직업이 있을지도 몰라! 그렇게 하면 클랜 멤버들이 나를 다시 볼 기회도 올 테고!

"그런데 정말 할 수 있을까………… 아, 진짜!!"

"거기 신입 같아 보이는 누님, 아까부터 왜 혼자서 재미있는 표정을 짓고 있는 거야?"

그때 끙끙대고 있던 내게 척 보기에도 아바타인 남자가 말을 걸었다.

척 보기에도 PK나 그쪽 사람 같은 차림새. 척 보기에도 빌어 먹을 피라미 같네.

"당신하고는 상관없잖아. 눈에 거슬리니까 꺼져."

꺼지지 않으면 뒤쪽에 서 있는 알하자드로 잘게 썰어주겠어.

"오, 무섭네. 뭐, 이제 막 '감옥'에 들어왔으니 신경이 날카로운 건 이해가 되지만. 나도 〈웨즈 바닷길〉에서 '주지육림'에게 당한 뒤 여기에 왔을 때는……."

……자기 이야기를 나불대면서 짜증나게 하니까 쳐죽여야지.

"아, 그렇지. 본론은 이거야. 누님, 이거 가져가."

짜증 나는 남자는 그렇게 말하면서…… 책 한 권을 내밀었다.

"이게 뭐야? 종교 권유 같은 건 사양인데."

"아니, 〈월세회〉도 아니고 그런 짓은 안 해. 이건 저거야."

남자는 게시판에 붙어 있던 여러 장의 종이 중 한 장을 손가락으로 가리켰다.

[매달 10의 배수가 되는 날은 독서의 날입니다. 도서관에 있는 책을 읽고 리뷰를 쓰면 '감옥' 내 통화로 100제일릴을 드립니다. 참가는 자유입니다.]

[※책을 읽을 때는 조용히 읽고, 읽지 않는 분들도 책을 읽는 분을 방해하지 않게끔 조용히 합시다.]

[※독서는 마음을 풍요롭게 해줍니다.]

['감옥' 담당 관리 AI 레드킹.]

"……여기가 학교야?"

그리고 100제일릴이 바깥의 100릴이라면 푼돈이나 마찬가지다.

그런데 나한테도 책을 읽으라니, 바보 취급하는 거야?

"이곳의 죄수들은 그렇게까지 가난해? 가난하면 다른 사람에게 뺏으면 되잖아?"

모두 지명수배범일 테니 지나가는 사람을 대충 붙잡아도 범죄자 아냐?

"레드킹 녀석의 모범생 이벤트는 아무래도 상관없지만 책은 가지고 있는 게 좋을 거야. **그 사람**이 열심히 참가하고 있으니까."

"그 사람이라니?"

"젝스 씨라는 사람이야. 이 '감옥'에 네 명 있는 〈초급〉 중 한 사람인데, 그 사람은 모범수라서 이런 이벤트에 열심히 참가하곤 하거든."

"……뭐어?"

내 입에서 의문 같기도 하고 어이없는 것 같기도 한 말이 새어 나왔다.

[범죄왕] 젝스 뷰펠, 그 사람에 대해서는 **물론** 알고 있다.

하지만 그가 모범수라서 이런 모범생 같은 이벤트에 열심히 참가한다고? 무슨 바보 같은 소릴 하는 거야?

[범죄왕]이거든? 그 사람이 책을 읽고 리뷰를 써서 푼돈을 받고 기뻐한다고?

"그러니까 이벤트에 참가하는 척하는 게 그 사람과 적대시할 가능성도 낮…… 끄엑."

나는 정보통으로 보이는 빌어먹을 피라미의 멱살을 잡고 캐물었다.

"저기, 그 젝스 씨는 어디 있어?"

정보통인 빌어먹을 피라미가 가르쳐준 것은 이 '감옥' 안에서도 약간 깔끔한 곳이었다.

카페 같은 건물이었고, 하얀 벽은 흙먼지로 인해 더러워지지 않고 깔끔했다.

청소도 잘 되어 있는 것 같았고, 기데온에 있더라도 이상하지 않을 것 같은 가게였다.

가게의 이름은 〈다이스〉. 그 이름대로 나무로 만든 주사위가 간판처럼 문 옆에 걸려 있었는데 잘 살펴보니 주사위의 눈이 '6' 밖에 없었다. 속임수를 쓴다 해도 456 주사위로 하지 않나?

"아, 그러고 보니……."

나는 카드에 넣을 암호를 쓰기 위해 여러 가지 나라의 글자를 조사했고, 단어도 몇 개 익혔다.

그 기억이 맞는다면 독일어로 '6'은 '젝스', '주사위'는 '뷰펠'이었을 텐데.

다시 말해 젝스 뷰펠은 '주사위의 6'이라는 의미지.

혹시 이 주사위는 가게의 간판이 아니라 그 사람을 나타내는 건가?

그런데 왜 카페에 이런 게 있지?

"⋯⋯자기 영역이라서 주사위를 장식한 건가?"

나는 약간 경계하면서 유리문을 열고 가게 안으로 들어갔다.

『어서 오십시오.』

가게 안으로 들어가자 기계 웨이트리스 인형이 나를 맞아주었다. 이 '감옥'에는 티안이 없는 모양이구나. 그 대신 기계인형이 접대를 맡고 있는 것 같아.

⋯⋯박살 내고 물건을 훔치는 녀석은 없나?

그리고 이 인형도 대충 보면 사람으로 착각할 정도로 퀄리티가 높네. 관절이 구체고 이마에 다이아몬드 같은 보석이 박혀 있으니까 인형이라는 걸 금방 알아챘지만.

좀 신경 쓰여서 《감정안》으로 인형을 보니 이름은 [다이아몬드 슬레이어(금강석지말살자)]였고, 설명에는 '황옥인'이라고 나와 있었다.

⋯⋯어라? 물건을 훔치기는커녕, 이거 자체가 엄청나게 고급 물건 아닌가?

『손님?』

"⋯⋯헉!"

나는 눈앞에 있던 인형의 시가를 생각하며 멍해졌다가 금방 정신을 차리고 이곳에 온 목적을 실행했다.

"젝스 뷰펠! [범죄왕] 젝스 뷰펠은 어디 있어?!"

나는 자리로 안내하려는 인형을 손으로 막고 가게 안에 그렇게 소리쳤다.

가게 안에 군데군데 있던 손님들이 수상쩍어하는 표정으로 나를 보았지만, 내 알 바 아니지.

나는 그의 얼굴을 모르니까 부르지 않으면 찾아낼 수 없다.

이 안에 있는 누군가가 그일 테니까!

"당신이 만든 클랜, 〈IF(일리걸 프론티어)〉의 멤버, 가베라야! 오너하고 이야기를 하고 싶어서 왔는데, 없어?"

그렇다, 젝스 뷰펠은 내가 소속된 비밀결사…… **지명수배당한** 〈**초급**〉만 들어갈 수 있는 클랜, 〈IF〉의 오너다.

내가 클랜에 스카웃된 것은 그가 수감된 뒤였지만, 그 존재와 일화는 다른 멤버에게 자주 듣곤 했다.

그래서 나는 [파괴왕]을 노렸다. 오너를 '**감옥**'으로 **보냈다**는 [파괴왕]을 쓰러뜨리고 저평가된 내 진정한 실력을 클랜 내부에 증명하기 위해서.

결과적으로 나까지 '감옥'에 오게 되어버렸지만, 이왕 이렇게 되었으니 오너와 한 번 만나야 할 거라고 생각했다.

하지만 내가 불러봐도 손님 중에서 나서는 사람이 없었다.

이유는 모르겠지만 손님들은 한결같이 안심한 듯한 표정으로 숨을 내쉰 다음 책을 읽기 시작했다.

잘 살펴보니 다들 독서를 하고 있었다.

"대체 뭐야! 오너, 젝스 뷰펠 없어?!"

"저기, 잠깐 괜찮으실까요?"

모든 손님이 내 목소리에 대답하지 않았기에 이곳에 [범죄왕]이 없나 하고 생각했을 때…… 내게 말을 건 사람이 있었다.

이 카페의 주인으로 보이는 청년, 앞치마와 검은 뿔테 안경을 낀 변변찮아 보이는 청년이었다.

'감옥'에 티안은 없을 줄 알았는데 있었구나.

"뭐야! 주문은 안 할 건데! 이쪽에 막 온 참이라 제일릴이라는 '감옥'의 화폐도 없고! 무일푼이야! 그러면 안 돼?!"

"아뇨, 주문을 받으려는 게 아닙니다. 확인을 좀 하려고 하는데, 당신은 〈IF〉 멤버인가요?"

"그렇다고 했잖아! 그러니까 어서 [범죄왕]을…… ."

"접니다."

"……………………뭐?"

한순간, 상대방이 무슨 말을 한 건지 이해할 수가 없었다.

하지만 티안이라고 생각했던 가게 주인의 왼쪽 손등을 보니…… 그곳에 〈엠브리오〉의 문장이 있었다.

"제가 [범죄왕]인 젝스 뷰펠입니다. 처음 뵙겠습니다. 가베라 씨……라고 하셨죠?"

변변찮아 보이는 청년…… 내가 상상했던 것과 전혀 다른 [범죄왕]은 그렇게 말했다.

몇 분 뒤. 나는 카운터석에 앉아 오너가 타준 커피를 마시고 있었다.

……맛있으니 왠지 열 받네.

왠지 모르겠지만 다과가 팝콘이었기에 신기해서 물어보니 '최근에 친구가 팝콘에 정성을 들이길래 저도 시작해봤습니다'라고 했다. [파괴왕]도 가게를 냈던데, 팝콘을 만드는 게 유행인가?

그래도 다과를 내놓으려면 내가 좋아하는 도넛을 내놓았어야지.

……팝콘과 도넛을 생각하니 또 열 받네.

루크와 [파괴왕], 이놈들.

"……그건 그렇고 정말 당신이 우리 오너였구나."

그 이후로 간이 스테이터스 같은 것을 보고나서야 나도 납득할 수 있었다.

이름, 직업, 틀림없이 [범죄왕] 젝스 뷰펠이었다.

……합계 레벨 수치는 무슨 버그 같은 거겠지만.

"네. 하지만 저는 제가 오너라고 할 수 있을지 의문이 들긴 하네요."

"무슨 소리야?"

"원래 제타 씨하고 라스칼 씨에게 부탁받고 맡았을 뿐, 반쯤 명의를 빌려준 거나 마찬가지였으니까요……. 그리고 저는 클랜이 결성된 뒤 금방 '감옥'으로 와버려서, 운영도 결국 두 분께 떠맡기게 되었고……."

라스칼은 나를 스카웃한 〈초급〉이며 지금 클랜을 이끌고 있는 사람이다.

……응, 역시 오너가 맞나 본데.

본인이 전혀 그런 느낌이 아니고, 외모도 전혀 [범죄왕]이 아니지만.

더 난폭하고 거친 남자, 또는 무릎 위에 고양이를 올려두고 있는 마피아의 보스 같은 이미지였는데.

"왜 카페 주인 같은 걸 하고 있는 거야?"

"시간이 남아서요…… 뭔가 취미를 가지려는 생각으로 시작했죠. 반년 쯤 걸려서 커피를 타는 솜씨도 나름대로 늘었습니다."

"……스킬 없이 이렇게 맛있다니, 현실에서도 카페를 낼 수 있겠네."

"그렇게까지 칭찬해주시다니…… 감사합니다."

……태도가 공손하고 부드럽네. 이 사람이 진짜 [범죄왕] 맞나?

"그런데 이 가게의 손님들은…… 다들 책을 읽고 있네."

"네. 오늘은 독서의 날이니까요. 모두들 열심히 읽고 계시네요."

"흐음~."

카운터 안을 보니 오너도 일을 하는 짬짬이 독서를 하고 있었는지 책갈피가 꽂혀 있는 나이팅게일 위인전이 놓여 있었다. 정말 이벤트에 열심히 참가하고 있는 것 같은데…… 그런 책을 고르다니, 너무 모범생 아닌가?

모범수에도 정도가 있지. 아무리 생각해도 [범죄왕]인 것 같지 않아.

……물어볼까.

"거리에서 당신이 모범수라는 이야기를 들었는데…… 이유가 뭐야?"

"이유라뇨?"

"[범죄왕]이면 '감옥'을 뒤에서 지배하면서 소동을 벌이곤 하는 법 아닌가?"

"아뇨, 그건 아니죠. 범죄자라면 복역 중에는 형무소의 규칙을 따라야 하는 법이니까요. **그래서 저도 그렇게 하고 있습니다.**"

"그래. ……?"

방금 뭔가 뉘앙스가 이상한 이야기가 오간 것 같은데, 착각이려나.

루크 때문에 최근에는 이렇게 여러 모로 생각을 너무 많이 하게 되었다니까.

"그런데 오너는 라스칼이나 제타하고 현실에서 메일을 주고받고 있지?"

저번에 클랜 내부의 공지사항에 그런 내용이 적혀 있었으니까.

"네. 번역 프로그램에 신세를 지고 있긴 합니다만."

"다음에 메일을 보낼 때는 내 이야기도 적어줘. '조만간 탈옥할 겁니다'라고."

"가베라 씨는 탈옥에 도전하실 생각이신가요?"

"물론이지, 내 〈엠브리오〉는 최강……이 아닐지도 모르겠지만 그런 능력이 뛰어나니까."

……최강이라고 딱 잘라 말하지 못하게 된 것이 괴롭다. 루크, 이놈.

"그럼 좀 기다리시는 게 좋겠죠."

"어째서?"

"조금만 기다리면 [재균병기]를 공략 중인 캔디 씨…… [역병왕]의 준비가 끝나니까 저와 당신까지 포함한 셋이서 확실하게 탈옥할 수 있을 겁니다."

[역병왕], 〈초급 킬러〉에게 져서 수감되었지만 티안 최다 살상자라는 평가를 받는 위험한 녀석이지. 나하고 상성이 안 좋을 것 같으니까 신경 쓰이던 상대이긴 한데…… 어라?

"당신까지 포함한 셋이서?"

"네. 한냐 씨는 이제 곧 형기가 끝나고, 후우타 군과는 협력체제를 갖추지 못했으니까요."

아마 방금 말한 두 사람도 〈초급〉이겠지만, 내가 묻고 싶은 것은 그게 아니라.

"오너도 탈옥하려고? 이 생활을 만끽하고 있는 것 같은데."

카페까지 차리고.

"네. 왜냐하면 중범죄자는 복역하는 동안 탈옥을 시도하는 법이니까요. **그래서 저도 그렇게 할 겁니다.**"

또다.

뭐지? 오너가 한 말.

아까부터 가끔 위화감이 든다.

하지만 나는 그 위화감을 말로 잘 표현할 수가 없다.

"아, 그렇지. 탈옥이라고 하니, 가베라 씨는 애초에 왜 이곳에 오셨죠?"

"⋯⋯⋯⋯⋯그건."

내가 이유와 그렇게 된 전말을 이야기하는 것은 쉽지 않은 일이다.

자신이 한 실수를 꾸밈없이 내 입으로 말하는 것이나 마찬가지니까.

분명 그 말을 듣기 전의 나였다면 내쪽에서 본 성공 이야기를 했을 것이다.

하지만 지금의 나는 그럴 수 없을 것 같았기에⋯⋯ 어쩔 수 없이 객관적으로 이야기했다.

나는 기데온에서 벌인 사건에 대해 순서대로 오너에게 이야기했다. 오너는 고개를 끄덕이면서, 가끔 새로 탄 커피를 내게 내밀면서 이야기를 듣고 있었다.

참고로 다른 손님들은 나와 오너가 그 이야기를 하기 시작했을 때쯤 분위기를 파악했는지 가게를 떠났다. 왠지 익숙한 것 같았다.

"그렇게 실력을 증명하기 위해서 [파괴왕]에게 도전했고⋯⋯ 어이없이 져버렸어."

자신의 패배를 자신의 입으로 말하는 것은 피곤했다.

"힘드셨겠군요. 저도 이해가 됩니다. 저도 슈우에게 져서 여기에 있는 거니까요."

내가 이야기한 내용을 듣고 오너는 맞장구를 치는 듯이 고개를 끄덕이며 그렇게 말했다.

"졌다고? 내가 들은 이야기로는 무승부라던데⋯⋯."

"아뇨. 저는 졌습니다. 저는 슈우 때문에 데스 페널티를 받게 되었지만, 슈우는 반동으로 인해 데스 페널티를 받았으니까요. 그러니까 제 패배입니다."

오너는 자신의 패배를 인정하며 말하고 있었다. 그 말에는 분한 듯한 기색이 전혀 없었다. 수감되고 난 뒤로 마음을 정리했는지, 아니면 처음부터 분한 마음이 없었는지. 나는 알 수가 없었다.

그저…… 어째서일까. 오너가 숙적이라 생각할 [파괴왕]에 대해 적개심을 품고 있는 것이 아니라 친근감을 내비치며 이야기를 하는 것 같은 느낌이 드는데.

"그건 그렇고 가베라 씨의 〈엠브리오〉를 슈우가 어떻게 공략했는지…… ."

오너는 무언가를 생각하고 있는 것 같았다.

"절대로 감지되지 않을 알하자드를 감지해낸 거죠?"

오너에게는 알하자드의 능력에 대해서도 이야기했다.

애초에 클랜 멤버들은 다 알고 있으니 오너에게도 말해야 한다고 생각했다.

"그래, 그런데 그걸 어떻게 감지했는지…… 사실 지금도 모르겠어."

"그런가요…… 그럼 시험해보죠. 저를 공격해주세요."

오너는 그렇게 말하며 카운터 안에서 나왔다.

"어, 아니, 그래도…… 어?"

이 사람 진심인가? 갑자기 '공격해달라'라니…… 마조야?

"사양하실 필요는 없습니다. 어디든 상관없으니 저를 알하자드로 공격해주세요."

"……나중에 불평하지 마?"

공격하지 않으면 이야기 진도가 나갈 것 같지 않았기에 포기하고 공격하기로 했다.

나는 알하자드를 움직여 오너 옆에 배치했지만 그에게 보이는 것 같지는 않았다.

그대로 팔을 살짝 벨 수 있게끔 알하자드에게 낫을 휘두르게 했고.

"아, 그렇지. 신문지도 까는 게 좋겠."

"어?! 지금 움직이면 안 돼……?!"

──그 직후, 팔을 살짝 벨 예정이었던 낫은 몸을 웅크린 오너의 목을 절단했다.

"아아아아아아아앗?!"

데굴데굴, 오너의 머리가 바닥에 굴러갔다.

굴러간 목은 유리문에 부딪혀 멈췄다.

바깥에서 가게 안을 보고 있었던 것 같은 〈마스터〉가 비명을 지르며 도망쳤다.

"어, 어쩌지……?!"

나도 모르게 오너가 데스 페널티를 받게 만들어버렸잖아?!

어, 이거 나 때문인가?! 다른 멤버가 '내 실력을 증명해주지!'

라고 생각하면서 오너를 죽였다고 생각할 것 같은데?! 어쩌지?!

"역시 아프긴 하네요."

"…………어?"

수십 초 전까지 들렸던 목소리가 다시 내 귀에 들렸다.

보아하니 목이 절단되었던 오너의 몸이 빛의 먼지로 변하지 않고 아직 남아 있었다.

그러기는커녕, 머리가 없는데도 불구하고 목소리를 내고 있었다.

"아프릴. 번거롭겠지만 거기 있는 제 머리를 패스해주세요."

『알겠습니다. 소유자 각하(오너).』

머리가 없는 오너는 유리창 옆에 있던 인형――아마 이름은 아프릴이고――에게 자신의 머리를 주워 던지라고 한 뒤 그것을 받아들었다.

"알아냈어요, 가베라 씨. 당신의 알하자드, 통각은 없앨 수 없네요."

자신의 머리를 붙이지도 않고(애초에 붙일 수 있는지 모르겠지만), 오너는 알하자드에 대해 생각한 것을 말했다.

"아, 어어?! 그건 그렇고 척 보기에도 오너의 머리가 이상한데?! 괜찮아?!"

"괜찮습니다. 몸의 어떤 부위를 잃는 것, 산산조각 나는 것 정도는 보통이죠. 클랜 멤버인 에밀리도 그랬잖아요?"

"그래?!"

그런 꼴이 된 장면 같은 건 본 적이 없으니까 모르는데?!

"그, 그리고 머리가 없는데도 말을…….."

"성대와 폐가 둘 다 이쪽에 있으니 이쪽에서 말하는 것이 자연스럽지 않나요?"

……목이 잘렸는데 태연한 시점에서 자연이고 뭐고 따질 때냐고!!

아니, 통각?! 통각이라고 했어?!

이 사람은 통각을 켠 상태로 목이 잘렸는데 이렇게 태연한 거야?!

뭐야?! 이 사람은 사실 현실에서도 괴물 같은 거야?!

"그럼 붙이도록 하죠. 이대로 내버려 두면 못 볼 꼴일 테니까요."

오너는 자신의 머리를 단면 위로 올렸고, 목이 아무 일도 없었다는 듯이 원래대로 돌아왔다.

"…………징그러."

시각적으로는 잘린 것보다 더 충격이네. 통각 같은 이야기를 제쳐두더라도 분명 이상한 광경인데, 〈엠브리오〉라면 그런 것도 가능하려나?

"……오너의 〈초급 엠브리오〉, 모티브가 듀라한인가요?"

"듀라한요? 멋진 모티브지만 제 〈엠브리오〉는 아니네요."

……그럼 어떤 모티브가 있길래 목이 떨어져 나갔는데도 멀쩡한 거야!!

"그건 그렇고 가베라 씨의 알하자드 말인데요. 방금 저는 목이 잘렸을 때 아픔을 느꼈습니다. 알하자드는 통각을 감추지 못

해요. 분명 슈우에게도 그것 때문에 들킨 거겠죠."

"…………그런 건 미리 생각 못 해."

통각을 켜다니, 머리가 이상하잖아. 아니, 통각을 켜고 '공격
해주세요'라고 한 오너의 뇌가 정상인지 의심스럽다고!!

"이번에는 가베라 씨의 통각을 켜고 공격해보세요."

"…………알았어."

아까는 낫을 휘둘러서 대참사가 벌어졌으니 이번에는 살짝 찌
르는 형태로…….

"아, 노릴 곳 말인데요."

"그러니까 움직이지 말라고 했잖아?!"

팔뚝을 찌를 예정이었던 낫의 끄트머리가 그 직전에 방향을
바꾼 그의 심장을 뚫고 있었다.

……이제 싫어, 이게 뭐야.

"그렇군요, 알겠습니다."

오너는 심장이 뚫린 채로도 당연하다는 듯이 데스 페널티를
받지도 않고 멀쩡했다…… 너무 불사신이잖아.

이 녀석을 어떻게 데스 페널티를 받게 해서 '감옥'으로 보낸
거야, [파괴왕]…… 질린다.

"이번에는 아픔이 느껴지지 않았습니다. 역시 당신 자신의 감
각에 의존하고 있는 모양이네요."

체험해본 오너 말에 따르면 알하자드는 통각에 관한 은폐만큼
은 내 통각을 켜거나 끈 상태에 영향을 받는 것 같다고 했다.

……이런 건 알하자드의 〈마스터〉인 나도 지금까지 눈치채지

못했는데.

"그래도 통각을 켜는 〈마스터〉는 그렇게 많지 않으니 약점이 되진 않겠지?"

"아뇨? 상황에 따라 통각을 켜는 〈초급〉은 가끔 있습니다. 항상 통각을 켜고 다니는 사람도 있고요."

항상 통각을 켜다니…… 그 녀석들 바보 아냐?

"그럼 앞으로는 통각을 켠 것 같은 〈마스터〉를 조심해서……."

"더 간단한 방법이 있죠. 가베라 씨가 항상 통각을 켜고 지내면 됩니다."

……………………………뭐?

"……아니아니, 그건 못하지. 무슨 소리를 하는 거야? 바보 아냐?"

말조심을 할 여유도 없었지만, 오너는 아랑곳하지 않는다는 듯이 내 어깨에 손을 탁 얹었다.

"괜찮아요. 그렇게 지낼 수 있게 되는 훈련 방법이 있거든요."

그리고 오너는 좋은 생각이 떠올랐다는 듯이 이렇게 말했다.

"지옥 특훈입니다."

카페 지하에는 마치 기데온에 있는 투기장을 작게 만든 것 같은 무대가 있었다.

"겉으로 보기로만 그런 거지만요. 결투 관련 시설처럼 편리한 결계는 없어요. 준비는 다 되셨나요?"

"네, 네……."

지금부터 일어날 일을 생각하며 기분이 우울해진 채 나는 통각이 켜지게끔 설정했다.

그러니까 [파괴왕]이 루크에게 했던 거지.

하지만 내 경우에는 〈엠브리오〉의 진화 방향성에 영향을 미치는 것이 아니라 아픈 감각에 익숙해지려는 것.

나도 아픈 것은 싫으니 저항하긴 했지만, 결국 말과 잘 알 수 없는 위압감 때문에 억지로 승낙하게 되어버렸다.

……솔직히 그때가 제일 [범죄왕] 같았지.

"그리고…… 특훈 자체는 강해지기 위해서 필요하니까."

이걸 하지 않으면 알하자드에게 약점이 계속 남게 되니 어쩔 수 없다.

나도 내 알하자드가 최강이라는 것을 다시 믿고 싶다.

그러기 위해 할 수 있는 것이 있다면 어느 정도 고생은 받아들일 것이다.

다시 한 번, '내 〈엠브리오〉는 최강이야'라고 진심으로 말할 수 있게끔.

"그럼, 시작합니다."

"……최대한, 너무 아프지 않게 해줘."

"그건 힘들겠는데요. 제일 먼저 **혀를 뽑을 거라서** 정말 아플 겁니다."

"어?"

오너는 내 턱을 잡고── 그대로 혀를 뜯어냈다.

"?!!?!!!"

그 순간은 아픔과 경악으로 인해 사고가 이리저리 흩어져서 아무런 생각도 할 수 없었다.

"허햐……?!"

아픔과 함께 피가 뚝뚝 떨어지는 입으로 물은 내게 오너가 이렇게 말했다.

"그러니까 지옥 특훈이죠. 미리 강한 아픔……, 혀를 뜯어내고 팔다리를 뭉개는 아픔에 **익숙해지면** 실전에서 어떤 대미지를 입더라도 신경 쓰이지 않을 테니까요."

"흐허후햐……!"

몸이 이렇게 다치는 특훈이라니, 제정신이야?!

"몸이 다치는 건 걱정 마세요."

오너는 [잡 크리스탈]을 꺼내 사용했다. 직업을 [범죄왕]에서 다른 직업으로 전환한 뒤…… 《**성녀의 기도**》라고 말했다.

"이미 나았습니다. 확인해 보세요."

그 말을 듣고 조심조심 입안에서 혀를 움직여 보았다.

그 감촉을 통해 알 수 있었다. 혀는 원래대로 돌아왔다. 손가락으로 확인해보았는데 확실하게 있었다.

"방금 그, 건, …………어?"

그런데 나는 내 상처가 흔적도 없이 사라진 것보다 오너의 변화에 더 깜짝 놀랐다.

방금 전까지 오너는 안경을 끼고 있었던 변변찮아 보이는 청년이었다.

그런데 지금 내 눈앞에 있는 오너는 똑같은 옷차림이었지

만…… 가슴이 부풀어 오르고, 키와 몸매도 변했고, 머리카락도
길어졌고, 척 보기에도 **여자**가 되어 있었다.

《간파》로 보니 [성녀(세인트)] 젝스 뷰펠이라고 떠 있었다.

"…………."

이해할 수가 없었다. 갑자기 혀를 뽑은 것도. 그 상처가 눈 깜
짝할 새에 사라진 것도. [범죄왕]이 [성녀]가 된 것도. 그가 전혀
닮지 않은 미녀가 된 것도.

……그러고 보니 [범죄왕]의 죄목 중 '성녀 박탈사건'이라는
것이 있었지.

예전에는 이상한 의미일 거라 생각했는데, 직설적인 사건이었
는지도 모르겠다.

"제가 있으면 중상을 입더라도 데스 페널티를 받지 않고 완치
시킬 수 있으니까요. 안심하고 특훈에 임하도록 하세요."

그리고 오너에 대해 알게 된 것이 있다.

오너는 공손하고 온화한 사람이지만………… 머리의 나사가
전부 빠진 사람이다.

"오늘은 첫날이니, 가볍게 **사지절단 10세트**만 하고 끝내죠."

"…………아하하하하."

입에서 메마른 웃음소리가 흘러나왔다.

아, 방금 눈치챘다.

나는 계속 다른 〈마스터〉들을 깔보고 있었는데.

오너를 만난 뒤로는 그를 깔보지 않고 있었다.

아마 바보라 불리는 나도 본능으로 이해하고 있었던 것이다.

——이것에게는 절대로 이길 수 없다는 것을.

"에휴……."

하지만 포기하고 특훈을 받자.

생각해보니 그 루크도 비슷한 특훈을 해냈으니까.

나도 이 지옥 특훈을 뛰어넘고 완전무결해져서 진짜로 최강이
되어 그 녀석에게 복수해줄 테니까!!

"…………부드럽게 부탁해요."

"아뇨. 손이 부드러우면 자르기 힘드니까 단단하게 만들 겁
니다."

"수도로 자르려고?! 잠깐, 무서…… 아아아아아악?!"

그렇게 내 '감옥' 생활이…… 지옥 특훈을 하는 나날이 시작되
었다.

……루크, 이놈. 언젠가 이 아픔까지 갚아주마!!

Episode End

고양이 "외전도 끝나서 7권 후기로 돌입~!"

우 『중기에는 등장하지 않았지만 우, 신우다. 그런데 곰은?』

여우 "후기 시점에서는 아직 갇혀 있을 거니께 못 나오제. 근디 후기에 시점이 상관있는 거여?"

우 『……저번에도 나가려고 대기하면서 자리를 비운 적이 있었으니까.』

고양이 "후기는 메타 발언이나 본편에서 만난 적이 없는 캐릭터들끼리 이야기를 하곤 하는 신기한 공간이지만."

고양이 "본편의 이벤트에 맞춰서 변화하기도 합니다."

우 『그러냐.』

고양이 "그렇습니다. 자, 여기서 단골 소재, 작가의 진지한 코멘트 타임입니다~."

독자 여러분, 구입해 주셔서 감사합니다. 작가인 카이도 사콘입니다.

덴드로도 이번에 일곱 권째, 제2부 첫 번째 에피소드를 끝낼 수 있었습니다.

제2부에서는 티안에 중점을 둔 에피소드가 늘어납니다. 이 6권과 7권은 그 첫걸음이었고, 깊은 마음으로 이어진 플레이어와 티안의 이야기이기도 했습니다.

덴드로에서는 작중에서 플레이어들을 세계파, 유희파라고 분류합니다. 그것은 독자 분들께서도 마찬가지로 같은 사건을 어느 쪽 시점으로 보는지에 따라 보이는 것이 달라질 거라 생각합니다.

그것 또한 이 작품의 중요한 요소입니다.

다음 권부터는 어떤 중요 인물이 등장합니다. 작품에 있어서도, 세계관에 있어서도 중요하기 짝이 없는 그녀가 무대에 서는 제8 권, 기대하며 기다려주시면 감사하겠습니다.

카이도 사콘

여우 "진지한 코멘트가 끝났으니께 물어보고 싶은디."

고양이 "뭔데~?"

여우 "결국 본편 뒤에 외전을 넣은 이유는 뭐여? 3권도 그러더만."

고양이 "우선 외전이 존재하는 이유 말인데."

고양이 "레이 군이 관여한 사건을 묘사하는 것만으로는 도저히 다 묘사할 수 없는 부분이 있습니다."

고양이 "그 때문에 나온 것이 외전이고, 그렇기 때문에 외전의 정보도 본편에 필요한 거죠."

여우 "그라제. 3권에서는 〈초급 킬러〉의 정체, 이번에는 [범죄왕]이 필요할 거니께."

고양이 "그래서 외전도 필요하지만, 지금은 외전만으로 책 한 권을 낼 수가 없어요."

여우 "그라제."

고양이 "그러니까 외전 에피소드는 조금씩 본편과 동시에 수

록하고 있습니다.”

　고양이 “본편하고 외전 양면으로 덴드로 이야기를 전해가려 합니다.”

　우 (……진지한 코멘트 같은 이야기를 하는 것 같은데.)

곰『바깥 세계로 돌아왔다곰～!』
곰『8권은 10월 발매 예정이다곰～!
(일본 현지)』

　고양이 “갑작스럽잖아?! 아니, 흐름을 완전히 끊어먹었잖아?!”

　곰『이번 후기는 3페이지밖에 없어서 급하게나마 공지 타임이다곰～!』

　고양이 “후기에서만 용납되는 메타 발언?!”

　여우 “이번에는 분량이 없을 줄 알았더만, 마지막에 여러모로 짭짤하게 챙긴 모양인디…….”

　우 (……왠지 이번 후기에서는 구조적인 설명이 많이 나온 것 같군.)

역자 후기

안녕하세요. 천선필입니다.

이번 인피니트 덴드로그램 7권, 재미있게 읽으셨는지 모르겠
습니다.

이번 7권, 기적의 방패에서는 6권에서 이어져온 이야기가 끝
을 맺었습니다. 저번 권에서 어느 정도 보여주었던 복선들, 비
쓰리 선배의 활약, 그리고 저번 권 마지막 부분에서 궁금함을
자아내게 만들었던 네메시스의 제3형태가 지닌 능력, 그리고 그
능력이 멋지게 발휘된 순간, 그것들이 합쳐져 괜찮은 마무리를
보여주었다는 생각이 들었습니다.

이번 권에서 가장 인상 깊었던 부분은 지금까지 레이가 쓰러
뜨렸던 〈UBM〉과는 달리, 이번에 레이가 쓰러뜨린 〈UBM〉은
동료, 비 쓰리 선배와 힘을 합쳐 쓰러뜨렸다는 점이었습니다.
동료가 막아주고 있는 사이에 시간을 벌어 비장의 수를 날린다.
여러 미디어에서 등장해서 식상하다 할 수도 있지만, 그만큼 왕
도라고 할 수도 있는 뜨거운 전개죠.

제가 그 부분을 옮기면서 떠올랐던 것은 예전에 플레이했던
온라인 게임(와우입니다)의 레이드였습니다. 흑마법사와 성기사를
주로 플레이했고, 전자는 딜러, 후자는 탱커를 주로 담당했습니

다만 가끔 변칙적인 네임드 몹의 경우 흑마법사로도 탱커를 맡을 수 있었던 기억이 납니다.

탱커를 담당하며 레이드를 공략할 때, 특히 여유로운 상황이 아닐 때는 그리 복잡한 생각이 들지 않았던 것 같습니다. 그저 '어서 다른 파티원들이 몹을 쓰러뜨려주었으면 좋겠다', '아직 HP가 많이 남았네', 이렇게 초조한 생각만 들었던 것 같아요. 이번에 레이가 비장의 수를 날리기 위해 준비하는 동안 대신 방어를 맡아준 비 쓰리 선배가 그렇게 초조해하지 않았을까 하는 생각이 들었습니다. 특히나 덴드로그램에서는 캐릭터가 사망하게 되면 일정 시간 동안 접속 제한이 걸리게 되니 그 초조함은 제가 플레이했던 온라인 게임과는 비교도 할 수 없었겠죠.

아무래도 덴드로그램이 MMORPG 성격을 띠고 있다 보니 그쪽 생각이 많이 날 수밖에 없는 것 같네요. 이런 것도 작가 분께서 후기에서 말씀하신 어느 쪽 시점으로 보는지에 따라 달라지는 점 중 하나이지 싶습니다. 사실 게임을 만들고 서비스하는 입장에서도 오래 머문 바가 있으니 그쪽으로도 드는 생각이 있긴 합니다만.

그중 하나가 이번 외전에서 등장한 '감옥'이었습니다. 지금까지 지나가듯이 언급만 되다 이번 외전에서 처음으로 등장했습니다만 에필로그의 부제 아웃 로가 말해주듯이, 그리고 묘사되

361

는 분위기인 서부풍이 느끼게 해주듯이 무법자들의 공간인 것으로 보입니다. 좀 특이하긴 합니다. 실제로 게임을 만들고 서비스하는 입장에서는 게임 내의 중요한 규칙(기본적으로 약관이 있겠죠)을 어긴 유저를 저런 공간으로 보낼 이유가 없습니다. 그것도 별도의 구역을 만들면서까지 말이죠. 기본적으로는 게임의 규칙을 어긴 유저의 계정을 일시적으로 정지하거나, 중대한 규칙 위반을 한 유저의 경우 계정을 영구히 정지시키곤 하니까요. 그런 부분에서도 뭔가 있지 않을까 하는 생각이 듭니다.

그런 생각을 하며 이번 인피니트 덴드로그램 7권 번역을 마쳤습니다. 항상 그렇지만 이렇게 번역 작업을 마칠 수 있게 도와주신 분들께 감사의 인사를 드리고 후기를 마치려 합니다.

매번 번거로움을 끼쳐드리고 있는 담당 편집자 분과 소미미디어 관계자 여러분, 감사드립니다. 그리고 S노벨 창간 5주년, 진심으로 축하드립니다. 창간 초창기부터 『경계선상의 호라이즌』으로 함께 해왔던 것 같은데 벌써 5년이라는 시간이 흘렀나 봅니다. 진심으로 감사드립니다.

이번에 예쁜 공주님을 낳은 누나, 그리고 가족 여러분, 조만간 삼촌이 조카를 보러 갈 테니 함께 좋은 시간 보냈으면 좋겠네요.

무엇보다 제가 이렇게 번역을 마치고 후기를 쓸 수 있게 해주시는 독자 여러분. 감사합니다. 이 책을 읽으시고 조금이나마 재미를 느끼셨으면 좋겠습니다. 다음 권, 남겨진 희망에서는 새로운 캐릭터가 등장하여 새로운 전개가 펼쳐질 예정인 모양이니 기대하셔도 좋을 것 같습니다.

항상 건강하시고 행복한 하루 보내시길 바랍니다.
감사합니다.

천선필

Infinite Dendrogram 7
© Sakon Kaidou
Originally published in Japan in 2018 by HOBBY JAPAN Co., Ltd.

인피니트 덴드로그램 7 기적의 방패

2018년 9월 15일 1판 1쇄 발행
2019년 4월 15일 1판 2쇄 발행

저　　자 카이도 사콘
일 러 스 트 타이키
옮 긴 이 천선필
발 행 인 유재옥
본 부 장 조병권
담당편집자 김민지
편집 1팀 정영길 김민지 이성호 조찬희
편집 2팀 김다솜
편집 3팀 박상섭 김효연
미　　술 강혜린, 박은정
라이츠담당 박선희, 오유진
디 지 털 최민성, 박지혜
발 행 처 ㈜소미미디어
인쇄제작처 코리아피앤피
등　　록 제2015-000008호
주　　소 서울 마포구 토정로 222, 403호(신수동, 한국출판콘텐츠센터)
판　　매 ㈜소미미디어
마 케 팅 한민지, 한주원
물　　류 허석용 최태욱
전　　화 편집부 (070)4164-3962, 3963 기획실 (02)567-3388
　　　　　판매 및 마케팅 (070)4165-6888, Fax (02)322-7665

ISBN 979-11-6190-815-1 04830
ISBN 979-11-5710-725-4 (세트)